मेरा देश
बदल रहा है

आज बड़ी संख्या में भारतीय युवा क्षमतावान, समर्पित, दृढ-संकल्पित, आदर्शवादी और कड़ी मेहनत करनेवाले हैं। उनमें अद्‌भुत शक्ति, सामर्थ्य और क्षमता है।

डॉ. ए.पी.जे. अब्दुल कलाम का युवाओं को प्रबुद्ध बनाने के प्रति विशेष आग्रह था। यद्यपि डॉ. कलाम का पूरा ध्यान बच्चों और किशोरों पर ही केंद्रित रहा, लेकिन उन्होंने व्यक्तिगत और सामाजिक स्तर पर वयस्कों के लिए भी खूब काम किया। उन्होंने सभी लोगों को अपनी कमियाँ और कमजोरियाँ पहचानकर उनसे पार पाने का मार्ग दिखाते हुए जीवन में सफल होने के लिए अगले उचित कदम उठाने के लिए आह्वान किया। डॉ. कलाम के प्रेरक विचारों ने समाज में एक नई चेतना, नए उत्साह और नई स्फूर्ति का संचार किया। भारत सशक्त-सबल-समर्थ बने और विश्व में अप्रतिम स्थान बनाए, ऐसी दृष्टि उन्होंने समाज को दी।

डॉ. कलाम के 25 भाषणों के माध्यम से यह पुस्तक जीवन के विविध पहलुओं के लिए अच्छी शिक्षक है, जैसे एक परिपूर्ण जीवन के लिए आवश्यक आदर्श रिश्ते कैसे बनाएँ, जीवन के विविध पहलुओं में संतुलन कैसे कायम करें और कैसे एक संतुष्ट, सफल और उत्साहपूर्ण जीवन जिएँ, ताकि स्वस्थ समाज, समर्थ राष्ट्र का निर्माण हो सके।

*

डॉ. ए.पी.जे. अब्दुल कलाम (15.10.1931–27.7.2015) भारत के यशस्वी वैज्ञानिकों में से एक तथा उपग्रह प्रक्षेपण यान और रणनीतिक मिसाइलों के स्वदेशी विकास के वास्तुकार थे। एस.एल.वी.-3, 'अग्नि' और 'पृथ्वी' उनकी नेतृत्व-क्षमता के प्रमाण हैं। उनके अथक प्रयासों से भारत रक्षा तथा वायु-आकाश प्रणालियों में आत्मनिर्भर बना। अन्ना विश्वविद्यालय में प्रौद्योगिकी तथा सामाजिक रूपांतरण के प्रोफेसर के रूप में उन्होंने विद्यार्थियों से विचारों का आदान-प्रदान किया और उन्हें एक विकसित भारत का स्वप्न दिया। अनेक पुरस्कार-सम्मानों के साथ उन्हें देश के सर्वोच्च नागरिक सम्मान 'भारत-रत्न' से भी सम्मानित किया गया। विज्ञान-प्रसार में योगदान के लिए उन्हें प्रतिष्ठित 'किंग चार्ल्स-II' मेडल से सम्मानित किया गया। भारत के राष्ट्रपति के रूप में अपने कार्यकाल के दौरान देश भर के आठ लाख से अधिक छात्रों से भेंट कर उन्होंने महाशक्ति भारत के स्वप्न को रचनात्मक कार्यों द्वारा साकार करने का आह्वान किया।

मेरा देश बदल रहा है

डॉ. ए.पी.जे. अब्दुल कलाम

संपादक

अरुण तिवारी

प्रकाशक • **प्रभात प्रकाशन प्रा. लि.**
4/19 आसफ अली रोड,
नई दिल्ली–110002

संस्करण • 2025
मूल्य • चार सौ रुपए
अनुवाद • नितिन माथुर
मुद्रक • नरुला प्रिंटर्स, दिल्ली

MERA DESH BADAL RAHA HAI
by Dr. A.P.J. Abdul Kalam ₹ 400.00
(Hindi translation of 'Enlightened Minds')
Published by Prabhat Prakashan Pvt. Ltd., 4/19 Asaf Ali Road, New Delhi-2
e-mail: prabhatbooks@gmail.com ISBN 978-93-89982-66-4

संपादकीय

डॉ. ए.पी.जे. अब्दुल कलाम का युवाओं को प्रबुद्ध बनाने के प्रति असाधारण अनुराग था। राँची में हेलिकॉप्टर की क्रैश लैंडिंग में बचने के बाद उन्होंने युवाओं से बातचीत को अपने जीवन का लक्ष्य बना लिया। उनके दिमाग में बहुत से प्रश्न घूमते रहते, जैसे क्या युवा वास्तव में भारत में विकास का अर्थ समझते हैं, युवाओं का विकास के बारे में क्या सोचना है, क्या वे भारत के विकास और भविष्य को लेकर वास्तव में चिंतित हैं ? इस प्रश्न का उत्तर पाने और बच्चों का मन टटोलने के लिए उन्होंने दस लाख बच्चों से मिलने का संकल्प लिया, जो वस्तुतः उनके जीवनकाल में 15 करोड़ बच्चों से मिलने की ऐतिहासिक उपलब्धि बन गया। अपने अंतिम समय पर 27 जुलाई, 2016 को भी वे भारतीय प्रबंधन संस्थान (आई.आई.एम.), शिलांग में छात्रों के साथ ही थे। मैं ऐसी सैकड़ों चर्चाओं में डॉ. कलाम के साथ रहा और उनके युवाओं को मूल्य प्रदान करने के साथ ही खुद से प्रेम करने तथा अपनी रुचि को खोजकर अपने जीवन की लगाम अपने हाथ में लेने की प्रेरणा देने की सहजता को देखकर अचंभित हो जाता।

सन् 1999 में 'विंग्स ऑफ फायर' (अग्नि की उड़ान) पुस्तक की रचना के पश्चात् मैंने देखा कि हजारों युवक डॉ. कलाम को लिखते थे कि किस तरह वे अपनी रुचि को पहचानकर उस तरह से जी रहे हैं, जिसका वे स्वप्न देखा करते थे। यह बात सच है कि डॉ. कलाम ने अपनी पुस्तकों और भाषणों द्वारा युवाओं को वस्तुतः अपने रुचि को खोजने और अभिव्यक्त करने के लिए तैयार किया, जिससे उन्हें आनंद एवं सफलता से परिपूर्ण जीवन बिताने में मदद

मिली। आज बड़ी संख्या में भारतीय युवा क्षमतावान, समर्पित, दृढ आदर्शवादी और कड़ी मेहनत करनेवालों में से हैं। इस बात में कोई संदेह नहीं कि आज के युवाओं में बहुत अधिक शक्ति, सामर्थ्य और क्षमता मौजूद है।

इस पुस्तक में संगृहीत डॉ. कलाम के भाषण निश्चित ही ऐसा विधिपूर्वक विकसित साधन है, जो लोगों को उनकी रुचि खोजने और संभावनाओं को अनावृत करना सिखाते हैं। युवाओं का अपने घर ही नहीं अपितु स्कूल और समुदाय में भी अधिक भागीदारी होने का लाभ केवल सामाजिक-आर्थिक परिवेश को ही नहीं होगा, बल्कि यह उनकी व्यक्तिगत क्षमता और विकास में भी सहायक सिद्ध होगा।

यद्यपि डॉ. कलाम का पूरा ध्यान बच्चों और किशोरों पर ही केंद्रित रहा, लेकिन उन्होंने व्यक्तिगत और सामाजिक स्तर पर वयस्कों के लिए भी काम किया। उन्होंने सभी लोगों को उन्हें सीमित करनेवाली धारणाओं को पहचानकर उन्हें तोड़ने का मार्ग दिखाते हुए जीवन में सफल होने के लिए अगले उचित कदम की ओर इंगित किया। इसलिए इस पुस्तक द्वारा आप अपने जीवन के उन क्षेत्रों को चुन सकते हैं, जिनमें आप बड़ी सफलता हासिल कर सकते हों। डॉ. कलाम के 25 भाषणों के माध्यम से यह पुस्तक जीवन के विविध पहलुओं के लिए अच्छी शिक्षक है, जैसे एक परिपूर्ण जीवन के लिए आवश्यक आदर्श रिश्ते कैसे बनाएँ, जीवन के विविध पहलुओं में संतुलन कैसे कायम करें और कैसे एक संतुष्ट, सफल और उत्साहपूर्ण जीवन जिएँ।

मैं डॉ. कलाम की भतीजी और उनकी साहित्यिक वारिस, डॉ. ए.पी.जे.एम. नजमा मरईकयर को इन भाषणों को प्रकाशित करने की अनुमति देने के लिए हृदय से धन्यवाद देता हूँ, मैं पूरे विश्वास के साथ कह सकता हूँ, यह पुस्तक निश्चित ही पाठकों को जीवन को पूरे उत्साह और उद्देश्यपूर्ण ढंग से जीने और असफलताओं तथा कमियों पर विचार न करते हुए जीवन को उद्देश्यपूर्ण बनाने तथा संसार की शीर्ष पाँच प्रतिशत आबादी जैसा जीवन जीने का अनुभव प्राप्त करने में सहायक सिद्ध होगी।

—अरुण तिवारी

अनुक्रम

1

युवाओं में नवोन्मेष

नवोन्मेष पूँजी है

अभी मैं वैश्विक प्रतिस्पर्धा रिपोर्ट पढ़ रहा था। उसमें मैंने देखा कि नवोन्मेष क्षमता सूचकांक में अमेरिका पहले स्थान पर, सिंगापुर 6, दक्षिण अफ्रीका 27, चीन 40, ब्राजील 42 और भारत 44वें स्थान पर था। उसी रिपोर्ट में मैंने देखा कि वैज्ञानिकों और इंजीनियरों के अनुपात सूचकांक में अमेरिका 4, सिंगापुर 6, दक्षिण अफ्रीका 38, चीन 43, ब्राजील 51 और भारत 60वें स्थान पर था। इसी कारण हम अमेरिकी विश्वविद्यालयों से बड़ी मात्रा में नए विचार और नवोन्मेष निकलते देखते हैं। राष्ट्रीय नवोन्मेष क्षमता को देश की सबसे आवश्यक क्षमता बनाना होगा, जिससे व्यावसायिक रूप से प्रासंगिक प्रतिस्पर्धी उत्पादों द्वारा राजनीतिक और आर्थिक सत्ता, दोनों ही को मजबूती प्रदान की जा सके। इस क्षमता को विशुद्ध वैज्ञानिक व तकनीकी उपलब्धि से दूर रखते हुए पूरी तरह से नवीन तकनीक के व्यावसायिक उपयोग पर केंद्रित रखना होगा। इसलिए इस नवोन्मेष क्षमता के निर्माण के लिए हमें निजी क्षेत्र, सार्वजनिक क्षेत्र, अनुसंधान एवं विकास और अकादमियों के ऐसे भागीदारी समूह की आवश्यकता होगी, जो विश्वविद्यालयों को अपने शिक्षकों में नवोन्मेष क्षमता निर्माण कर इस ज्ञान को छात्रों तक पहुँचाने की संस्तुति करे।

इस लक्ष्य को प्राप्त करने के लिए केवल ज्ञान ही नहीं, बल्कि उत्साह की भी आवश्यकता होगी। यह उत्साह केवल इसके तकनीकी पहलुओं तक ही सीमित नहीं रहेगा, बल्कि इसका लक्ष्य समाज की चिंता करते हुए उनकी समस्याओं के सकारात्मक समाधान खोजना होगा।

टीम निर्माण

आज की दुनिया में जब ज्ञात जानकारी का कोष बहु-विषयक और उत्पाद व सेवाएँ जटिल हैं, वहाँ किसी व्यक्ति का अकेले कार्य करते हुए आविष्कारक बनना सामान्यत: संभव नहीं होता। अधिकांश खोज व नवोन्मेष के पीछे सामूहिक प्रयास होते हैं। शिक्षा व्यवस्था को छात्रों में टीम निर्माण की भावना उत्पन्न करने की ओर काम करना होगा। प्रत्येक छात्र को यह अवसर मिलना चाहिए कि वह टीम के सदस्य और टीम प्रमुख; दोनों की भूमिका में काम करते हुए दोनों ओर का अनुभव प्राप्त कर सके। हमारे आस-पास प्रचुर मात्रा में जानकारियाँ मौजूद हैं। ये जानकारियाँ एक व्यक्ति के हाथों से निकलकर आपस में जुड़े हुए समूहों तक पहुँचनी चाहिए। छात्रों के लिए यह सीखना आवश्यक है कि वे किस तरह ज्ञान का सामूहिक रूप से प्रबंधन कर सकते हैं। ज्ञान को सबके साथ बाँटने से इस जानकारी की शक्ति व उपयोगिता में वैसे ही वृद्धि होगी, जैसी मेटकाल्फ के सिद्धांत में बताई गई है। जानकारी स्थिर हो जाने पर विकसित नहीं हो पाती। इस नवीन डिजिटल अर्थव्यवस्था में जो जानकारी प्रसारित होती है, वही नवोन्मेष का सृजन कर देश की समृद्धि में योगदान देती है। अब हम इस संदर्भ में राष्ट्रीय परिदृश्य और इसकी प्राथमिकताओं पर चर्चा करेंगे।

युवा आविष्कर्ता

रचनात्मकता निश्चित ही शिक्षा प्रक्रिया तथा स्कूल के वातावरण और सबसे बढ़कर शिक्षक की छात्रों के मन को तेजस्वी बनाने की क्षमता का परिणाम होती है। निम्न सूत्रों में इसे सार रूप में देखा जा सकता है—

- सीखने से रचनात्मकता बढ़ती है
- रचनात्मकता से विचार आते हैं
- विचार से ज्ञान प्राप्त होता है
- ज्ञान आपको महान् बनाता है

रचनात्मकता

सवा अरब की आबादी वाले हमारे देश में समाज केवल शहरी क्षेत्रों में ही नहीं, बल्कि ग्रामीण क्षेत्रों में भी अपने ढंग से निरंतर नए आविष्कार कर रहा है। उदाहरण के लिए, मधुमक्खी नेटवर्क आंदोलन एक ऐसा ही बेहतरीन प्रयास है। रचनात्मकता का उदय सुंदर मन से होता है। यह देश के किसी भी हिस्से में व कहीं भी हो सकता है। संभव है कि इसकी शुरुआत मछुआरों के छोटे से गाँव या किसान के घर या डेयरी फॉर्म या पशु प्रजनन केंद्र या किसी कक्षा या प्रयोगशाला या किसी उद्योग या अनुसंधान एवं विकास केंद्र, कहीं से भी हो सकती है। रचनात्मकता के आविष्कार, खोज या नवोन्मेष जैसे बहुत से आयाम हैं। रचनात्मकता में मौजूदा विचारों में कुछ नया जोड़ने, उनमें बदलाव करने या उन्हें फिर से तैयार करने की क्षमता होती है। रचनात्मकता का रुख नवीनता और बदलावों को स्वीकार करना, विचारों और संभावनाओं के साथ खेलने की इच्छा, लचीला दृष्टिकोण तथा अच्छी चीजों का उनमें सुधार करने की दृष्टि से आनंद लेने का होता है। रचनात्मकता वह प्रक्रिया है, जो कड़ी मेहनत से बड़ी काट-छाँट और संशोधन द्वारा विचारों और सुधारों में निरंतर सुधार करती है। रचनात्मकता का एक महत्त्वपूर्ण पहलू किसी भी चीज को बाकी सबकी तरह देखते हुए उसके किसी और रूप पर विचार करना होता है।

नवोन्मेष

नवोन्मेष बाजार-चालित होता है। किसी मौजूदा उत्पाद/प्रणाली की तकनीक में सबसे वैकल्पिक तकनीक का उपयोग कर उसके प्रदर्शन में सुधार लाना भी नवोन्मेष ही है। एक नवोन्मेषित उत्पाद अपने क्षेत्र में लागत-लाभ अनुपात में लंबी छलाँग लगा लेते हैं। नवोन्मेष एक व्यवस्थित, संगठित और तर्कसंगत कार्य है, जो अकसर विश्लेषण, परीक्षण, प्रयोग आदि जैसे कई चरणों में पूरा होता है। मैं इस नवोन्मेष प्रौद्योगिकी/ प्रयोगों के कुछ उदाहरण देना चाहूँगा। ऑप्टिकल कम्युनिकेशन में यह गति बनाम लागत है। लचीली उत्पादन प्रणालियों में यह चयन बनाम लागत होती है। वहीं वेब-आधारित प्रक्रियाओं में यह ग्राहक संतुष्टि बनाम लागत है। इसी तरह इ-मेल द्वारा

संदेश को तुरंत इंटरनेट के माध्यम से दुनिया के किसी भी हिस्से में भेजा जा सकता है।

नवोन्मेष प्रणाली का निर्माण

नवोन्मेष की प्रक्रिया द्वारा ज्ञान को धन और सामाजिक कल्याण में परिवर्तित किया जा सकता है। तत्पश्चात् नवोन्मेष सेवा और उत्पाद क्षेत्र, दोनों में ही प्रतिस्पर्धा का एक महत्त्वपूर्ण कारक है। नवोन्मेष का उद्‌भव अनुसंधान व विकास से कम तथा संस्थागत परिवर्तनों जैसे अन्य स्रोतों से अधिक होता है। इसलिए देश में फौरन एक प्रभावी नवोन्मेष प्रणाली स्थापित करने की आवश्यकता है। इस प्रणाली द्वारा ऐसे समूहों की रचना होगी, जिनमें स्वतंत्र फर्में, ज्ञान उत्पादक संस्थान (जैसे विश्वविद्यालय, कॉलेज/ संस्थान, शोध संस्थान, तकनीक प्रदाता फर्म), ब्रिजिंग संस्थान (जैसे थिंक टैंक, तकनीक और सलाहकार सेवा प्रदाता) व ग्राहक साथ मिलकर मूल्य-आधारित उत्पादन शृंखला का निर्माण करेंगे। सभी तरह का ज्ञान होने और इसे साझा व आदान-प्रदान करने से समूहों की यह अवधारणा फर्मों के नेटवर्क से भी आगे बढ़ सकती है। इस तरह एक नवोन्मेष प्रणाली अपने समूहों के द्वारा वैश्विक ज्ञान की निरंतर विकसित होती सामग्री से जुड़ेगी, उसे अपनी स्थानीय आवश्यकताओं के अनुकूल और स्वीकार्य बनाएगी और अंत में एक नए ज्ञान या तकनीक का सृजन करेगी।

भागीदारी

नैशनल इनोवेशन फाउंडेशन ग्रामीण इलाकों में हो रहे नवोन्मेष को आकर्षित करने में सक्षम है, तथापि उन्हें वह डिजाइन इनपुट चाहिए, जिससे वे इसे प्रतिस्पर्धात्मक विक्रय योग्य उत्पाद बना सकें। मेरी सलाह है कि नैशनल इंस्टीट्यूट ऑफ डिजाइन और नैशनल इनोवेशन फाउंडेशन के बीच एक संयुक्त उपक्रम किया जाए, जो आशाजनक नवोन्मेषों को व्यवसाय योग्य उद्यम में परिवर्तित करने का कार्य करेगा। इससे ग्रामीण सेक्टर में ऐसे और भी उद्यम सृजित हो सकेंगे, जिससे ग्रामीण क्षेत्रों में बड़े पैमाने पर रोजगार के अवसर और पूँजी निर्माण हो सकेगा। ऐसे उपक्रमों के लिए उद्यमों की स्थापना हेतु वित्तीय

सहायता देने का कार्य प्रौद्योगिकी विकास बोर्ड द्वारा किया जा सकता है, जो विज्ञान व प्रौद्योगिकी विभाग का हिस्सा है।

समापन

ग्रामीण क्षेत्रों में नवोन्मेष : किसी भी प्रतिस्पर्धी परिवेशी नवोन्मेष को खोजें व पता लगाएँ, आशाजनक नवोन्मेष को पहचानें तथा स्व-सहायता समूहों के माध्यम से इन्हें सहायता प्रदान करें। अगले चरण में एन.आई. जैसे संस्थानों द्वारा नवोन्मेष का व्यवस्थित डिजाइन तैयार कर उसे व्यापारिक प्रस्ताव में रूपांतरित करें। इस चरण में बैंकों को धन मुहैया करवाना चाहिए। एक बार छोटे पैमाने पर उत्पादन स्थिर हो जाने के बाद इसे प्रौद्योगिकी विकास बोर्ड की सहायता से बड़े व्यावसायिक उत्पादन के रूप में विस्तार दिया जा सकता है। इन उद्यमों को विशेष रूप से ऐसे ग्रामीण क्षेत्रों में अवस्थित होना चाहिए, जहाँ कच्चा माल और अन्य सामग्री उपलब्ध हों, साथ ही स्थानीय युवाओं को इसके उत्पादन और विपणन कार्यों को सँभालने का प्रशिक्षण भी देना होगा।

□

* 05 जनवरी, 2005 को नैशनल इनोवेशन फाउंडेशन, अहमदाबाद में तीसरे वार्षिक पुरस्कार वितरण समारोह के दौरान संबोधन

2

सुंदर मन

एक जर्मन लड़की एंथेनान्यूम्स न१४ अपनी कल्पना द्वारा प्रकट किया कि ईस्टर के दिनों में ग्रामीण परिवेश कैसा होता है; उसके चुने चटकीले रंगों ने मुझे तटीय इलाके में स्थित मेरे उस गृह नगर की याद दिला दी, जहाँ मैंने अपना बचपन गुजारा था। उसी पुस्तक में 14 वर्ष की भारतीय लड़की सुप्रजा चक्रवर्ती की लिखी कहानी भी थी, जिसमें मध्यवर्ग की घरेलू नैतिकता और चुनावों के दौरान किस तरह वोट खरीदे जाते हैं, इसका वर्णन किया गया था। इनसे स्पष्ट हो जाता है कि युवा मन बदलाव चाहता है।

आर्द्रा कृष्णा (13) ने अपने विचारों को परवाज देकर कल्पना की उड़ान भरी। उन्होंने लगभग 3000 ईस्वी में धरती के हालात कैसे होंगे, इसकी कल्पना की। उनकी कल्पना में नागरिकों को मजबूर होकर मंगल पर जाना पड़ता है, जिससे मंगल एक फलती-फूलती सभ्यता का घर बन जाता है। यह मानव निर्मित उन्नत सभ्यता अचानक ही बृहस्पति के क्षुद्र ग्रह के रूप में एक प्राकृतिक खतरे की जद में आ जाती है। बृहस्पति का यह क्षुद्र ग्रह मंगल की ओर बढ़ रहा है, जिससे मंगल के नष्ट हो जाने का खतरा है। मंगल के वैज्ञानिक एक परमाणु तोप द्वारा अपनी ओर आते क्षुद्र ग्रह पर हमला करने की अभिनव योजना बनाते हैं। इस बमबारी में वह क्षुद्र ग्रह ध्वस्त हो जाता है और 3000 ईस्वी में मंगल की यह सभ्यता वैज्ञानिक आविष्कार द्वारा प्रकृति के क्रोध से बच निकलती है। आर्द्रा कृष्णा का यह वैज्ञानिक विचार कितना सुंदर है।

मैं रूस की 12 वर्षीय लड़की अन्ना सिन्याकोवा की लिखी कविता 'नेवर

थिंक ऑफ इलनेस' पढ़कर हैरान रह गया। मेरा हमेशा से मानना रहा है कि कोई भी महत्त्वपूर्ण कार्य करते समय किसी तरह की समस्या या ऐसा ही कुछ अवश्य होता है, लेकिन उन समस्याओं को खुद पर हावी नहीं होने देना चाहिए। विशेष रूप से युवाओं को मेरी यही सलाह है कि आप इन समस्याओं को हराकर सफलता प्राप्त करें। रूस की अन्ना सिन्योकोवा ने भी इन्हीं विचारों को प्रतिध्वनित किया है। उन्होंने अपनी कविता द्वारा प्रेरणा और परामर्श का बेहद शक्तिशाली संदेश दिया है कि आप में मानव कल्याण के लिए किसी भी रोग का सामना करने का साहस होना चाहिए।

मुझे श्रीलंका की दस वर्षीय लड़की साविद्या कुमारी प्रेमासुंदेरा की पेंटिंग भी बहुत पसंद आई। उन्होंने मछुआरे के मछली पकड़ने की दृश्य की जिस तरह कल्पना की थी, वह उस युवा मन की सजगता व अवलोकन क्षमता का प्रमाण है। केन्या का एक तेरह वर्षीय लड़का अपनी पहली उड़ान के दौरान अपहृत होने का अनुभव बयान करता है। वह पूरा वाकया उसके युवा मन में कहीं गहरे घर कर गया था। इस लड़के ने बेहद भावपूर्णता के साथ अपने अनुभवों और भावनाओं को अपने इस लेख में अभिव्यक्ति किया है।

रचनात्मकता असंभव को संभव बना सकती है

एरोडाइनैमिक के नियमों के अनुसार भँवरे का आकार ऐसा होता है कि उसके लिए उड़ना संभव नहीं है, लेकिन भँवरे का उड़ने का संकल्प मजबूत था। भँवरा अपने पंखों को लगातार फड़फड़ाता रहा और अंततः उनकी गति से वह उड़ने लगा। इस उच्च आवृत्तिवाले कंपन ने ऐसी भँवर उत्पन्न की, जिसके बल पर वह उड़ान भर सका। पूरी दृढता सहित प्रयास करने पर आप स्थापित मान्यताओं के विपरीत जाकर भी सफल हो सकते हैं। यही है रचनात्मकता की शक्ति।

केवल भँवरे की उड़ान ही नहीं, बल्कि मनुष्य का उड़ना भी असंभव माना जाता था। 1890 में एक जाने-माने वैज्ञानिक लॉर्ड केल्विन, जो रॉयल सोसाइटी ऑफ लंदन के अध्यक्ष भी थे, ने कहा, ''जो भी वस्तु हवा से भारी होती है, वह न तो उड़ती है और न ही वह कभी उड़ सकती है।'' उसके दो दशक बाद राइट बंधुओं ने अपने संकल्प के बल पर इस असंभव को संभव बनाते हुए साबित

कर दिया कि मनुष्य भी उड़ सकता है। उनकी सफलता मात्र अध्यवसाय और रचनात्मकता द्वारा व्यक्ति के सफल होने की कहानी है। इस एक उपलब्धि से ऐसी परिवहन क्रांति आई, जिसने दुनिया को बहुत छोटा कर दिया।

विख्यात रॉकेट डिजाइनर वॉनब्रॉन ने अंतरिक्ष यात्रियों के कैप्सूल को प्रक्षेपित करनेवाले सैटर्न-वी का निर्माण किया, जिससे मूनवॉक संभव हो सका। उन्होंने एक बार कहा था, ''यदि मुझे अधिकार होता तो मैं शब्दकोश से असंभव शब्द को हटा देता।''

यदि आप कवि, लेखक या चित्रकार बनना चाहते हैं, तो इसे अपना सपना बनाएँ और ज्ञान प्राप्त करें, कड़ी मेहनत करें तो आप भी भँवरे, राइट बंधु, सर सी.वी. रमन जैसे विख्यात भारतीय वैज्ञानिक, एम.एफ. हुसैन या पिकासो जैसे चित्रकार, अमरनाथ सहगल जैसे चित्रकार व मूर्तिकार और रवींद्रनाथ टैगोर जैसे कवि की तरह परिणाम हासिल कर सकेंगे।

चंद्रयान मिशन

प्रो. विक्रम साराभाई ने 1960 के दशक में इसरो के एक मिशन की शुरुआत की। उन्होंने विजन दिया कि इसरो को अपने खुद के रॉकेट को डिजाइन व विकसित करने के अलावा प्रक्षेपण के लिए उपग्रह प्रक्षेपण यान तैयार करना चाहिए। उन्हें भू-समकालिक कक्षा में संचार उपग्रहों को और ध्रुवीय सूर्य समकालिक कक्षा में रिमोट-सेंसिंग उपग्रहों को प्रक्षेपित करना चाहिए। इन दोनों की बहुत आवश्यकता थी—संचार उपग्रहों द्वारा लोगों के बीच संपर्क स्थापित करना, जिससे लोगों को लाभकारी जानकारी प्राप्त हो सके और राज्य से राज्य और देश से देश के बीच संपर्क बना रह सके। रिमोट-सेंसिंग अंतरिक्ष यानों का प्रयोजन प्राकृतिक संपदा, वन संपदा और सूखे या बाढ़ के हालातों का पूर्वानुमान लगाने में सहायता प्रदान करना था।

इसरो ने प्रो. विक्रम साराभाई का यह स्वप्न पूरा किया, लेकिन आगे क्या? अब हमारे पास चंद्रयान कार्यक्रम है, इसके तहत चंद्रमा की परिक्रमा के लिए एक अंतरिक्ष यान को उसकी कक्षा में पहुँचाना है। इसरो ने अभी इसमें एक छोटा सा पेलोड भेजा है। भविष्य में इसके द्वारा हम चंद्रमा पर खनन भी कर सकते

हैं, जिसके द्वारा मानव हीलियम-3 को धरती पर भेज सकता है, जो रिपोर्ट के अनुसार चंद्रमा पर प्रचुर मात्रा में उपलब्ध है और जो थर्मोन्यूक्लीयर रिएक्टरों के लिए एक मूल्यवान ईंधन है।

अब मैं आप सबको एक दस सूत्रीय शपथ दिलवाना चाहता हूँ।

दस सूत्रीय शपथ

1. मैं अपनी शिक्षा या कार्य को पूरा मन लगाकर जारी रखूँगा और इसमें श्रेष्ठता हासिल करूँगा।
2. आज के बाद से मैं कम-से-कम ऐसे 10 लोगों को पढ़ना-लिखना सिखाऊँगा, जो पढ़ना-लिखना नहीं जानते।
3. मैं कम-से-कम 10 पौधे लगाऊँगा और उचित देखभाल द्वारा उनका बढ़ना सुनिश्चित करूँगा।
4. मैं गाँव व शहरी क्षेत्रों को दौरा करके कम-से-कम 5 लोगों को नशे और जुए की लत से सदा के लिए मुक्त करवाऊँगा।
5. मैं निरंतर अपने भाई-बहनों की पीड़ा दूर करने का हर संभव प्रयास करूँगा।
6. मैं धर्म, जाति या भाषा के किसी भी भेदभाव का समर्थन नहीं करूँगा।
7. मैं खुद ईमानदार रहते हुए भ्रष्टाचार-मुक्त समाज की स्थापना का प्रयास करूँगा।
8. मैं प्रबुद्ध नागरिक बनने और अपने परिवार को ईमानदार बनाने के लिए कार्य करता रहूँगा।
9. मैं मानसिक व शारीरिक दिव्यांग व्यक्तियों के प्रति मित्रभाव रखूँगा और उन्हें हम सभी के जैसा सामान्य होने का एहसास करवाने का पूरा प्रयास करूँगा।
10. मैं अपने देश व अपने लोगों की सफलता का गर्व सहित जश्न मनाऊँगा।

□

* 23 सितंबर, 2005 को शिलांग के राजभवन में शिलांग स्कूल के छात्रों के साथ वार्त्तालाप

3

डिजाइन शिक्षक : प्रो. सतीश धवन

दिल्ली में मैं रक्षा मंत्रालय में काम किया करता था। बाद में सन् 1958 में मैं रक्षा अनुसंधान एवं विकास संगठन (डी.आर.डी.ओ.) के बेंगलुरु स्थित वैमानिक विकास प्रतिष्ठान (ए.डी.ई.) में काम करने लगा। यहाँ मुझे हॉवरक्राफ्ट के निर्माण का कार्य सौंपा गया। मुझे वहाँ हॉवरक्राफ्ट में टॉर्क के निर्विघ्न प्रवाह संतुलन के लिए डक्टेड कॉण्ट्रा-रोटेटिंग प्रोपेलर (विपरीत दिशा में घूमनेवाले) बनाना था। मुझे कॉण्ट्रा-रोटेटिंग प्रोपेलर डिजाइन करना नहीं आता था, हालाँकि मुझे पारंपरिक प्रोपेलर डिजाइन करने की जानकारी थी। मेरे कुछ मित्रों ने मुझे डक्टेड कॉण्ट्रा-रोटेटिंग प्रोपेलर डिजाइन के सहायतार्थ भारतीय विज्ञान संस्थान, बेंगलुरु के प्रो. सतीश धवन से मिलने को कहा। वे अपने एयरोनॉटिकल अनुसंधान के लिए जाने जाते थे।

मैंने अपने डायरेक्टर डॉ. मेदीरत्ता से अनुमति ली और प्रो. सतीश धवन से मिलने चला गया। वे भारतीय विज्ञान संस्थान के एक छोटे से कक्ष में बैठे थे, उनके पीछे बहुत सारी पुस्तकें रखी थीं और दीवार पर एक ब्लैकबोर्ड लगा था। प्रो. सतीश धवन ने मुझसे मेरी परेशानी के बारे में पूछा। मैंने प्रो. धवन को अपने परियोजना कार्य में आ रही समस्या से अवगत करवाया। उन्होंने कहा कि यह सचमुच एक चुनौतीपूर्ण कार्य है और वे मुझे इसके डिजाइन बनाना तभी सिखा सकते हैं, जब मैं अगले छह महीने तक उनकी दोपहर 2 बजे से 3 बजे तक आई.आई.एस.सी. में हर शनिवार को होनेवाली सभी कक्षाओं में उपस्थित रहूँ। वे एक विजनरी शिक्षक थे। उन्होंने इस कोर्स की समय-सारणी तैयार की और उसे ब्लैकबोर्ड पर लिख दिया।

इसके अलावा उन्होंने कोर्स आरंभ होने से पहले मुझे पढ़ने के लिए थोड़ी सी संदर्भ सामग्री और कुछ पुस्तकें भी दीं। मैंने इसे अपने लिए सुअवसर माना और नियमित रूप से वार्त्तालाप में शामिल होना और उनसे मिलना जारी रखा। प्रत्येक मीटिंग के बाद वे मेरी विषय को समझने संबंधी परीक्षा के लिए मुझसे कठिन प्रश्न पूछते। उस समय मुझे पहली बार एहसास हुआ कि किस तरह एक अच्छा शिक्षक कुशल योजना बनाकर अपने को पढ़ाने के लिए और छात्र को उस ज्ञान को आत्मसात् करने के लिए तैयार करता है। यह प्रक्रिया अगले छह माह तक जारी रही। इस दौरान मैंने कॉण्ट्रा-रोटेटिंग प्रोपेलर का डिजाइन बनाना सीख लिया। प्रो. धवन ने मुझसे कहा कि अब मैं हॉवरक्राफ्ट के प्रदत्त विन्यास के अनुसार कॉण्ट्रा-रोटेटिंग प्रोपेलर बनाने के लिए तैयार हूँ। उस समय मुझे एहसास हुआ कि प्रो. धवन केवल शिक्षक ही नहीं, बल्कि वे एयरोनॉटिकल प्रणाली विकसित करनेवाले शानदार इंजीनियर भी थे।

बाद में इसके परीक्षण के कठिन चरण में उस टेस्ट को देखने और समस्याओं का समाधान खोजने के लिए प्रो. धवन मेरे साथ रहे। सहजता परीक्षण के चरण के बाद कॉण्ट्रा-रोटेटिंग प्रोपेलर को 50 घंटे का निरंतर परीक्षण किया गया। प्रो. सतीश धवन ने स्वयं इस परीक्षण को देखा और मुझे बधाई दी। मेरे लिए वह दिन बहुत खास था, जब मैंने अपने टीम द्वारा डिजाइन किए गए कॉण्ट्रा-रोटेटिंग प्रोपेलर को हॉवरक्राफ्ट संबंधी मिशन में काम करते देखा। यद्यपि उस समय मैं यह नहीं जानता था कि प्रो. सतीश धवन आगे चलकर भारतीय अंतरिक्ष अनुसंधान संगठन (इसरो) के चेयरमैन बनेंगे और मुझे उनके साथ रोहिणी सेटैलाइट को उसकी कक्षा में पहुँचानेवाले पहले उपग्रह प्रक्षेपण यान एस.एल.वी.-3 के विकास कार्य में प्रोजेक्ट डायरेक्टर के रूप में काम करने का अवसर मिलेगा। प्रकृति का छात्रों के सपनों को आगामी जीवन में वास्तविक बनाने का अपना तरीका होता है।

कॉण्ट्रा-रोटेटिंग प्रोपेलर को डिजाइन करना मेरे कॅरियर की पहली परियोजना थी। इससे मुझे भविष्य में बहुत सी जटिल एयरोस्पेस प्रणालियों का डिजाइन बनाने का आत्मविश्वास मिला। हॉवरक्राफ्ट दो यात्रियों को लेकर जमीन से थोड़ा ऊपर उड़ सकता था। मैं इस हॉवरक्राफ्ट का पहला पायलट था

और मैंने उसे हर दिशा में घुमाया और नियंत्रित किया। इस परियोजना द्वारा मैं कॉण्ट्रा-रोटेटिंग प्रोपेलर को डिजाइन और विकसित करने की तकनीक सीख गया। सबसे बढ़कर, मैंने यह सीखा कि एक परियोजना में समस्याएँ सिर उठाती रहती हैं। हमें उन समस्याओं को अपने ऊपर हावी नहीं होने देना है, बल्कि हमें उन समस्याओं को हराना है। अगले चार दशक में मैंने प्रो. सतीश धवन से डिजाइन क्षमता का महत्त्व और अदम्य साहस की आवश्यकता का पाठ सीखा।

उद्यमशीलता से रोजगार सृजन

हमारी शिक्षा व्यवस्था में पर्याप्त वृद्धि हुई है, आज हमारे यहाँ प्रति वर्ष 30 लाख से अधिक छात्र स्नातक और अन्य 70 लाख 10वीं या 10+2 उत्तीर्ण कर रहे हैं तथापि हमारी रोजगार सृजन प्रणाली इस स्थिति में नहीं है कि वह विश्वविद्यालयों से उत्तीर्ण होकर निकलनेवाले सभी स्नातकों को खपा सके। इस कारण वर्ष प्रतिवर्ष देश में शिक्षित बेरोजगारों की संख्या बढ़ती जा रही है। इन परिस्थितियों के चलते सामाजिक ताना-बाना अस्थिर हो रहा है। हमें ऐसे शिक्षण की आवश्यकता है, जिसमें उद्यमशीलता की भावना समन्वित हो। शिक्षा को और अधिक आकर्षक और रोजगार की संभावनाओं से युक्त बनाने के लिए एक बहुआयामी रणनीति की आवश्यकता है। हम ऐसा कैसे कर सकते हैं?

सबसे पहले, शिक्षा व्यवस्था को उद्यमशीलता के महत्त्व को प्रकाश में लाने के साथ ही छात्रों में स्कूल और कॉलेज शिक्षण के दौरान ही उद्यम स्थापित करने के प्रति रुझान उत्पन्न करना होगा, जिससे उनमें रचनात्मकता, स्वतंत्रता और पूँजी निर्माण की क्षमता उत्पन्न हो सके। युवाओं में उद्यमशीलता के अतिरिक्त हम कह सकते हैं कि भावना भी होनी चाहिए। दूसरा, बैंकिंग व्यवस्था को नए उद्यम स्थापित करने के लिए ग्रामीण स्तर से लेकर सभी संभावित उद्यमियों को धन मुहैया करवाना होगा। बैंकों को सक्रियता दिखाते हुए युवा उद्यमियों के नवीन उत्पादों को समर्थन देकर उन्हें पूँजी निर्माण में सक्षम बनाना होगा और अपने पारंपरिक मूर्त परिसंपत्ति सिंड्रोम को छोड़ना होगा। तीसरा, विक्रय योग्य उत्पादों को पहचानना और लोगों की क्रय शक्ति को बढ़ाना होगा। ऐसा संपर्क द्वारा ग्रामीण समृद्धि (आर.यू.पी.सी.ओ.एन.), नदियों को जोड़ना, आधारभूत

संरचना मिशन, ऊर्जा मिशन और पर्यटन जैसे बड़े कार्यक्रमों को लागू करके किया जा सकता है।

विश्वविद्यालयों को भी इस बैंकिंग व्यवस्था और विपणन प्रणाली के माध्यम से सृजित उद्यमशीलता योजना में सहायता करनी होगी। इस एक कार्य से रोजगार की कमी समाप्त होगी और गरीबी रेखा के नीचे रहनेवाले 26 करोड़ लोगों का उत्थान होगा।

एक द्वीप का मिसाइल प्रक्षेपण परिसर में रूपांतर

सन् 1982 से 1999 के दौरान मैं भारत के मिसाइल कार्यक्रम में कार्यरत था। यद्यपि मेरा ऑफिस हैदराबाद में था, लेकिन मेरा कार्यस्थल हमेशा चाँदीपुर और उड़ीसा का तटीय इलाका व्हीलर द्वीप होता, जहाँ विकसित मिसाइलों का उड़ान परीक्षण किया जाता था। मैं आपको वहाँ घटी एक दिलचस्प घटना के बारे में बताता हूँ।

अक्तूबर, 1993 में पृथ्वी प्रक्षेपास्त्र का काम लगभग पूरा हो चुका था, तथापि सेना इस मिसाइल की सर्कुलर एरर प्रोबेबिलिटी (सी.ई.पी.) को प्रमाणित करने के लिए जमीनी क्षेत्र पर इसका पुष्टिकारक परीक्षण करना चाहती थी। रेंज सुरक्षा समस्या के कारण हम इस परीक्षण को अपने मरुस्थली रेंज में नहीं कर सकते थे। इससे बचने के लिए हमने पूर्वी तटीय इलाके में किसी परित्यक्त द्वीप की खोज आरंभ कर दी। जलसेना द्वारा दिए गए हाइड्रोग्राफिक मैप में हमें बंगाल की खाड़ी में धामरा (उड़ीसा का तटीय इलाका) में कुछ द्वीप दिखाई दिए, जिसे देखकर प्रतीत होता था कि वहाँ बहुत सारी जमीन है। हमारी रेंज टीम के सदस्य डॉ. एस.के. सलवान और श्री वी.के. सारस्वत ने धामरा से एक बोट किराए पर लिया और द्वीप की खोज में निकल गए। नक्शे में इन द्वीपों को लॉन्ग व्हीलर, कोकोनट व्हीलर और स्माल व्हीलर के नाम से चिह्नित किया गया था। टीम ने एक दिशासूचक यंत्र लिया और अपनी यात्रा पर चल दिए। वे रास्ता भटक गए और व्हीलर द्वीप तक नहीं पहुँच सके। सौभाग्य से, उन्हें कुछ मच्छीमार नौकाएँ दिखीं। उन्होंने उनसे रास्ता पूछा। मछुआरों को व्हीलर द्वीप की जानकारी नहीं थी, लेकिन उन्होंने किसी चंद्रचूड़ द्वीप के बारे में बताया।

टीम ने सोचा कि संभवत: वही व्हीलर द्वीप होगा। मछुआरों ने उन्हें चंद्रचूड़ द्वीप जानेवाला अनुमानित रास्ता बता दिया। इसकी सहायता से टीम चंद्रचूड़ द्वीप पर पहुँच गई, जिसे बाद में स्माल व्हीलर द्वीप के तौर पर पहचाना गया। तब तक शाम हो गई और अँधेरा घिर गया था।

नाविक ने रात को चलने से मना कर दिया और टीम ने रात स्माल व्हीलर द्वीप पर नाव में तारे गिनते हुए काटी। अगले दिन टीम वापस धामरा लौट आई। तीनों द्वीपों का वास्तविक सर्वे करने पर ज्ञात हुआ कि बीते समय में लॉन्ग व्हीलर द्वीप इतना खराब हो गया था कि वह रेंज के कार्यों के लिए उपयुक्त नहीं था। इसे देखते हुए हमने स्माल व्हीलर द्वीप को चुना। रेंज के कार्य हेतु इसकी लंबाई-चौड़ाई पर्याप्त थी। टीम को स्माल व्हीलर द्वीप पर कुछ अन्य देशों की नावें आने के भी चिह्न दिखाई दिए। बीते वर्षों का हाइड्रोग्राफिक डाटा देखने से द्वीप के खराब होने का कारण ज्ञात हुआ। उड़ीसा सरकार से रेंज के कार्य हेतु द्वीप के अधिग्रहण के पश्चात् हमने भविष्य में द्वीप को खराब होने से बचाने के लिए चयनित द्वीपों के किनारों पर पत्थर के पक्के बाँध बना दिए। इस छोटे से द्वीप को विश्वस्तरीय मिसाइल रेंज परिसर के तौर पर रूपांतरित कर दिया गया। हमने इस अनुभव से यह सीखा कि बड़े लक्ष्यों को मिशन बनाओ, उनपर काम करो और फिर आप सफल रहेंगे।

जैव-विविधता द्वारा पूँजी निर्माण

पश्चिमी उड़ीसा में उष्णकटिबंधीय वन संसाधनों की भरमार है और यहाँ का गंधमर्दन पर्वत क्षेत्र औषधीय पौधों की खान है, साथ ही मुझे यह भी ज्ञात है कि यहाँ संभलपुर विश्वविद्यालय में सभी उपकरणों से युक्त जीव विज्ञान विभाग के अलावा और भी बहुत कुछ है। किसी भी राष्ट्र की शक्ति मुख्यत: वहाँ की प्रकृति और मानव संसाधन में निहित होती है। प्राकृतिक संसाधनों के मामले में भारत के विशाल तटीय इलाकों में भरपूर समुद्री संसाधन मौजूद हैं। प्रचुर जैव-विविधता के मामले में भारत शीर्षस्थ राष्ट्रों में से है। विशेष रूप से जड़ी-बूटियों के क्षेत्र में खाद्यान्न, निवारण और रोगोपचार से जुड़े विभिन्न उत्पाद विकसित करने की भरपूर संभावनाएँ मौजूद हैं। वैश्विक बाजारों में हर्बल उत्पादों

के विकास के बहुत से अवसर मौजूद हैं। इसी तरह भारत में फूलों की खेती और मत्स्य पालन की भी इतनी ही अधिक संभावनाएँ हैं। भारत में जड़ी-बूटियों, जर्म प्लाज्म और माइक्रोऑर्गेनिज्म भी प्रचुर मात्रा में उपलब्ध हैं। औद्योगिक रूप से विकसित राष्ट्र इस जैवसंसाधन को कच्चे माल के रूप में आयात करते हैं और उनका मूल्य वर्धन कर तथा इनसे बने उत्पादों का पेटेंट करवाकर इन्हें भारत समेत अन्य विकासशील राष्ट्रों को विशिष्ट बीजों, दवाओं और बायो-सामग्री के तौर पर निर्यात कर देते हैं। भारत को ऐसे संसाधनों के निर्यात और मूल्य-संवर्धित उत्पादों को अधिक मूल्य पर आयात करने की अनुमति देने की जगह इन संसाधनों का अपनी प्रौद्योगिकी के उपयोग से मूल्य संवर्धित उत्पादों में परिवर्तित कर इनका घरेलू आपूर्ति के साथ ही निर्यात भी करना चाहिए। आई.टी. के उपयोग से व्यवसायीकरण और विपणन द्वारा हम अपनी पहुँच और गति को अत्यधिक बढ़ा सकते हैं। भारत का प्राचीन ज्ञान 5000 वर्षों से अधिक की सभ्यता का खजाना होने से एक विशिष्ट संसाधन है। राष्ट्रपति भवन के हर्बल गार्डन में विशेष रूप से जेरेनियम, सदाबहार और सर्पगंधा के पौधों की लगभग 32 प्रजातियाँ विकसित की गई हैं, जो बड़ी संख्या में युवा अनुसंधानकर्ताओं, किसानों, छोटे स्तर के उद्यमियों, व्यवसायियों और छात्रों का आकर्षित करती हैं।

समापन

मैंने यहाँ एक डिजाइन शिक्षक, उद्यमशीलता से रोजगार सृजन, एक द्वीप को प्रक्षेपण परिसर के तौर पर रूपांतरित करने और जैव विविधता के माध्यम से पूँजी निर्माण पर चर्चा की है। इन अनुभवों से स्पष्ट हो जाता है कि व्यक्ति को प्रगति को ओर ले जानेवाले किसी भी मिशन में अदम्य भावना का कितना महत्त्व होता है।

विकास गतिशील होता है; यह निरंतर जारी रहता है; यह एक बहुआयामी परिघटना है। समग्र विकास और अपने लक्ष्यों को पूर्णत: प्राप्त करने के लिए विकास के मूल विचार को समझना बेहद आवश्यक है। उड़ीसा में विकास की ओर बढ़ते हुए हमें आर्थिक शक्ति, प्रतिस्पर्धा, ज्ञान एवं प्रौद्योगिकी की शक्ति, उत्पादन आवश्यकताएँ, प्रभावी शासन और सशक्त प्रबंधन के साथ ही अदृष्ट

नेतृत्व की भी आवश्यकता थी। ये अदृष्ट नेता वे होते हैं, जिनकी नेतृत्व शैली कमांडर से लेकर कोच, मैनेजर से लेकर सलाहकार, निर्देशक से लेकर डैलीगेट तक और सम्मान की माँग करनेवालों से आत्म-सम्मान हासिल करने तक की रहती है।

□

* 04 जून, 2004 को संभलपुर में संभलपुर विश्वविद्यालय के 21वें दीक्षांत समारोह को संबोधन

4

भारतीय विज्ञान युवाओं की प्रेरणा

अंतरराष्ट्रीय भौतिकी वर्ष-2005

बीसवीं शताब्दी में विज्ञान के क्षेत्र में सबसे बड़ी खोज, जिसका मानवता पर चिरस्थायी प्रभाव पड़ा, वह आइंस्टाइन की सबसे प्रसिद्ध खोज थी। सन् 1905 में आइंस्टाइन ने पहली बार सार्वभौमिक नियम के तौर पर ऊर्जा के जड़त्व के सिद्धांत का वर्णन किया। दुनिया को विख्यात ऊर्जा समीकरण E=MC2 उन्हीं की देन है। यह समीकरण पदार्थ के ऊर्जा में परिवर्तन का आधार बना, जिसने परमाणु ऊर्जा नाम के नए क्षेत्र को जन्म दिया, जिससे हमारे शहरों और गाँवों को रोशन करने के लिए बिजली का उत्पादन हुआ। विज्ञान एक दोधारी तलवार जैसा होता है। जहाँ आइंस्टाइन के E=MC2 ने मनुष्यता की ऊर्जा की समस्या का समाधान किया, वहीं इसी के आधार पर एटम बम भी डिजाइन किया गया। इसका यह दूसरा प्रारूप आज भी वैश्विक शांति के लिए खतरा बना हुआ है। इसके बावजूद आइंस्टाइन की यह खोज अगाध है और इसने भौतिकी में अनुसंधान और विकास के बहुत से क्षेत्र खोल दिए हैं। वैश्विक वैज्ञानिक समुदाय ने आइंस्टाइन को श्रद्धांजलि देने के लिए वर्ष 2005 को 'अंतरराष्ट्रीय भौतिकी वर्ष' घोषित किया है। आइंस्टाइन की वार्षिकी मनाने के लिए हम भारत में अपने स्कूलों व कॉलेजों में विशेष रूप से प्राथमिक भौतिकी की ओर ध्यान दे सकते हैं, अपने विज्ञान संस्थानों का सुधार और आधुनिकीकरण कर सकते हैं और सबसे बढ़कर, स्वयं को वैज्ञानिक मनोभाव के प्रसार हेतु पुनः समर्पित करें। आइंस्टाइन पर विचार करते समय मुझे उनकी हमारे राष्ट्रपिता महात्मा गांधी के

बारे में कही गई बात याद आती है कि आनेवाली पीढ़ियों को विश्वास नहीं होगा कि इस पृथ्वी पर कभी हाड़-मांस का ऐसा व्यक्ति (गांधीजी) भी रहा होगा।

रमन प्रभाव

रमन भारत के महानतम वैज्ञानिकों में से एक थे। रमन अपने सस्ते उपकरणों और साधारण वातावरण के बावजूद अत्यधिक रचनात्मक थे। विज्ञान के क्षेत्र में इनके एक प्रमुख योगदान को बाद में 'रमन प्रभाव' के नाम से जाना गया। पारदर्शी पदार्थ द्वारा विखंडित किए जाने पर एकरंगी प्रकाश की तरंगों में अतिरिक्त रेखाओं का उभरना ही 'रमन प्रभाव' है। सर सी.वी. रमन ने सन् 1928 में इस प्रभाव की खोज की थी। यह प्रकाश या तो चक्रीय और कंपन ऊर्जा को अणुओं में विखंडित कर देता है या उनकी ऊर्जा समाप्त कर देता है, जिससे इस विखंडित प्रकाश की ऊर्जा और तत्पश्चात् इसकी फ्रीक्वेंसी और वेवलेंथ परिवर्तित हो जाती है। इस विखंडित प्रकाश के रेखीय स्पेक्ट्रम में एक प्रमुख रेखा होती है, जो घट विकिरण की मूल वेवलेंथ के साथ ही इसके दोनों ओर प्रकाश के परिवर्तित हिस्से की दीर्घ व लघु वेवलेंथ होती है। यह रमन स्पेक्ट्रम द्रव्यात्मक माध्यम का सबसे विशिष्ट चरित्र है। इस कारण रमन स्पेक्ट्रोमेट्री, भौतिकी व रासायनिक अनुसंधान में विशेष रूप से पदार्थों के लक्षण निर्धारण हेतु बेहद उपयोगी तकनीक है।

इस अ-लचीले विखंडित प्रकाश को रमन विखंडन कहा जाता है। घट प्रकाश और रमन विखंडित प्रकाश के बीच का ऊर्जा अंतर, अणु कंपित चरण में परिवर्तन हेतु आवश्यक ऊर्जा के समान ही होता है। अणु ऊर्जा के स्तर तक अध्ययन, संरचना विकास और बहु-घटक गुणात्मक विश्लेषण करने में रमन प्रभाव बहुत उपयोगी है।

रमन प्रभाव ने हमेशा से ही विज्ञान की प्रत्येक शाखा को प्रभावित किया है। स्पेक्ट्रोस्कॉपी, चिकित्सीय निदान और पदार्थ लक्षण निर्धारण में इसकी असाधारण भूमिका रही है। रमन प्रभाव का विज्ञान के बहुत से नवीन क्षेत्रों में उपयोग किया गया है, अभी हाल ही में इसका अबाधित सिलिकॉन लेजर के विकास में उपयोग हुआ है। रमन प्रभाव पर आधारित उपकरणों और तकनीकों ने दुनिया भर में बहुत बड़ा उद्योग तैयार कर दिया है।

17 फरवरी, 2005 को 'नेचर' में प्रकाशित एक लेख में इंटेल के शोधकर्ताओं ने रमन प्रभाव द्वारा पहली पूर्णत: सिलिकॉन-आधारित अबाधित लेजर तरंग को विकसित करने की घोषणा की। उन्होंने इस प्रयोगात्मक डिवाइस का निर्माण मानक सी.एम.ओ.एस. प्रक्रिया द्वारा किया है।

इंटेल के अनुसंधानकर्ताओं ने एक नवीन डिओड जैसी संरचना को सिलिकॉन कैविटी लेजर में सम्मिलित किया। रमन प्रभाव के साथ संयुक्त करने पर यह डिओड एक नई वेवलेंथ पर अबाधित लेजर बीम उत्पादित करता है। इस महत्त्वपूर्ण डिवाइस का ऑप्टिकल प्रवर्धक, लेजर, वेवलेंथ परिवर्तक और नए ढंग की अति उन्नत ऑप्टिकल डिवाइस जैसे कई रूपों में वास्तविक उपयोग हो सकता है। एक कम लागतवाली पूर्णत: सिलिकॉन रमन लेजर के आविष्कार से नए ढंग के मेडिकल सेंसर और स्पेक्ट्रोस्कॉपी डिवाइसों के विकास को प्रोत्साहन मिल सकता है।

बीते 5 या 10 वर्षों से कंप्यूटिंग और संचार उद्योग त्वरित गति से अधिक डाटा ट्रांसफर करने की चुनौती से जूझ रहा है। उपभोक्ता केवल तसवीरें या संगीत की फाइलें ही नहीं, बल्कि पूरी की पूरी फिल्में डाउनलोड कर रहे हैं। लोगों को इस विशाल डाटा तक पहुँचने के लिए त्वरित गति की आवश्यकता होगी। जहाँ भविष्य की इस माँग को पूरा करने के लिए माइक्रोप्रोसेसर पेश किए जा रहे हैं, वहीं इन माइक्रोप्रोसेसर की गति को देखते हुए इंटरकनेक्टर्स की बैंडविड्थ में भी वृद्धि करनी होगी। इंटेल के इस नए कार्य में रमन प्रभाव का उपयोग कर अबाधित सिलिकॉन लेजर निर्मित करने से सामग्री का प्रेषण जल्दी हो सकेगा और तेज नेटवर्कों का उदय होगा।

ट्रिपल हेलिक्स का जन्म

जी.एन.आर. के नाम से विदित डॉ. जी.एन. रामचंद्रन भारत के महानतम वैज्ञानिकों में से एक हैं। निस्संदेह उनका जीवन सभी वैज्ञानिकों के लिए उदाहरण रूप में अनुकरण योग्य है, जो प्रत्येक मिशन में जिज्ञासा, रचनात्मकता और समस्या निवारण क्षमता का सम्मिश्रण रहा है। जी.एन.आर. बायोमॉलिक्यूल्स को प्रमुख घटक के तौर पर इसे एक्स-रे डिफ्रेक्शन और एक्स-रे क्रिस्टेलोग्राफी के आधार में

उपयोग करने पर विचार कर रहे थे। सन् 1942 में भारत के दौरे पर आए विख्यात क्रिस्टोग्राफर और रसायन शास्त्री जे.डी. बर्नल ने तब तक कोलेजन की सभी प्रस्तावित संरचनाओं को असंतोषजनक बताते हुए जी.एन.आर. को इसपर ध्यान देने के लिए कहा। उस समय कोलेजन को प्राप्त करना जी.एन.आर. के लिए एक बड़ी समस्या थी। उन्होंने अपनी समस्या सी.एल.आर.आई., मद्रास के तत्कालीन डायरेक्टर डॉ. नयुदम्मा को बताई। कुछ ही दिनों में डॉ. नयुदम्मा ने ऑस्ट्रेलिया से कोलेजन से एक भरी ट्यूब मँगवा ली। इससे जी.एन.आर को कोलेजन संरचना पर अपना पहला अभिनव लेख प्रकाशित करवाने में सहायता मिली। 'नेचर' पत्रिका में 7 अगस्त, 1954 को प्रकाशित इस लेख में विशेष रूप से मौलिक ट्रिपल हेलिक्स का वर्णन था। इस प्रस्तावित संरचना में तीन भिन्न हेलिकल शृंखलाएँ शामिल थीं, जिनका अक्ष फाइबर अक्ष के ठीक सामने हेक्सागोनेलएरे में क्रमबद्ध है। यह संरचना न केवल अभिनव थी, बल्कि एक्स-रे डाटा के साथ इसकी मात्रात्मक सहमति अधिक बेहतर रहती है। अपनी असाधारण आरोग्यकारी क्षमता की जानकारी होने के बाद से इसका फिलहाल थर्ड डिग्री बर्न के उपचार में बड़े पैमाने पर उपयोग हो रहा है। इसके अतिरिक्त कोलेजन से जीवविज्ञान की एक नवीन शाखा संरचनात्मक जीवविज्ञान का उदय हुआ, जिसे आज बहुत से विश्वविद्यालयों में पढ़ाया जाता है। जी.एन.आर. को संरचनात्मक जीवविज्ञान का जनक कहना सही है। उनके रामचंद्रन प्लाट के लिए संसार हमेशा उनका कृतज्ञ रहेगा।

भारतीय विज्ञान का गौरवपूर्ण चरण

भारत में स्वतंत्रता-पूर्व युग में विशेष रूप से तीसवें दशक के आरंभ के साथ ही विज्ञान और प्रौद्योगिकी में अंतरराष्ट्रीय ख्यातिवाले छह महान् वैज्ञानिकों का प्रभाव रहा। ये थे—सर सी.वी. रमन, प्रो. चंद्रशेखर सुब्रह्मण्यम, एस.एन. बोस, जे.सी. बोस, मेघनाथ साहा और श्रीनिवास रामानुजन। मैं इस चरण को भारतीय विज्ञान का सबसे गौरवपूर्ण चरण मानता हूँ। उनके द्वारा रखी गई वैज्ञानिक नींव आनेवाली पीढ़ियों को प्रेरणा देती रहेगी। पराधीनता के बावजूद एक विश्वासपूर्ण भारत के उभरने की शुरुआत थी। भारत में विज्ञान और प्रौद्योगिकी का दूसरा चरण स्वतंत्रता के बाद का चरण था।

भारतीय विज्ञान व प्रौद्योगिकी का स्वतंत्रता-बाद चरण

इतिहास में प्रत्येक देश आरंभिक अवस्था में कुछ दृढ-निश्चय एवं उत्सुक ज्ञानी दिग्गजों के इर्द-गिर्द केंद्रित रहता है। उन सब में मेरी रुचि विशेष रूप से तीन वैज्ञानिकों के जीवनों में रही, क्योंकि मुझे उनकी विज्ञान और प्रौद्योगिकी तथा देश के विकास पर केंद्रित नेतृत्व के गुणों में विशेष दिलचस्पी थी। भारत के इतिहास में ऐसे और भी बहुत से लोग हुए हैं, लेकिन मेरा इन तीनों से किसी-न-किसी कारण निकट का संबंध रहा है। ये सभी तीन महान् संस्थानों के संस्थापक रहे हैं। मैंने इनमें से दो संस्थानों में प्रत्यक्ष रूप से व एक में बतौर सहयोगी काम किया है। दिल्ली विश्वविद्यालय के प्रोफेसर डॉ. डी.एस. कोठारी एक शानदार भौतिकशास्त्री होने के साथ ही खगोलविद् भी थे। इन्हें ग्रहों जैसे ठंडे व ठोस उत्पादों का दबाव द्वारा पदार्थों के आयनीकरण के लिए जाना जाता है। यह सिद्धांत उनके गुरु डॉ. मेघनाद साहा के थर्मल आयनीकरण कार्य का अनुपूरक है। डॉ. डी.ए. कोठारी ने सन् 1948 में रक्षा मंत्री का वैज्ञानिक सलाहकार बनने के पश्चात् भारतीय रक्षा क्षेत्र में वैज्ञानिक परंपरा की शुरुआत की; उन्होंने वैज्ञानिक सलाहकार के सलाहकार बोर्ड का गठन किया, जिसमें डॉ. एच.जे. भाभा, डॉ. के.एस. कृष्णन और डॉ. एस.एस. भटनागर शामिल थे। बाद में इसके सदस्यों की संख्या बढ़ाते हुए बोर्ड का नाम बदलकर वैज्ञानिक सलाहकार बोर्ड कर दिया गया।

उन्होंने इलेक्ट्रॉनिक पदार्थों, परमाणु दवाओं और बैलिस्टिक विज्ञान में अनुसंधान के लिए रक्षा विज्ञान केंद्र की स्थापना की। इन्हें भारत में रक्षा विज्ञान का वास्तुकार माना जाता है। तत्पश्चात् भावी पीढ़ी के वैज्ञानिकों ने सामरिक प्रणाली, इलेक्ट्रॉनिक युद्धक प्रणाली, अस्त्र-शस्त्र और जीव विज्ञान के क्षेत्र में योगदान देते हुए कार्य को आगे बढ़ाया।

भारतीय परमाणु विज्ञान के पथ-प्रदर्शक (होमी जहाँगीर भाभा)

होमी जहाँगीर भाभा ने कैंब्रिज विश्वविद्यालय में सैद्धांतिक भौतिकी में अनुसंधान किया। सन् 1930-1939 के दौरान होमी भाभा ने ब्रह्मांडीय विकिरण से संबंधित अनुसंधान किया। सन् 1939 में वे सर सी.वी. रमन के साथ आई.आई.एस.सी., बेंगलुरु में काम करने लगे। बाद में उन्हें परमाणु और गणित

विज्ञान पर केंद्रित टाटा इंस्टीट्यूट ऑफ फंडामेंटल रिसर्च की शुरुआत के लिए आमंत्रित किया गया और सन् 1948 में उन्होंने परमाणु ऊर्जा कमीशन की स्थापना की। उनके विजन द्वारा परमाणु विज्ञान से परमाणु प्रौद्योगिकी, परमाणु शक्ति, परमाणु उपकरण और परमाणु दवाओं पर केंद्रित बहुत से केंद्रों का जन्म हुआ। इन विज्ञान संस्थानों ने बहु-प्रौद्योगिकीय केंद्रों की स्थापना की, जिनमें प्राथमिक विज्ञान एक महत्त्वपूर्ण घटक रहा।

भारतीय अंतरिक्ष विजनरी

तीसरे व्यक्ति प्रो. विक्रम साराभाई मेरे गुरु रहे हैं, वे इन तीनों में सबसे युवा थे और प्रायोगिक कॉस्मिक रे अनुसंधान के दौरान श्री सी.वी. रमन के साथ काम कर चुके थे। प्रो. साराभाई ने अंतरिक्ष अनुसंधान पर केंद्रित फिजिकल रिसर्च लेबोरेटरी (पी.आर.एल.) अहमदाबाद की स्थापना की। यही पी.आर.एल. भारतीय अंतरिक्ष कार्यक्रम का उद्गम स्थल रहा। बाद में वे स्पेस एस ऐंड टी केंद्र के डायरेक्टर भी रहे। एस.एस.टी.सी. (1963) ने शुरुआत में अंतरिक्ष वायुमंडलीय अनुसंधान हेतु साउंडिंग रॉकेट के लॉञ्च का कार्य किया। वर्ष 1970 में प्रो. विक्रम साराभाई ने भारत के अंतरिक्ष मिशन को विस्तार देते हुए अपने संचार उपग्रहों को भू-समकालिक कक्षा और रिमोट-सेंसिंग उपग्रहों को ध्रुवीय कक्षा में भेजने के लिए अपनी खुद की सेटैलाइट प्रक्षेपण क्षमता निर्माण का निर्णय लिया, साथ ही वे यह भी चाहते थे कि भारत में निर्मित इन प्रक्षेपण यानों से प्रक्षेपण कार्य भी भारत की ही धरती से हो। इस एक विजनरी विचार से विज्ञान और अंतरिक्ष प्रौद्योगिकी के बहुत से क्षेत्रों में गंभीर अनुसंधान और विकास कार्यों की शुरुआत हुई। अन्य बहुत से लोगों के साथ मुझे भी प्रो. विक्रम साराभाई के इस विजन का हिस्सा बनने का अवसर मिला। मैं व मेरी टीम भारत के पहले उपग्रह प्रक्षेपण यान कार्यक्रम द्वारा उपग्रह को कक्षा में पहुँचाने के काम में भागीदार बने। आज भारत में अपने 20,000 वैज्ञानिक, तकनीकी व सहायक कर्मचारियोंवाले बहुत से अंतरिक्ष अनुसंधान केंद्र व उसे सहायता देनेवाले लगभग 300 उद्योगों व अकादमिक संस्थानों में किसी भी तरह के उपग्रह प्रक्षेपण यान के निर्माण की क्षमता है, जिससे रिमोट सेंसिंग, संचार व मौसम विज्ञान उपग्रहों

को अंतरिक्ष कार्यों में उपयोग हेतु विभिन्न कक्षाओं में भेजना हमारा रोज का काम हो गया है।

भारत की वैज्ञानिक उत्कृष्टता

मैंने महान् वैज्ञानिक परंपरा के बारे में, विशेष रूप से रमन प्रभाव की खोज के दिन तक भौतिकी की बात की। हमारे लिए यह बहुत महत्त्वपूर्ण है। अंतरिक्ष, रक्षा और बहुत से अन्य क्षेत्रों में अनुसंधान और विकास संस्थान, सैकड़ों वैज्ञानिक प्रयोगशालाएँ और बहुत से विश्वविद्यालय काम कर रहे हैं। अब समय आ गया है, जब हमारे वैज्ञानिक व प्रौद्योगिक अकादमिक संस्थानों और विश्वविद्यालयों को आंतरिक समालोचना और आत्म-मूल्यांकन की आवश्यकता है कि वैश्विक पैमाने पर हमारे अकादमिक संस्थान कहाँ खड़े हैं।

बायोपेस्टिसाइड विकास

सबसे पहले मैं बायोपेस्टिसाइड विकास के बारे में बताना चाहता हूँ। मिट्टी का सामर्थ्य बनाए रखने के लिए रासायनिक कीटनाशकों का सुरक्षित और सतत विकल्प विकसित करना आवश्यक है। इंटरनैशनल सेंटर फॉर जेनेटिक इंजीनियरिंग ऐंड बायोटेक्नोलॉजी ने एक रिसर्च मिशन की शुरुआत की, जिसका उद्देश्य मिट्टी में रहनेवाले कीटाणुओं के लिए उच्च रोगजनक सूत्रकृमि के एक जीवाणु को अलग करना था। इस जीवाणुयुक्त फॉर्मूलेशन की देश में विभिन्न स्थानों पर पिछले दो वर्षों के निरंतर जारी शोध और प्रारंभिक जाँच के बाद अनुकूलित फॉर्मूलेशन प्राप्त करने में सफलता मिली, जिसके परिणामस्वरूप एक व्यवहार्य बायोपेस्टिसाइड का निर्माण हो सका। रिपोर्ट के अनुसार यह फॉर्मूलेशन कृषि व बागवानी संबंधी, पत्तागोभी और फूलगोभी के कीड़े डायमंड बैकमॉथ, रसदार फलों और अंगूर के मिलीबग और सागौन के वृक्षों में दीमक जैसे कीटों पर प्रभावी है। महाराष्ट्र, कर्नाटक और आंध्र प्रदेश के चीनी उत्पादन में कमी का प्रमुख कारण गन्ने में लगनेवाले व्हाइट वूलीएफिड को नियंत्रित करने में बायोपेस्टिसाइड प्रभावकारी सिद्ध हुआ है। इसकी क्षमता रासायनिक कीटाणुनाशकों के समान ही है। वैज्ञानिक अनुसंधान से प्रौद्योगिकी बनने के

बाद यह एक स्टार्टअप बायोटेक कंपनी निर्मल सीड्स लिमिटेड में परिवर्तित हुआ और 'बायो प्रहार' नाम से विपणन होने लगा। मुझे पूरा विश्वास है कि इसके द्वारा पर्यावरण अनुकूल रीति से आहार उत्पादकता में सुधार हो सकेगा।

तपेदिक के त्वरित उपचार की दवा

तपेदिक के त्वरित उपचार की दवा का विकास दूसरी उपलब्धि है। सारी दुनिया में आधुनिक दवाएँ नई वैज्ञानिक खोजों पर निर्भर हैं। भारतीय वैज्ञानिक अनुसंधान ने घरेलू समस्याओं के समाधान पर ध्यान केंद्रित किया है, जिसके बाद इन्हें अन्य देशों के लोगों पर भी उपयोग किया जाएगा। इसके तहत, भारत ने दवाओं के क्षेत्र में एक ऐसी खोज की है, जो विशेष रूप से भारतीय माहौल के अनुकूल है। ऐसी ही एक उपलब्धि सी.एस.आई.आर. (वैज्ञानिक तथा औद्योगिक अनुसंधान परिषद्) की प्रयोगशाला से निकली। सी.एस.आई.आर. लैब में तपेदिक हेतु एक नया चिकित्सीय अणु विकसित किया है। इस अणु ने टी.बी. के उपचार में लगनेवाले सामान्यतः 6 से 8 माह के समय के विपरीत 2 माह में उपचार की संभावना दरशाई है। देश में टी.बी. के रोगियों की संख्या को देखते हुए यह एक महत्त्वपूर्ण खोज है। पूर्व-नैदानिक अध्ययन के बाद इस अणु की दवा के रूप में मनुष्यों पर प्रारंभिक जाँच की योजना है। सबसे सराहनीय बात यह है कि यह संपूर्ण विकास कार्य सार्वजनिक-निजी भागीदारी से संभव हुआ है; जिसमें लुपिन, सी.एस.आई.आर. की तीन प्रयोगशालाएँ—सेंट्रल ड्रग रिसर्च इंस्टीट्यूट, इंडियन इंस्टीट्यूट ऑफ केमिकल टेक्नोलॉजी और नैशनल केमिकल लेबोरेटरी तथा हैदराबाद विश्वविद्यालय शामिल रहे।

नैनोट्यूब फिल्टर—जल शुद्धीकरण

नैनोट्यूब फिल्टर का विकास तीसरी उपलब्धि है। बनारस हिंदू विश्वविद्यालय के वैज्ञानिकों ने कार्बन नैनोट्यूब फिल्टर उत्पादित करने का ऐसा सरल तरीका खोज निकाला है, जिससे पानी में से माइक्रो से नैनो-स्तर के दूषणकारी तत्त्वों से लेकर पेट्रोलियम में से भारी हाइड्रोकार्बन को प्रभावी ढंग से निकाला जा सकता है। पूर्णतः कार्बन नैनोट्यूब से निर्मित इन फिल्टरों

को एक नवीन पद्धति द्वारा संरचना की बेलनाकार ज्यामिति को नियंत्रित बड़ी आसानी से निर्मित किया जा सकता है। इस कार्य में आंशिक रूप से भारत में मानव संसाधन विकास मंत्रालय और विज्ञान और तकनीक विभाग की सहायता प्राप्त हुई थी।

यह फिल्टर कुछ सेंटीमीटर लंबे, एक या दो सेंटीमीटर चौड़े और एक-तिहाई से आधे मिलीमीटर मोटे आवरणवाले दो खाली कार्बन सिलेंडर हैं। इनका निर्माण ट्यूब-आकार के क्वार्ट्जमोल्ड में बेंजीन स्प्रे कर मोल्ड को 900° पर गरम करके तैयार किया जाता है। इस नैनो-ट्यूब सम्मिश्रण से फिल्टर मजबूत, पुनः प्रयोज्य और ऊष्मा-प्रतिरोधी हो जाता है, जिसे आसानी से साफ करके फिर से उपयोग किया जा सकता है। कार्बन नैनोट्यूब फिल्टर से इस स्तर की शुद्धता मिलती है कि इसका कई तरह से उपयोग किया जा सकता है। परीक्षणों से साबित हुआ कि इस फिल्टर का हाई-ऑक्टेनगैसोलिन उत्पादन में भी उपयोग संभव है। इनके द्वारा जल में से 25-नैनोमीटर आकारवाले पोलियो वायरस से लेकर ई. कोली जैसे बड़े रोगाणु और स्टेफिलोकोकसऑरियस बैक्टीरिया भी निकाले जा सकते हैं। अनुसंधानकर्ताओं का मानना है कि इससे यह फिल्टर दवाओं की खोज हेतु रसायनों को पृथक् करनेवाली माइक्रोफ्लूडिक्स क्रिया में भी उपयोगी सिद्ध हो सकता है।

यह जल शुद्धीकरण की युगों पुरानी समस्या में नैनो साइंस के नवीनतम विज्ञान का उत्कृष्ट उपयोग है। इसका भलीभाँति उपयोग कर हम अपने पेयजल मिशन का बोझ कम कर सकते हैं। इससे सुरक्षित पेयजल की उपलब्धता बढ़ने के परिणामस्वरूप जल-जनित बीमारियों में कमी आएगी।

जीन चिप

चौथा क्षेत्र है, हृदय की बीमारियों के उपचार हेतु जीन चिप का निर्माण। कार्डियोमायोपैथी का अर्थ है 'हृदय की मांसपेशियों के रोग', जो हृदयाघात या अचानक मृत्यु का कारण बन जाता है। इसके तीन प्रमुख प्रकार हैं—डिलेटेड, हाइपरट्रॉफिक और रिस्ट्रक्टिव कार्डियोमायोपैथी। यह बाल्यावस्था से ही बढ़ने लगती है। इसका बतौर रोग सामने आना पारिवारिक इतिहास के आधार पर

अलग-अलग होता है। यद्यपि ऐसे रोगियों के लिए प्रत्यारोपण अच्छा विकल्प है, लेकिन इसमें दानकर्ताओं की कमी के अलावा नैतिक, सामाजिक, आर्थिक और कानूनी पहलू इसे क्रियान्वित करने में बाधा बन जाते हैं। इसी तरह मेकैनिकल कार्डियक असिस्ट डिवाइस भी हमारी आबादी के लिहाज से लंबे समय के लिए कीमत-प्रभावी नहीं है।

ह्यूमन जीनोम प्रोजेक्ट ने चिकित्सीय विज्ञान और कार्यों में जेनेटिक्स की उपयोगिता बढ़ा दी है। कार्डियोमायोपैथी जेनेटिक्स से अनजान है, साथ ही कार्डियोमायोपैथी के बहुत से मामलों में मॉलिक्यूलर एटियोलॉजी की जानकारी न होने से अमेरिका व यूरोप में घट रही 10,000 में से 2-8 घटनाओं में बच्चों के साथ-साथ वयस्क भी इससे प्रभावित हो रहे हैं। यद्यपि कार्डियोमायोपैथी और न्यूक्लियर जीनोम में बदलाव की रिपोर्ट आ रही हैं, लेकिन फिर भी अभी भी ऐसे बहुत से मामले हैं, जिनमें यह बदलाव दिखाई नहीं देते। हृदय की मांसपेशियों के संकुचन और ऊर्जा चयापचय के बीच नजदीकी रिश्ता होने के कारण इन मामलों में मिटोकॉण्ड्रिएल डी.एन.ए. विविधता की भूमिका की संभावना से इनकार नहीं किया जा सकता। हाल ही में आईं रिपोर्टें पश्चिमी आबादी में कार्डियोमायोपैथी रोगजनन में मिटोकॉण्ड्रिएल बदलाव की भूमिका को प्रमाणित करती हैं। अभी तक भारतीय आबादी में कार्डियोमायोपैथी में मॉलिक्यूलर एटियोलॉजी की खोज हेतु कोई बड़ा जाँच अध्ययन नहीं किया गया है।

इंटरनैशनल सेंटर फॉर बायोमेडिकल साइंसेज ऐंड टेक्नोलॉजी (अनुसंधान व उपयोग) के पास इन नवीन बदलावों से संबंधित कुछ रिपोर्ट हैं, जो इस रोग का संभावित कारण हो सकती हैं। इसमें कुछ ऐसे रोगजनक बदलाव भी हैं, जिनकी अन्य मिटोकॉण्ड्रिएल बीमारियों में भूमिका साबित हो चुकी है। इन 5 रोगियों में आपस में कोई रिश्ता न होने पर भी इन्हें गंभीर कार्डियोमायोपैथी थी। यह भारतीय उपमहाद्वीप में किसी भी हृदय रोगी की मिटोकॉण्ड्रिएल डी.एन.ए. आकलन से जुड़ी पहली रिपोर्ट है। सौभाग्य से इस विशिष्ट प्रकार की कार्डियोमायोपैथी का उपचार स्टेम सेल एम्स में प्राप्त हो गया।

एच.आई.वी./एड्स के लिए नई जाँच किट

पाँचवाँ क्षेत्र नई जाँच किट के विकास से जुड़ा है। नेवा-एच.आई.वी. नामक इस किट द्वारा खून की एक बूँद से तीन मिनट के भीतर एच.आई.वी. (एड्स) की जाँच हो सकती है। यह एकल चरण जाँच है, जिसमें खून की बूँद को अभिकर्मक की ग्लास स्लाइड पर मिश्रित किया जाता है। अगर खून की इस बूँद में क्लंपिंग दिखाई देती है तो यह एच.आई.वी. पॉजिटिव है। रक्त की इस क्लंपिंग को नंगी आँखों से सरलता से देखा जा सकता है, इसलिए इसे नैकेड आई विजिबल अगलुटिनेशन परीक्षण या नेवा कहा जाता है। इस परीक्षण में एंटी-ह्यूमन आर.बी.सी. मोनोक्लोनल एंटीबॉडी के पुनः संयोजक प्रोटीनवाले मोनोवैलेंट टुकड़े को एच.आई.वी. से निकाले गए विशिष्ट प्रोटीन के प्रतिजन में मिश्रित किया जाता है। इस प्रोटीन को एच.आई.वी. संक्रमित व्यक्ति के रक्त में मौजूद एच.आई.वी. प्रतिरोधी रोग-प्रतिकारक की उपस्थिति में क्रॉसलिंक किया जाता है। पुनः संयोजक प्रोटीनवाले नेवा-एच.आई.वी. वाला यह परीक्षण संसार के उन थोड़े से परीक्षणों में से एक है, जिनमें केवल एक उँगली की मदद से संपूर्ण रक्त की जाँच की जा सकती है। अपने देश में एच.आई.वी. परीक्षणों में व्यावहारिक बाधाओं को देखते हुए विकसित यह परीक्षण नेवा-एच.आई.वी उपकरणविहीन परीक्षण है। इस परीक्षण की आसानी व शीघ्रता को देखते हुए, यह गाँव से लेकर देश के सुदूर इलाकों तक प्रमुख स्वास्थ्य केंद्रों में उपयोग हो सकता है।

कुछ राष्ट्रीय अनुमोदन केंद्रों पर इस परीक्षण की जाँच के बाद इसे बेहद संवेदनशील और विशिष्ट पाया गया। यह नवीन वैज्ञानिक आविष्कार दिल्ली विश्वविद्यालय के बायोकैमिस्ट्री विकास विभाग के सहयोग से बायोटेक्नोलॉजी विभाग और कैडिला फार्मास्यूटिकल लि. अहमदाबाद ने किया है।

बाइनरी मिलीसेकेंड पल्सर

छठा क्षेत्र बाइनरी मिली सेकेंड पल्सर का आविष्कार है। किसी तारे के विध्वंस के बाद न्यूट्रांस का मात्र 20 किलोमीटर में फैला, लेकिन वजन में सूर्य से भारी अवशेष 'पल्सर' कहलाता है। इससे पल्सर सेरेडियो तरंगें

प्रस्फुटित होती हैं, जिन्हें गोलाकार में घूमने के दौरान स्पंदित होने पर ही धरती से देखा जा सकता है। धरती पर पहुँचने तक ये तरंगें बहुत कमजोर पड़ जाती हैं। इस पल्सर को देखने के लिए जायंटमीटर वेव रेडियो टेलीस्कोप (जी.एम.आर.टी.) की आवश्यकता होती है। टाटा इंस्टीट्यूट ऑफ फंडामेंटल रिसर्च (टी.आई.एफ.आर.) ने पुणे से 80 किलोमीटर दूर खोडद गाँव के निकट ग्रामीण इलाके में दुनिया की सबसे बड़ी रेडियो टेलीस्कोप का निर्माण किया है। हमारी जी.एम.आर.टी. की विलक्षण क्षमताओं के कारण अमेरिका व कनाडा समेत दुनिया भर के वैज्ञानिक सहयोगपूर्ण अनुभव के लिए इस केंद्र का दौरा किया करते हैं। हाल ही में की गई नई 'बाइनरी मिली सेकेंड पल्सर' की खोज में हमारे वैज्ञानिकों की अग्रणी भूमिका रही।

खगोल विद्या हमेशा से ही प्राचीन भारतीय विज्ञान का मजबूत पक्ष रही है। टी.आई.एफ.आर. के नैशनल सेंटर फॉर रेडियो एस्ट्रोफिजिक्स के वैज्ञानिकों के किए गए ऐसे आविष्कारों का भारतीय विज्ञान के लिए महत्त्वपूर्ण योगदान है।

समापन

अरबों की जनसंख्यावाले राष्ट्र में निश्चित ही उपलब्धियों की संख्या और अधिक होनी चाहिए, जिससे यह वैज्ञानिक कर्मशक्ति के संदर्भ में दुनिया में तृतीय स्थान पर पहुँच सके। मेरे द्वारा दिए गए उपरोक्त उदाहरणों से ज्ञात होता है कि भारतीय विज्ञान प्रगति के पथ पर अग्रसर है। भारतीय विज्ञान का पटल बहुत विस्तारित और पूर्णत: समावेशी है। भारतीय विज्ञान आप सबकी प्रतीक्षा में है, वह चाहता है कि उसकी प्रगति व उत्साह की यात्रा में युवा भी भागीदार बनें। निश्चित ही विज्ञान को अपना मिशन बनाने की इच्छा रखनेवाले युवाओं को प्रेरणा देने के लिए भारतीय विज्ञान या अनुभवी वैज्ञानिकों के अनुभव मौजूद हैं।

विज्ञान की सहायता से हम अपनी खाद्य उत्पादकता बढ़ा सकते हैं, हरित या श्वेत क्रांति कर सकते हैं, संचार में सुधार हो सकता है। परमाणु विज्ञान की सहायता से बिजली उत्पादन कर सकते हैं, जीवन स्तर में बढ़ोतरी कर सकते हैं तथा अधिक स्वस्थ और प्रसन्न राष्ट्र बनने की दिशा में आगे बढ़कर मानवता के लिए नई खोज कर सकते हैं। विज्ञान की बदौलत आज जीवन अधिक लंबा

हो सका है, शिशु मृत्यु दर में कमी आई है और रोगों पर अधिक प्रभावी ढंग से काबू पाया जा रहा है। जब मैं छोटा बच्चा था, उस समय चेचक एक खतरनाक बीमारी हुआ करती थी। इसके कारण गाँवों व शहरों में लाखों बच्चे मारे जाते और अनगिनत लोगों के चेहरे पर चेचक के दाग रह जाते थे। इसमें विज्ञान ने हमारी सहायता की। आज चेचक बीते समय का रोग बनकर इतिहास हो गया है।

क्या हम विज्ञान की सहायता से गरीबी का उन्मूलन कर सकते हैं, अशिक्षा को मिटा सकते हैं, सभी भारतीयों को स्वस्थ बनाकर उन्हें समृद्धि निर्माण के कार्य में भागीदार बनाकर भारत को वर्ष 2020 तक एक विकसित राष्ट्र में रूपांतरित कर सकते हैं। इन सभी प्रश्नों का उत्तर है 'हाँ', क्योंकि राष्ट्र का विकास केवल प्रौद्योगिकी के द्वारा ही किया जा सकता है, क्योंकि केवल प्रौद्योगिकी द्वारा ही अरैखिकीय वृद्धि को हासिल किया जा सकता है। प्रौद्योगिकी के विकास हेतु विज्ञान की आवश्यकता होगी। यदि हम अपने राष्ट्र को विकसित करना चहते हैं तो हमें विज्ञान और वैज्ञानिकों को भी विकसित करना होगा। हम सबको साथ मिलकर अपने युवाओं में वैज्ञानिक सोच को विकसित करना होगा, जो इस परिवर्तन प्रक्रिया के सबसे महान् भागीदार हैं।

□

* 28 फरवरी, 2005 को नई दिल्ली में विज्ञान दिवस 2005 के दौरान भारत के राष्ट्रपति का राष्ट्र के नाम संदेश

5

विजन ऑफ इंडिया

भारतीय सभ्यता की विरासत सार्वभौमिक भावना पर निर्मित है। भारत ने हमेशा से ही स्वयं उठकर सारे विश्व की ओर मित्रता का हाथ बढ़ाया है। हमने पिछले पचास वर्षों में खाद्य उत्पादन, स्वास्थ्य, उच्च शिक्षा, मीडिया व जन संचार, औद्योगिक आधारभूत संरचना, सूचना प्रौद्योगिकी, विज्ञान व प्रौद्योगिकी और रक्षा क्षेत्र में महत्त्वपूर्ण उपलब्धियाँ हासिल की हैं। हमारा देश प्राकृतिक संसाधनों, जीवंत लोगों और पारंपरिक मूल्योंवाली व्यवस्था से संपन्न है। इन संसाधनों के होने के बावजूद हमारे देश के बहुत से लोग गरीबी रेखा के नीचे हैं, वे कुपोषित और प्राथमिक शिक्षा से भी दूर हैं। हमारा लक्ष्य उन्हें गरीबी मुक्त, स्वस्थ और शिक्षित बनाना होना चाहिए। हमारे देश को आज से 2000 से भी अधिक वर्ष पहले 'तिरुक्कुरल' में वर्णित गुणों की आवश्यकता है—

"किसी देश को बनानेवाले महत्त्वपूर्ण कारकों में उसका रोगमुक्त, समृद्ध, उच्च उत्पादकता, सामंजस्यपूर्ण जीवनवाले और मजबूत रक्षा प्रणाली होना है।" हमें इन पाँच कारकों को हर स्तर पर सुसंगत और एकीकृत ढंग से विकसित करने का पूरा प्रयास करना होगा। मुझे पूरा विश्वास है कि हमारे देश की शक्तिशाली, जीवंत और एक अरब से अधिक की जनसंख्या इन कारकों के विकास में अपना योगदान अवश्य देगी।

आज हमारा देश सीमापार आतंकवाद, कुछ आंतरिक संघर्षों और बेरोजगारी की समस्याओं से जूझ रहा है। इन चुनौतियों का सामना करने के लिए हमें इस महान् राष्ट्र के विविध क्षमतावाले एक अरब नागरिकों को ध्यान में रखते हुए

एक विजन तैयार करना होगा। वह विजन कैसा होना चाहिए? यह भारत को एक विकसित राष्ट्र बनाने के अलावा और कुछ नहीं हो सकता। क्या मात्र सरकार इस विजन को प्राप्त कर सकती है? इसके लिए हमें देश में एक आंदोलन चलाना होगा। समय आ गया है कि हम लोगों के मन को इस आंदोलन लायक तेजस्वी बनाएँ। हम तब तक एक विकसित राष्ट्र नहीं बन सकते, जब तक हम शीघ्रतापूर्वक आगे बढ़ना नहीं सीख लेते। ऐसे में मुझे संत कबीर की बानी याद आती है—

"काल करे सो आज कर, आज करे सो अब।"

विकसित राष्ट्र के इस विजन को वास्तविक बनाने के लिए हमें संसदीय संचालन की आवश्यकता है। यह हमारी शासन प्रणाली का महत्त्वपूर्ण भाग है। हमारे संविधान का मूल ढाँचा समय की कसौटी पर खरा उतरा है। मुझे पूरा विश्वास है कि बदलती परिस्थितियों की माँग में भी यह इतना ही उत्साहपूर्वक अनुकूल रहेगा। सबसे पहले और प्रथमत: हमें बिना किसी डर और पक्षपात के पूरी निष्पक्षता व दृढता सहित अपने देश और देशवासियों की बेहतरी हेतु संसदीय प्रक्रियाओं का सम्मान बनाए रखना होगा। भारत सहकारी संघवाद के ढाँचेवाला संघ राज्य है। इस सहकारी ढाँचे में रहते हुए राज्यों की प्रतिस्पर्धात्मक शक्ति को विकसित करना भी आवश्यक है, जिससे वे राष्ट्रीय स्तर तथा वैश्विक स्तर पर बेहतरीन प्रदर्शन कर सकें। प्रतिस्पर्धात्मकता से आर्थिक व प्रबंधकीय कुशलता सुनिश्चित करने और नई चुनौतियों का सामना करने की रचनात्मकता प्राप्त करने में सहायता मिलती है। आज की तेजी से बदलती दुनिया में बने रहने व समृद्ध होने के लिए यह जरूरी हो गया है। इसके अतिरिक्त, लोकतांत्रिक प्रक्रिया और संस्थान को मजबूत बनाने के लिए हमें सचमुच मूल विकेंद्रीकरण का प्रयास करना होगा।

मैं बिना किसी हिचक के अपनी राष्ट्रीयता की आधारशिला धर्मनिरपेक्षता के सिद्धांत के प्रति प्रतिबद्धता पर जोर देता हूँ। मैंने विभिन्न धर्मों के बहुत से आध्यात्मिक प्रमुखों से वार्त्तालाप किया है। उन सभी ने एक स्वर में हमारे लोगों के मन व दिल जुड़ने पर जल्दी ही देश में स्वर्ण युग के आने की बात कही। मैं अपने देश की विविध परंपराओं के बीच भी मन की एकता स्थापित करने की दिशा में प्रयास करना चाहता हूँ।

गरीबी और बेरोजगारी मिटाने की दृष्टि से जारी त्वरित विकास के लक्ष्य के साथ ही प्रत्येक भारतीय के लिए राष्ट्र की सुरक्षा प्राथमिकता होनी चाहिए। निश्चित ही भारत को आर्थिक, सामाजिक और सैन्य रूप से मजबूत और आत्मनिर्भर बनाना हमारी अपनी व आनेवाली पीढ़ियों के हित के लिए मातृभूमि की ओर सबसे बड़ा दायित्व है।

माता-पिता का परवरिश के दौरान विभिन्न चरणों में बच्चे को सशक्त बनाने से बच्चा एक जिम्मेदार नागरिक बनता है। जब शिक्षक ज्ञान व अनुभव से सशक्त बनते हैं तो मानव के रूप में नीतिवान व अच्छे किशोर आकार लेते हैं। वहीं एक व्यक्ति या टीम के प्रौद्योगिकी से सशक्त होने से उच्च संभावनाओंवाली उपलब्धियाँ सुनिश्चित हो जाती हैं। किसी भी संस्थान के प्रमुख द्वारा अपने लोगों को सशक्त बनाने से ऐसे नेतृत्व का जन्म होता है, जो देश में कई क्षेत्रों में परिवर्तन लाता है। महिलाओं के सशक्तीकरण से समाज में स्थिरता सुनिश्चित होती है। जब राष्ट्र के राजनेता अपनी विजनरी नीतियों से लोगों को सशक्त बनाते हैं तो उस राष्ट्र का समृद्ध होना सुनिश्चित हो जाता है। भारत को परिवर्तित कर विकसित राष्ट्र बनाने का माध्यम इसे ज्ञान की शक्ति द्वारा विभिन्न स्तरों पर सशक्त बनाना है। विकसित भारत के इस स्वप्न को सत्य बनाने का एक रोडमैप हमारे पास है।

इस मोड़ पर मुझे उत्तर-पूर्व के विख्यात नेता डॉ. जी.जी. स्वेल के खूबसूरत विचार याद आते हैं, "हमारी मानसिक आधारभूत संरचना होना आवश्यक है। मानसिक आधारभूत संरचना का अर्थ है अपने उद्‌देश्य, विजन के प्रति गंभीरता और मन व हृदय की शुद्धता।"

राष्ट्र-भ्रमण करते समय जब मैं देश के तीनों समुद्री तटों पर लहरों की आवाज सुनता हूँ, जब मैं महान् हिमालय की ओर से आती ठंडी हवा को महसूस करता हूँ, जब मैं अपने द्वीपों और उत्तर-पूर्व की जैव विविधता को देखता हूँ, जब मैं अपनी पश्चिमी मरुभूमि की गरमी को महसूस करता हूँ, तो मुझे उनमें युवाओं की आवाजें सुनाई देती हैं। "मैं कब भारत का गीत गा सकूँगा?" यदि युवाओं को भारत का गीत गाना है, तो भारत को विकसित राष्ट्र बनाना होगा, जो गरीबी, अशिक्षा और बेरोजगारी से पूरी तरह मुक्त और आर्थिक समृद्धि,

राष्ट्रीय सुरक्षा और आंतरिक सामंजस्य से भरपूर हो। इस परिवर्तन के लिए हम सबको संकल्प सहित काम करते हुए अपने राष्ट्र को विकसित बनाने के लिए मेहनत करनी होगी। इस मौके पर मैं आप युवाओं के साथ वह गीत गाना चाहता हूँ, जो मैं अकसर स्कूल के छात्रों के साथ गाया करता हूँ। भविष्य की पीढ़ियों का प्रतिनिधित्व कर रहे छात्रों को यहाँ देखकर मुझे बहुत प्रसन्नता हो रही है। इनके द्वारा मैं अपने युवाओं के गीत को सभी बच्चों, अपने देश और लोगों तक पहुँचाना चाहता हूँ।

"भारत के युवा नागरिक होने के नाते, प्रौद्योगिकी, ज्ञान और देशप्रेम से युक्त, मैं महसूस करता हूँ कि छोटा लक्ष्य अपराध है।

मैं एक महान् अंतर्दृष्टि के लिए कार्य करूँगा और पसीना बहाऊँगा। देश को एक विकसित राष्ट्र में रूपांतरित करने की अंतर्दृष्टि, जो मूल्य-प्रणाली के साथ आर्थिक शक्ति से युक्त हो।

मैं भारत के एक अरब नागरिकों में से हूँ। केवल अंतर्दृष्टि ही अरबों आत्माओं को प्रज्वलित करेगी।

वह मेरे अंदर प्रवेश कर चुकी है किसी भी संसाधन की अपेक्षा तेजस्वी आत्मा सबसे सशक्त संसाधन है। धरती पर, धरती के ऊपर तथा धरती के नीचे मैं ज्ञान का दीपक जलाए रखूँगा, ताकि विकसित भारत का लक्ष्य प्राप्त हो सके।"

यदि हम तेजस्वी मन सहित किसी महान् लक्ष्य के लिए पूरी मेहनत से पसीना बहाते हुए श्रम करते हैं तो इस रूपांतरण द्वारा जीवंत और विकसित भारत का जन्म हो सकेगा। इस गीत को अपनी खूबसूरत भाषा में गाने पर हम अपने मन को एकीकृत कर कार्य के लिए प्रवृत्त हो सकते हैं।

"वह दिव्य शांति और सौंदर्य हमारे लोगों में प्रविष्ट हो और हमारी देह, मन व आत्मा अच्छे स्वास्थ्य व आनंद से परिपूर्ण हो जाए।"

□

---

* 25 अगस्त, 2002 को नई दिल्ली में भारत के राष्ट्रपति का पदभार ग्रहण करने के दौरान

6

हमें किसलिए याद किया जाएगा?

एक क्षण रुककर सोचिए कि आनेवाली पीढ़ियाँ हमें किसलिए याद करेंगी। क्या हमें याद करने की वजह हमारी पीढ़ी द्वारा बनवाई गई नई मसजिदों की संख्या होगी, क्या हमें इसलिए याद किया जाएगा कि हमारी पीढ़ी ने कितने नए मंदिरों या गुरुद्वारों का निर्माण करवाया?

नहीं, कतई नहीं। हम केवल तभी याद किए जाएँगे, जब हम अपनी युवा पीढ़ी को आर्थिक समृद्धि और सभ्यता की विरासत से उत्पन्न समृद्ध एवं सुरक्षित भारत देकर जाएँगे।

इस अवसर पर मैं आपको जम्मू और कश्मीर के तीन क्षेत्रों के हाल ही में किए दौरे के दौरान राज नगर, श्रीनगर में हुआ एक अनुभव बताता हूँ। वहाँ मुझसे वार्त्तालाप करने शहर और आस-पास के विभिन्न स्कूलों से आए बहुत से छात्रों ने मेरे साथ राष्ट्रीय गीत गाया।

वार्त्तालाप के अंत में तीन छात्र मेरे पास आए और मुझे अपना परिचय दिया। उनमें से एक हिंदू लड़की, दूसरा मुसलिम लड़का, तीसरा एक सिख लड़का था। उन्होंने मुझसे पूछा, राष्ट्रपति महोदय, कृपया हमें बताएँ, हम कब समृद्ध हो सकेंगे, गरीबी कब दूर होगी और आतंकवादी हमलों का डर कब दूर होगा? आप हमें ऐसे मिशन की अनुमति दें, जिससे हम अतिवादियों के मन में प्रवेश कर उनके मन में एकता स्थापित कर सकें।

ये बच्चे देश के 30 करोड़ प्रभावशाली युवाओं के प्रतिनिधि थे। उन छात्रों के प्रश्नों से मैं सोच में डूब गया और मेरे मन में एक कविता उभर आई।

'ओ सर्वेश्वर, मेरे देश के लोगों के मन में विचार और कर्म को जगह दे, जिससे वे साथ मिलकर रह सकें। मेरे देश के धार्मिक नेताओं के मन को प्रकाशित कर, जिससे वे धर्मों के बीच प्रेम व स्नेह के पुल का निर्माण कर सकें।'

नेताओं के मन में देश किसी भी व्यक्ति या पार्टी से बड़ा है! का विचार स्थापित करें।

लोगों की आशाएँ

मैंने बहुत से लोगों से वार्त्तालाप किया है, इसके अलावा मैंने संसद् सदस्यों और विभिन्न राज्यों के व्यवस्थापकों से विशिष्ट वार्त्तालाप किया और संसद् के संयुक्त सत्र में विकसित 'भारत योजना' को पेश किया।

लोगों के साथ वार्त्तालाप व बहुत से नागरिकों से प्राप्त लिखित उत्तर से मुझे लोगों की आशाओं का बोध हुआ, जिन्हें मैंने दो दशकों से भी कम में भारत को विकसित राष्ट्र में परिवर्तित करने संबंधी काररवाई तैयार की। वह चाहे केरल में दूर स्थित कोई गाँव हो या नागालैंड का सुदूर ग्रामीण परिवेश या नियंत्रण रेखा के निकट स्थित जम्मू और कश्मीर का उड़ी क्षेत्र हो, मैं दृढतापूर्वक कहना चाहूँगा कि हर कहीं समृद्ध भारत से जुड़ी आशाएँ व एहसास एक समान हैं।

हमारी शक्ति

भारत को विकसित राष्ट्र बनाने के लिए हमें अपने देश की मूल क्षमताओं को बढ़ाने पर जोर देना होगा। हमें आनेवाले वर्षों में अपने सकल घरेलू उत्पादन में क्रमिक वार्षिक वृद्धि करते हुए इसे मौजूदा 5 से 8 से दस फीसदी तक करना होगा। इस वर्ष हम अपनी अर्थव्यवस्था के तीन क्षेत्र—कृषि, उत्पादन और सेवा में आरोहण को लेकर आश्वस्त हैं। यदि हमने सामूहिक प्रयास से इस गति को बनाए रखा तो अगले वर्ष हम 8 फीसदी की विकास दर तक पहुँच सकते हैं। हमें यह सुनिश्चित करना होगा कि इस विकास का लाभ हमारे समाज के कमजोर तबकों तक भी पहुँच सके।

हमें कृषि, ऊर्जा, सूचना व संचार प्रौद्योगिकी, औद्योगिक व शिक्षा क्षेत्र, अंतरिक्ष, परमाणु और रक्षा प्रौद्योगिकी, रसायन, फार्मास्यूटिकल और ढाँचागत

उद्योग, तेल की खोज और रिफाइनिंग तथा सबसे जरूरी महत्त्वपूर्ण प्रौद्योगिकी में अपनी बढ़त को सुदृढ करना होगा।

अपनी शक्तियों का समेकन करते हुए हमें सुरक्षा चेतना को भी बढ़ाना होगा, जिससे हमें सड़क, रेल, विमान, ऊर्जा, औद्योगिक व अन्य दुर्घटनाओं में मूल्यवान मानवीय और भौतिक संसाधनों की हानि को रोकना होगा।

राष्ट्र परिवर्तन के मिशन की शुरुआत के लिए मूल दक्षताओं, संसाधनों और सुरक्षा चेतना को आधार बनाना होगा।

विजन से मिशन

देश को आत्मनिर्भर विकास के मार्ग पर अग्रसर करने के लिए हमें क्षेत्रवार विशिष्ट एकीकृत मिशनों का निर्माण और विकास करना होगा। इन मिशनों से विकसित भारत को निश्चित समय के भीतर वास्तविकता बनाने को बल मिलेगा। इससे विविध भाँति के उद्योगों की स्थापना और राष्ट्र के बुनियादी ढाँचे में वृद्धि होने से युवाओं के लिए बड़े पैमाने पर रोजगार सृजन हो सकेगा। मैं ऐसे पाँच विशिष्ट मिशनों पर चर्चा करना चाहूँगा।

नदियों को जोड़ना

मेरी सरकार के सक्रिय ध्यानार्थ सबसे पहला मिशन नदियों को जोड़ना है। कार्यकारी टीम के कार्य योजना बनाने के बाद हमें तुरंत मिशन मोड कार्यक्रम को आरंभ करना होगा, जिसमें परियोजना क्रियान्वयन में जैविक विस्तार योजना भी शामिल होगी। इस मिशन से नदी किनारे स्थित राज्यों की सूखे और बाढ़ की आवधिक समस्या समाप्त हो जाएगी और इससे जल व ऊर्जा सुरक्षा दोनों ही प्राप्त होंगी। इसके अतिरिक्त, देश को जल संचयन तथा समुद्री जल शोधन संबंधी राष्ट्रीय मिशन भी आरंभ करने होंगे।

गुणवत्तापूर्ण विद्युत्

वाजिब कीमत पर अबाधित विद्युत् आपूर्ति की उपलब्धता सुनिश्चित करना आर्थिक तरक्की की कुंजी है। यह हमारा दूसरा मिशन है। इसकी 100,000 मेगावाट

की वर्तमान क्षमता को वर्ष 2020 तक तिगुना करना होगा। ऐसा करने के लिए पनबिजली, थर्मल और परमाणु विद्युत् प्रणाली के अलावा हमें सतत ऊर्जा के अन्य स्रोतों जैसे बायोमास, वायु और सौर के 800 से 1000 मेगावाट क्षमतावाले फार्म और इसके कुशलतापूर्वक संचरण और वितरण को बढ़ावा देना होगा।

ग्रामीण क्षेत्रों में शहरी सुविधाओं का प्रावधान (पुरा)

ग्रामीण क्षेत्रों में शहरी सुविधाओं का प्रावधान एक अन्य महत्त्वपूर्ण मिशन है। दीर्घकालिक हितों को ध्यान में रखते हुए हमें ग्रामीण परिवेश को सुदृढ बनाते हुए, वहाँ आधुनिक आर्थिक संपर्क प्रदान कर अपने लोगों के लिए गाँव में निवास करने को आकर्षक बनाना होगा। ऐसा करने के लिए 'मिशन मोड' कार्यक्रम के तहत भौतिक, इलेक्ट्रिक और ज्ञान-संचारित आर्थिक व्यवहार्यता वाले ऐसे ग्राम समूह का गठन करना होगा, जो ग्राम समूहों को आत्म-सतत आर्थिक समृद्धि की ओर अग्रसर कर सके। पुरा को लघु-उद्योगों व उद्यमियों और सामाजिक प्रतिष्ठानों के लिए व्यापारिक प्रस्ताव बनाना आवश्यक है।

सूचना और संचार प्रौद्योगिकी (आई.सी.टी.)

सूचना और संचार प्रौद्योगिकी (आई.सी.टी.) और इससे संबंधित सेवाओं से जुड़ा यह मिशन राष्ट्र के लिए पूँजी उत्पादकों में से एक है। आनेवाले दस वर्षों में हमें अपने व्यापारों की संख्या को 15 से 20 गुना करना होगा।

आई.सी.टी. का लाभ, टेलीमेडिसिन, टेलीएजुकेशन और इ-गवर्नेंस के माध्यम से देश के सभी हिस्सों तक पहुँचना आवश्यक है।

हमें आई.सी.टी. हेतु आधारभूत संरचना और आई.सी.टी. सेक्टर में चयनित आत्मनिर्भरता के प्रचार हेतु ज्ञान-आधारित उत्पादों का विकास करना होगा और इस तरह हम वैश्विक स्तर पर प्रतिस्पर्धात्मक बढ़त हासिल कर सकेंगे।

पर्यटन

देश की हिमालय से लेकर कन्याकुमारी, जम्मू और कश्मीर, केंद्रीय भारत, उत्तर-पूर्वी राज्य, बिहार, पश्चिमी राज्य व लंबी तटीय रेखा, अंडमान और

निकोबार द्वीप तथा लक्षद्वीप जैसी विशाल सांस्कृतिक विरासत में पर्यटकों को आकर्षित करने की अत्यधिक क्षमता है। देश के लगभग इन सभी स्थानों की यात्रा के बाद मुझे एहसास हुआ कि हमारे पर्यटन उद्योग में पूँजी निर्माण की अत्यधिक संभावना है और हमें इसे ही उच्च लक्ष्यवाले पाँचवें मिशन के रूप में क्रियान्वित करना होगा।

इस मिशन में सफल होने के लिए बुनियादी ढाँचे का होना सबसे बड़ी आवश्यकता है और हमें इसमें सुधार करना होगा। अंतर्देशीय जल नेविगेशन, होटल, संचार व पर्यटन प्रचार में तेजी लानी होगी। सतत पर्यटन को प्रचारित करने पर यह भारत की मूल दक्षताओं में शामिल हो सकता है। मिशन में इन क्षेत्रों में कार्य करना और इसे गुणक प्रभाव प्रदान करना होगा, जिससे अर्थव्यवस्था में सभी क्षेत्रों को आवश्यक गति प्राप्त हो सके।

ग्रामीण जीवन में समृद्धि

कुछ राज्यों की अपनी ग्रामीण क्षेत्रों की यात्रा के दौरान मुझे एहसास हुआ कि ग्रामीणों की जिस मेहनत की कमाई को बच्चों की शिक्षा और उनके निवास-स्थान समेत पर्यावरण सुधार में लगना चाहिए था, इसकी बजाय वह शराब व इसी तरह के अन्य बुरी आदतों में व्यर्थ हो रही है। कुछ राज्यों में मुझे स्त्री व पुरुषों की संख्या में भी असंतुलन दिखाई दिया। इस बात ने मुझे गाँव के जीवन को समझने के लिए ग्रामीणों से इन मुद्दों पर वार्त्तालाप के लिए प्रेरित किया—

- बच्चे हमारी अनमोल संपदा हैं।
- हमें लड़कों और लड़कियों को शिक्षा और समाज में विकास के समान अधिकार प्रदान करने चाहिए।
- कड़ी मेहनत करने पर कमाई होती है। हमें इसे जुए और शराब में नहीं गँवाना चाहिए। हमें अपने बच्चों के लिए आदर्श बनना चाहिए।
- हमें अपने बच्चों को शिक्षा का महत्त्व समझाना होगा, क्योंकि सीखने से ज्ञान की प्राप्ति होती है।
- हमें साथ मिलकर अपने जंगलों की सुरक्षा और प्रदूषण से बचाव करना होगा।

- हमें कम-से-कम पाँच पेड़ या पौधे लगाने चाहिए।

यह आवश्यक है कि हमारे प्रतिष्ठित नेता और समाजसेवक ग्रामीण क्षेत्रों के दौरों के दौरान इस शपथ को इसी तरह दोहराएँ। समाजसेवक, महिलाओं का स्वयं सहायता समूह और गैर-सरकारी संगठनों को इस कार्य को एक मिशन की तरह करना होगा। विकसित भारत के लिए हमें अपने गाँवों को जीवंत बनाना होगा।

चुनौतियाँ

विभाजनकारी ताकतें आतंकवाद को साधन के तौर पर उपयोग करते हुए जातीय गुटबंदी, धार्मिक कट्टरवाद और कई बार राजनीतिक महत्त्वाकांक्षा को आतंकवाद के तर्क का नाम देकर राष्ट्रों के बीच टकराव का कारण बनती हैं। लोगों को युद्ध उपकरण के रूप में उपयोग किया जाता है। अगले दो दशकों में हमारे सामने पानी, ऊर्जा और खनिज की कमी के रूप में बिल्कुल नई तरह की परिस्थितियाँ आनेवाली हैं।

कोई भी देश इन परिस्थितियों को अकेला नहीं सँभाल सकता। मानवता को सौर ऊर्जा की स्थापना, अलवणीकरण प्रक्रिया द्वारा समुद्री जल से पेयजल बनाना तथा अन्य ग्रहों से खनिज लाने के लिए मेगा-मिशनों की आवश्यकता होगी। ऐसी परिस्थितियों में टकराव के मौजूदा कारण तुच्छ और अनुचित हो जाएँगे। हमारे पड़ोसी देशों को इस नजरिए से देखते हुए बड़ा विजन रखना होगा। निश्चित ही, भारत को अपने सभी पड़ोसी देशों से साथ शांति स्थापित करने हेतु महत्त्वपूर्ण पहल करनी होगी।

हमारे प्रधानमंत्री की हाल ही की चीन यात्रा ने निश्चित ही हमारे बीच के कुछ पुराने मामलों को सुलझाने का मार्ग प्रशस्त किया है। जम्मू व कश्मीर और अन्य राज्यों में हाल ही हुए आतंकी हमलों के आत्मघाती धमाकों से सैनिकों और सामान्य लोगों का हताहत होना गंभीर चिंता की बात है। किसी भी धर्म के लिए अपना अस्तित्व बनाए रखने या प्रचार हेतु दूसरों की हत्या करना अनिवार्य नहीं है। इन कायरतापूर्ण कृत्यों के पीछे खालिस हताशा है और ऐसे कार्यों की पुनरावृत्ति को रोकने के लिए ऐसी घटनाओं की निंदा करना आवश्यक है।

हमारी जिम्मेदारी

विकसित भारत 2020 विजन को मिशन में परिवर्तित करना एक राष्ट्रीय चुनौती है, जिसके लिए राष्ट्रीय स्तर पर भागीदारी की आवश्यकता है। मेरी सरकार इस मिशन के प्रति प्रतिबद्ध है, भारत के प्रत्येक नागरिक से पूछना होगा कि वह किसी तरह इस मिशन में प्रत्यक्ष या अप्रत्यक्ष रूप से योगदान दे सकता है। इन हमारे नागरिकों द्वारा वास्तविक योगदान हेतु सभी तरह की विशिष्ट संभावनाओं का वर्णन करना बहुत कठिन है। मैं यहाँ उदाहरण के रूप में उनमें से कुछ बताना चाहूँगा—

शिक्षाविद् छात्रों में सीखने, रचना करने, उद्यमशीलता और नैतिक नेतृत्व भावना की क्षमता का निर्माण करते हुए उनके आदर्श बन सकते हैं। आज पेशेवर शिक्षा एक व्यवसाय बनकर रह गई है। अब तो यह मध्यवर्ग के लोगों की पहुँच से भी बाहर हो चुकी है तो फिर गरीबी रेखा से नीचे के लोगों की बात करना ही बेमानी है। राज्य सरकारों, विश्वविद्यालयों और शैक्षिक संस्थानों के प्रबंधकों को इन मिशनों की क्रियान्वयन की समीक्षा कर प्रक्रियात्मक और प्रणालीगत मार्गावरोधों को दूर करना होगा। सरकार को सार्वजनिक व्यवहार से जुड़े सभी कार्यों में इ-शासन के माध्यम से पारदर्शिता लानी होगी।

सांसदों और विधायकों को अपने चुनाव क्षेत्र में मिशन सहायक के तौर पर काम करते हुए सभी आंतरिक व अंतर-चुनाव क्षेत्रीय टकरावों को सुलझाना होगा। मुझे एक तमिल महाकाव्य की याद आती है, जिसमें उच्च व दायित्वपूर्ण पदों पर बैठे व्यक्तियों के लिए आचार संहिता का वर्णन किया गया है।

इसका अर्थ है कि उच्च व दायित्वपूर्ण पदों पर बैठे लोग यदि धर्म के विपरीत कार्य करने लगें तो यह धर्म परिवर्तित होकर अधर्म का रूप ले लेता है। धर्म के मार्ग से विमुख होनेवाला, फिर चाहे वह व्यक्ति हो या राज्य, अपने कार्यों के लिए स्वयं जिम्मेदार होगा।

यदि कोई राष्ट्र भ्रष्टाचार-मुक्त और खूबसूरत मस्तिष्कों का देश बनना चाहता है तो पूरी तरह से मेरा मानना है कि समाज के तीन प्रमुख सदस्य ऐसा करने में सक्षम हैं। ये लोग हैं पिता, माता और शिक्षक। चलिए तीनों साथ मिलकर अपने घर से ही इस आंदोलन की शुरुआत करें और सबसे पहले स्कूल से भ्रष्टाचार का निर्मूलन कर दें।

समापन

हमारा देश बहुत विशाल है। हमें आशीर्वाद के रूप में प्राकृतिक संसाधन और उच्च प्रेरणायुक्त युवा मानव संसाधन प्राप्त है। हमें राष्ट्र के विकास के अपने विचारों की प्राथमिकता का पुनर्निर्धारण करते हुए अन्य सभी मुद्दों को गैर-मुद्दा करार देना होगा। इससे विकास की प्रक्रिया पर केंद्रित होना और इसे आगे बढ़ाना सुनिश्चित हो सकता है, साथ ही इससे ऊर्जा व संसाधनों का गैर-उत्पादक मुद्दों पर अपव्यय नहीं होगा।

अब हमें सभी को ऐसे सभी मुद्दों पर रोक लगानी होगी, जो राष्ट्र के विकास में बाधा बनते हों और विकसित भारत के मिशनों को वास्तविक बनाने की प्रतिज्ञा लेनी होगी।

□

---

* 14 अगस्त, 2003 को 57वें स्वतंत्रता दिवस की पूर्वसंध्या पर

7

अदम्य भावना

अच्छा काम करनेवाले जीवन के विभिन्न क्षेत्रों के कर्मियों, नियोक्ता, प्लेसमेंट अधिकारियों, निजी व्यक्तियों, संस्थानों और विकलांग रचनात्मक व्यक्तियों को पहचान मिलना बहुत आवश्यक है। सरकारी संस्थानों को विकलांगता बिल का सम्मान करना होगा, जिससे विकलांगों को नौकरियों में तीन फीसदी आरक्षण मिल सकेगा। इस बिल के प्रभावशाली अनुपालन हेतु मंत्रालय और विभागों को तंत्र विकसित करना होगा, जिससे विकलांग व्यक्ति भी आर्थिक रूप से स्वतंत्र और सामान्य जीवन बसर करने की क्षमता पा सकें। सरकारी विभागों के लिए उद्योगों और सेवा क्षेत्रों को भी विकलांग लोगों को नौकरी देकर मानवता की सेवा करनी चाहिए।

विकलांग आबादी के लिए मिशन

अनुमान है कि भारत में कुल आबादी में से 5 प्रतिशत व्यक्ति विकलांग हैं। मेरा सामाजिक न्याय व सशक्तीकरण मंत्रालय से निवेदन है कि एक वर्ष में इससे जुड़े आँकड़े एकत्र कर ले। इन लोगों के समग्र पुनर्वास के लिए बहु-क्षेत्रीय दृष्टिकोण और ऐसी परिस्थितियों का निर्माण करना होगा, जिसमें वे अपनी संभावनाओं को पहचानते हुए अपना जीवन स्वतंत्रतापूर्वक गुजारते हुए कार्य में योगदान दे सकें। अनुमान है कि इस पुनर्वास योजना की परिधि में फिलहाल 20 प्रतिशत से भी कम विकलांग आबादी आती है। अधिकांश विकलांग, जिन तक यह पुनर्वास सहायता या सलाह नहीं पहुँच सकी है, वे ग्रामीण क्षेत्रों से

हैं, जहाँ वे अभिभावकों की देख-रेख में पूरा जीवन पीड़ा सहते हुए गुजार देते हैं। इन विकलांगों के अभिभावकों और संबंधियों को परामर्श देना आवश्यक है, जिससे उन्हें प्रेरणा मिले और वे विशेषज्ञ एजेंसियों की सहायता से अपने बच्चों को उचित सहायक उपकरण और सामान्य/व्यावसायिक प्रशिक्षण दिलवा सकें। व्यावसायिक प्रशिक्षण के साथ ही सरकारी व गैर-सरकारी एजेंसियों के लिए यह आवश्यक किया जाए कि वे विकलांग व्यक्ति को 3 से 6 माह के मनोवैज्ञानिक प्रशिक्षण द्वारा उनमें हम ऐसा कर सकते हैं, 'हम जीत सकते हैं', का भाव उत्पन्न करें। व्यावसायिक प्रशिक्षण और उच्चतम प्रयासों के मेल से विकलांग व्यक्तियों में अदम्य भावना उत्पन्न हो सकेगी। मैं अदम्य भावना के मानव कल्याण के इस महत्त्वपूर्ण मिशन पर अपने कुछ विचार आपके साथ साझा करना चाहता हूँ।

अदम्य भावना

विकलांगता की अनुभूति मन में निहित होती है। निश्चित ही एक शुद्ध और प्रबुद्ध मनवाला व्यक्ति महत्त्वपूर्ण नागरिक है, फिर चाहे वह विकलांग ही क्यों न हो। अदम्य भावना का निर्माण कर विकलांगों के जीवन को भी समृद्ध बनाया जा सकता है। मैं उदाहरण के तौर पर एक ऐसे व्यक्ति का किस्सा बताना चाहता हूँ, जिसने विकलांग होने के बावजूद अपने क्षेत्र में शीर्ष मुकाम हासिल किया।

अपनी बुल्गारिया यात्रा के दौरान मैं वहाँ की नैशनल आर्ट गैलरी गया था। मैं वहाँ एक चित्र प्रदर्शनी देखकर प्रेरित और प्रभावित हुआ, जिसमें अधिकांश चित्र बुल्गारिया के चित्रकारों ने ही बनाए थे। मैंने विख्यात बुल्गारियाई चित्रकार ज्लाट्ज़ूबोजादजीव की सौवीं जन्म शताब्दी पर प्रदर्शित उनके चित्र देखे। उन्होंने सामान्य रूप से अपने दाएँ हाथ से सैकड़ों चित्र बनाए थे। मुझे बताया गया कि बाद में उनका दायाँ हाथ लकवाग्रस्त हो गया था, लेकिन अपनी अदम्य जिजीविषा की बदौलत उन्होंने बाएँ हाथ से चित्र बनाना आरंभ कर दिया, वहाँ प्रदर्शित ऐसे चित्र और भी अधिक खूबसूरत थे। उन्हें देखकर मुझे एहसास हुआ कि किसी भी तरह की शारीरिक कमी रचनात्मक व्यक्तियों को नहीं रोक सकती, क्योंकि जीवन में इस मिशन की ओर बढ़ने की शक्ति उन्हें अपने भीतर से

मिलती है। मेरी सलाह है कि कुछ ऐसे सामाजिक और तकनीकी सहायता मिशन आरंभ किए जाएँ, जिससे विकलांग व्यक्ति भी लगभग सामान्य जीवन जी सकें।

विकलांगतामुक्त शिक्षा और कार्यस्थल

इसमें सरकारी इमारतों, स्कूलों, कॉलेजों, बैंक, वाहनों आदि में आसानी से प्रवेश उपलब्ध करवाना सबसे महत्त्वपूर्ण है। मुझे पता चला है कि दिल्ली मेट्रो रेल कॉरपोरेशन ने शारीरिक रूप से विकलांग लोगों के लिए उचित इंतजाम किए हैं। हमें कार्यस्थल पर उनकी आसानी के लिए सभी तरह के प्रयास करने होंगे। अभिभावकों, शिक्षकों और समाज सेवकों/ स्वास्थ्य सेवा प्रदाता एजेंसियों की सहायता से विकलांगों के प्रबंधन, शिक्षण करने और सशक्तीकरण के त्रिपक्षीय प्रयाग करने चाहिए। इन प्रयासों में प्रौद्योगिकियों और औद्योगिक भागीदारी द्वारा सस्ते उपकरणों तथा विश्वसनीय सेवाओं का लक्ष्य प्राप्त करने का प्रयास किया जा सकता है।

हमें यह सुनिश्चित करने हेतु प्रयास करने होंगे कि विकलांगों को भी समान अवसर प्राप्त हों और वे समाज में अलग-थलग न हों। हमें विकलांग व्यक्तियों को 'अवसरों में समानता' प्रदान करनी होगी, जिसके लिए विकलांगों की सुविधाओं के लिए रैंप और साइड-वाक जैसी आसान, प्राथमिक और प्रत्यक्ष सेवाएँ तैयार की जाएँ। हमें इस तथ्य को समझना होगा कि यह समाज मानवीय विविधता से आगे बढ़ते हुए सभी के लिए है, जो प्रत्येक व्यक्ति में मानवीय संभावनाओं को विकसित करने की ओर बढ़ रहा है।

सहायक उपकरणों द्वारा उनकी विकलांगता को कम किया जा सकता है। यद्यपि बहुत से नवीन व उपयोगी उत्पादों का विकास करने के बाद हमें इनकी गुणवत्ता और वाजिब कीमत पर इनकी उपलब्धता पर ध्यान देना होगा। इस क्षेत्र में अनुसंधान और विकास बेहद आवश्यक है। हमें सूचना प्रौद्योगिकी के प्रयोग से छपे हुए शब्दों में सुधारकर इन्हें नेत्रहीनों तक पहुँचाने का रास्ता निकालना होगा। अंग्रेजी के शब्दों को स्कैन कर इन्हें कंप्यूटर पर वॉयस सॉफ्टवेयर के माध्यम से सुना जा सकता है, लेकिन यह सुविधा अभी भारतीय भाषाओं के लिए अंग्रेजी भाषा जैसी गति और विशुद्धता के साथ उपलब्ध नहीं है। जहाँ अंग्रेजी सामग्री को

सरलता से ब्रेल में परिवर्तित किया जा सकता है, वहीं भारतीय भाषाओं के लिए अभी यह सुविधा उपलब्ध नहीं है। अत: भारतीय भाषाओं की पाठ्य-पुस्तकें और अन्य पठनीय सामग्री की ब्रेल में उपलब्धता दुर्लभ तथा उत्पादन महँगा और अधिक समय लेनेवाला है। मेरा सुझाव है कि आई.टी. समुदाय एक ब्रेल की बोर्ड और सॉफ्टवेयर का निर्माण करे, जिसमें सॉफ्टवेयर के माध्यम से ब्रेल सामग्री के लिखित शब्दों को भारतीय भाषाओं में आवाज में बदला जा सके।

विकलांगों के लिए प्रौद्योगिकी

जब मैं कोलकाता के नेताजी इनडोर स्टेडियम में 9000 छात्रों से वार्त्तालाप कर रहा था तो एक नेत्रहीन बालक ने मुझसे पूछा, ''सर, ज्ञानवान समाज में मुझे जैसे नेत्रहीन विकलांगों को किस तरह की शिक्षा-सुविधाएँ प्राप्त होंगी?'' उसके जैसे और भी बहुत से लोग हैं। मैं आपसे अपने विचार साझा करता हूँ। मैंने राष्ट्रपति भवन में आनेवाले और विभिन्न राज्यों और देशों के अपने दौरों के दौरान बहुत से शारीरिक व मानसिक विकलांग बच्चों से मुलाकात की है। इससे मेरी यह धारणा और भी अधिक पुष्ट हो गई कि बाकी सबकी तरह इन बच्चों को भी पढ़ने व कार्य करने की इच्छा होती है। हमें सूचना प्रौद्योगिकी की सहायता से उनकी समस्या का समाधान निकालना होगा। हम ऐसा ऑडियो पुस्तकें, बोलती वेबसाइट्स, वाक-आधारित इंटरफेस व अन्य उपकरणों के निर्माण द्वारा कर सकते हैं। हमें आई.टी. संस्थानों के साथ मिलकर नेत्रहीन एवं विकलांगों के लिए वाजिब कीमत पर सहायक उपकरणों के निर्माण का कार्यक्रम आरंभ करना होगा।

इंटरनेट और विकलांग

मैं उस दृश्य की कल्पना करता हूँ, जहाँ कुछ विकलांग इंटरनेट संस्कृति का हिस्सा होंगे। सही समय पर सही जानकारी न मिलना विकलांगों के लिए बहुत चिंता की बात होती है। सूचना व संचार प्रौद्योगिकी (आई.सी.टी.) को कुछ ऐसा समाधान निकालकर इंटरनेट को दिव्यांग व्यक्तियों के लिए मित्रवत् बनाना होगा, जिससे वे भी इंटरनेट की अत्यंत प्रभावशाली शक्ति का लाभ उठा सकें।

कंप्यूटर के माध्यम से घर बैठकर काम करके, फिर इस काम को ऑनलाइन ऑफिस भेजने के वर्चुअल ऑफिस के विचार द्वारा विकलांगों की शारीरिक गतिविधियों को अनावश्यक या सीमित किया जा सकता है।

निकट भविष्य की संभावनाओं को तलाशने के अलावा हमें विकलांगों को फिलहाल मौजूद सेवाएँ प्रदान करने का प्रयास करना होगा। उदाहरण के लिए, क्यों न विकलांगों को कम कीमत पर मोबाइल टेलीफोन दिए जाएँ, क्योंकि अपने नियमित कार्यों और सुरक्षा के लिए उन्हें इसकी सबसे ज्यादा जरूरत होती है।

महत्त्वपूर्ण सहायता प्रणाली का स्वदेशी उत्पादन

भारत में एक और चिंता का कारण यह है कि हमारे यहाँ कॉकलीयर इंप्लांट मैन्युफैक्चरिंग यूनिट नहीं हैं। कॉकलीयर इंप्लांट से मूक और बधिरों को सुनने/बोलने की लगभग सामान्य क्षमता प्राप्त करने में सहायता मिलती है। मूलत: इसमें कान के अंदर के क्षतिग्रस्त हिस्से को बाय-पास करने के लिए एक इलेक्ट्रॉनिक प्रणाली का उपयोग किया जाता है, जिसमें एक बाहरी माइक, स्पीच प्रोसेसिंग सर्किट, ट्रांसमीटर और एक रिसीवर होता है। इस रिसीवर को कान के नीचे प्रत्यारोपित किया जाता है। रिसीवर में एक इलेक्ट्रॉड होता है, जिसे कान के कर्णावत (कॉकलीयर) भाग में अंतर्स्थापित कर दिया जाता है। स्पीच प्रोसेसर अंदर आनेवाले ऑडियो सिगनल को प्रोसेस करके उसे विभिन्न चैनलों में इलेक्ट्रिक सिगनल का रूप दे देता है। ट्रांसमीटर इन सिग्नलों को इंप्लांट के मल्टी-चैनल इलेक्ट्रॉड तक भेजता है और वह इसे कॉकलीयर के विभिन्न बिंदुओं तक पहुँचा देता है। कोयंबटूर के एक अस्पताल में मैंने एक बच्चे को देखा था, जो इस प्रत्यारोपण और आई.टी. समर्थित प्रशिक्षण के बाद सुन व बातचीत कर सकता था। आयातित कॉकलीयर इंप्लांट की कीमत 7 लाख रुपए है, जो आम आदमी के लिए वहनीय नहीं है। भारत में कॉकलीयर इंप्लांट के निर्माण के लिए विकास कार्यों की एक श्रृंखला आरंभ करनी होगी, जिससे इसके उपकरणों, सर्जरी और प्रचालन प्रशिक्षण की लागत को कम करके करीब 40 से 50,000 रुपए तक लाया जा सके।

मानसिक रूप से विकलांग बच्चों के लिए अनुसंधान

अन्ना विश्वविद्यालय में मेरे निर्देशन में एक डॉक्टरेट अनुसंधान परियोजना हुई थी। इस अनुसंधान में ऐसे सॉफ्टवेयर/हार्डवेयर एकीकृत समाधान तलाशना था, जिससे मानसिक रूप से विकलांग बच्चों का मस्तिष्क लगभग सामान्य स्थिति में काम करने लगे। सेंट्रल इंस्टीट्यूट ऑफ मेंटली रिटार्डेशन, तिरुवनंतपुरम् में कुछ मानसिक्क रूप से विकलांग बच्चों को गाते व चित्रकारी करते देख मुझे विश्वास हो गया कि सूचना व संचार प्रौद्योगिकी, मेडिकल इलेक्ट्रॉनिक्स, बायोटेक्नोलॉजी और गणितीय अनुगमन के संयोग द्वारा उनकी समस्या का समाधान निकाला जा सकता है। हम विभिन्न शोध संस्थानों, मानसिक रूप से विकलांग बच्चों के घरों और अस्पतालों में इसका अध्ययन कर रहे हैं। हमें पूरा विश्वास है कि तकनीक की मदद से मस्तिष्क के क्षतिग्रस्त हिस्से को मस्तिष्क के सामान्य हिस्से से परिवर्तित कर या इन कार्यों को करने में सक्षम बायो-चिप के प्रत्यारोपण द्वारा क्षतिग्रस्त सेल्स के कायाकल्प या अवरोधन किया जा सकता है। यह समस्या बहुत जटिल है। क्या इसे सुलझाया जा सकता है? इसपर अनुसंधान अभी भी जारी है।

महिलाएँ व विकलांगता

जीवन के प्रत्येक पक्ष में महिला विकलांगों की संख्या अधिक है। विकलांग महिलाओं में बेरोजगारी तुलनात्मक रूप से अधिक है। सरकारी व सामाजिक संस्थान, शैक्षिक संस्थान व उद्योगों को साथ मिलकर ऐसे उपाय खोजने होंगे, जिसे विकलांग महिलाओं में बेरोजगारी की इस उच्च दर को कम किया जा सके और उनमें क्षमता निर्माण द्वारा जीवन की मुख्यधारा का हिस्सा बनाकर राष्ट्र-निर्माण के कार्य में उनका भी उपयोगी योगदान प्राप्त किया जा सके।

पुनर्वास

पुनर्वास प्रक्रिया का लक्ष्य विकलांगों को ऐसी उत्कृष्ट शारीरिक, संवेदी, बुद्धिमत्ता, मनोवैज्ञानिक और/या सामाजिक स्तर पर कार्यशीलता प्रदान करना है, जिससे वे अपने जीवन को स्वतंत्रता के उच्चतम स्तर तक पहुँचाने का साधन

बना सकें। पुनर्वास प्रक्रिया में ऐसे पैमाने के कार्य शामिल रहने चाहिए, जिनसे कार्यक्षमता का नवीनीकरण हो या किसी नुकसान या कार्यक्षमता या शारीरिक गतिविधियों में कमी की क्षतिपूर्ति हो सके। इसमें प्राथमिक व सामान्य पुनर्वास से लेकर व्यावसायिक पुनर्वास जैसे लक्ष्य-आधारित कार्यकलापों जैसी व्यापक गतिविधियाँ और काररवाई शामिल होनी चाहिए।

इसमें सबसे आवश्यक ऐसे सहायता प्रदाता लोगों की सूची तैयार करना है, जो पूरे प्रेम और उत्साह के साथ दूसरों की सेवा करना चाहते हों। उन्नत संघटित तकनीक के माध्यम से हल्के वजनवाले कृत्रिम अंग या एफ.आर.ओ. (फ्लोर रिएक्शन ऑर्थोसिस)- कैलिपर्स बनाए जाएँ, जिनसे विकलांगों को सहायता मिल सके। भुज में भूकंप की विभीषिका को झेल चुके लोगों को ऐसी सहायता मिलने पर उनके चेहरे की प्रसन्नता मैं देख चुका हूँ। इस संघटित पदार्थ का उपयोग ब्रेल में भी किया जा सकता है। ऐसी तकनीकों का बड़े पैमाने पर उपयोग होना चाहिए। इन क्षेत्रों में परियोजनाओं की तुरंत शुरुआत करनी होगी।

समापन

विकलांगों को उत्पादक रोजगार दिलवाने के लिए अभिनव और परवाह करनेवाला मन होना चाहिए। इसके लिए कॉरपोरेट और स्वयंसेवा क्षेत्रों के प्रतिनिधियों की एक विशेषज्ञ कमेटी का गठन करना होगा, जो कार्य की गुणवत्ता से समझौता किए बिना कार्यकारी/प्रबंधन/पर्यवेक्षक स्तर के लगभग 120 रोजगार और कुशल/अर्ध-कुशल/ अकुशल स्तर के लगभग 946 रोजगार प्रदान कर सके । संस्थानों और उद्योगों को स्वयं आगे बढ़कर कुछ विकलांगों को रोजगार के अवसर मुहैया करवाने चाहिए, जिससे वे उन्हें आर्थिक स्वतंत्रता प्रदान करने के अलावा कष्टों को कम करने में अपना योगदान देने की संतुष्टि प्राप्त कर सकें। आजकल देश में कॉल सेंटर महत्त्वपूर्ण व्यापार केंद्र बन गए हैं। एक लघु प्रशिक्षण कार्यक्रम द्वारा न्यूनतम हार्डवेयर परिवर्तन द्वारा कॉल सेंटर बड़े पैमाने पर नेत्रहीनों को अपने संस्थानों का कुशल कर्मचारी बना सकते हैं। मैं देश के सभी कॉल सेंटर संस्थानों से अपील करता हूँ, वे मिशन के तौर पर ऐसे

कोर्स आरंभ करें और विकलांगों को प्रशिक्षण के साथ ही रोजगार के अवसर भी मुहैया करवाएँ।

सामाजिक न्याय व सशक्तीकरण मंत्रालय विकलांगों के कल्याण हेतु सहायता व प्रोत्साहन उपलब्ध करवाए, जिससे वे भी अपने को समाज में अधिक सुरक्षित, स्वतंत्र और समान भागीदारी का एहसास कर सकें।

यहाँ मैं एक विकलांग बच्चे मुस्तफा की फारसी भाषा में लिखी कविता कहना चाहूँगा।

साहस

मेरे पैर नहीं हैं।
लेकिन मेरा मन कहता है—मत रो, मत रो
क्योंकि अब मुझे राजा के आगे भी झुकने की जरूरत नहीं।

□

* 03 दिसंबर, 2003 को नई दिल्ली में विकलांग व्यक्तियों के कल्याण के लिए राष्ट्रीय पुरस्कार के दौरान संबोधन

8

शिक्षा, सीखना और रचनात्मकता

प्रौद्योगिकीय आयाम

प्रौद्योगिकी बहुआयामी होती है। जहाँ यह आर्थिक समृद्धि की ओर ले जाती है तो वहीं यह राष्ट्रीय सुरक्षा प्रदान करने में भी सक्षम बनाती है। बीते 40 वर्षों में मैंने किसी-न-किसी रूप में तकनीक का यह बहुआयामी स्वरूप देखा है। उदाहरण के लिए, रासायनिक इंजीनियरिंग द्वारा विकसित उर्वरकों से फसलों के उत्पादन में वृद्धि हुई, वहीं विज्ञान की इसी शाखा के उपयोग से रासायनिक हथियारों को भी निर्माण हुआ। इसी तरह रॉकेट प्रौद्योगिकी द्वारा आर्थिक विकास के लिए महत्त्वपूर्ण वातावरण अनुसंधान तथा रिमोट सेंसिंग और संचार कार्यों हेतु उपग्रहों का प्रक्षेपण संभव हो सका। वहीं इसी तकनीक की सहायता से राष्ट्र की विशिष्ट सुरक्षा आवश्यकताओं के लिए मिसाइलों को विकसित किया गया। विमानन प्रौद्योगिकी विकसित होने से लड़ाकू और बमवर्षक विमानों का निर्माण हुआ, वहीं इसी तकनीक के माध्यम से यात्री जेट और दुर्घटनाओं में प्रभावित लोगों तक शीघ्रतापूर्वक पहुँचने हेतु सहायता कार्यों में उपयोग होता है। 1940 में परमाणु विज्ञान के जन्म के साथ ही दो दशकों में इसके परमाणु दवाओं, परमाणु विकिरण द्वारा कृषि उत्पादों की सुरक्षा, परमाणु शक्ति और बाद में परमाणु विज्ञान द्वारा शस्त्रों का विकास व यहाँ तक कि तैनाती जैसे बहु-उपयोग संभव हो सके।

कंप्यूटर विज्ञान और गणितीय विज्ञान सहित संचार प्रौद्योगिकी द्वारा संसार सूचना प्रौद्योगिकी तक पहुँच सका। सूचना प्रौद्योगिकी का प्रबंधन, वाणिज्य,

स्वास्थ्य और शिक्षा जैसे विभिन्न क्षेत्र इ-गवर्नेंस, इ-कॉमर्स, टेलीमेडिसिन और टेलीएजुकेशन जैसे विभिन्न क्षेत्रों में उपयोग हो सकता है। हमने एक विचित्र घटना सभी जगह, विशेष रूप में भारत में देखी कि राष्ट्रीय व अंतरराष्ट्रीय स्तर पर सॉफ्टवेयर में माँग बढ़ने पर प्राथमिक व माध्यमिक विद्यालयों में ऐसे शिक्षकों की संख्या में कमी आई, जिन्हें वास्तव में पढ़ाने से प्रेम हो, क्योंकि अब अन्य बहुत से क्षेत्रों में अवसर मौजूद हैं।

शिक्षण व सीखने का दुहरा मार्ग

ऐसे शिक्षकों की संख्या, जो गुरु के स्तर पर पढ़ाने में रुचि रखते हों, में बड़े पैमाने पर वृद्धि करनी होगी। विभिन्न माँग प्रतिरूपों को देखते हुए इस क्षेत्र में भी कमी दिखाई दे रही है। यह संभावित अच्छे शिक्षक सूचना प्रौद्योगिकी जैसे दूसरे संभावनापूर्ण क्षेत्रों में जाते दिख रहे हैं, लेकिन अब हमारे पास उसी सूचना प्रौद्योगिकी और संचार प्रौद्योगिकी के द्वारा टेलीएजुकेशन के युग में प्रवेश कर विभिन्न स्कूलों में स्थित बहुत सी कक्षाओं का नेटवर्क का निर्माण कर गुणवत्तापूर्ण शिक्षकों द्वारा राष्ट्रीय स्तर पर बहुविध शिक्षण और सीखने के अवसर मौजूद हैं।

मैंने इसके लिए एक मॉडल तैयार किया है—प्रत्येक राज्य में प्राथमिक और माध्यमिक स्कूलों में एक हजार शानदार शिक्षकों की पहचान की जाएगी। इस शिक्षकों को बतौर संसाधन टेलीएजुकेशन द्वारा कनेक्टिविटी, उचित सॉफ्टवेयर और 40-60 छात्रों की सामान्य संख्या से अधिक कई कक्षाओं में बैठे 1000 छात्रों के शिक्षण में उपयोग किया जा सकता है। इ-शिक्षण का उपयोग बढ़ने से इसकी प्रचालन लागत में कमी आएगी, साथ-ही-साथ ग्रामीण संपर्क (भौतिक, इलेक्ट्रॉनिक, ज्ञानपूर्ण और आर्थिक) होने से ग्रामीण स्कूलों में भी गुणवत्तापूर्ण शिक्षकों द्वारा शिक्षण संभव हो सकेगा।

कंप्यूटर और शिक्षण

हममें से सभी लोग बचपन से पेशेवर स्तर पर आने तक शिक्षा के विभिन्न स्तरों से गुजरे हैं। मेरे सामने एक बच्चे, एक किशोर, एक वयस्क और एक नेता

का दृश्य उभर आता है। मैं आपको बताता हूँ कि किसी खास परिस्थिति में ये सभी किस तरह की प्रतिक्रिया देंगे। ये परिस्थितियाँ हैं—मानवीय आवश्यकता। बच्चा पूछेगा, "आप मेरे लिए क्या कर सकते हैं?" किशोर कहेगा, "मैं इसे अकेले करना चाहता हूँ।" युवक कहेगा, "चलो, हम इसे मिलकर करते हैं।" नेता कहेगा, "मैं आपके लिए क्या कर सकता हूँ।" इस तरह शिक्षा व्यवस्था पर एक बच्चे को नेता के रूप में परिवर्तित करने की बड़ी भारी जिम्मेदारी है। यह परिवर्तन 'आप मेरे लिए क्या कर सकते हैं' से लेकर 'मैं आपके लिए क्या कर सकता हूँ' का है। इसके लिए एक ऐसा प्रधानाचार्य चाहिए होगा, जो विजनरी होने के साथ ही प्रेरणादायक क्षमता का भी धनी हो। इसके अलावा प्रधानाचार्य और शिक्षकों को छात्रों को इस तरह शिक्षित करना होगा कि वे अपना सबसे बेहतरीन प्रदर्शन कर सकें। इसके लिए उनका अपना बेहतरीन शिक्षक होना आवश्यक है। मौजूदा परिवर्तनकारी परिदृश्य के मद्देनजर शिक्षण में क्रांति की इस योजना में तकनीक किस तरह मदद कर करती है? कंप्यूटर ने इससे पहले बहुत से सुधार कार्यों में पर्याप्त समर्थन किया है। जहाँ तक वास्तविक सलाह की बात है, कंप्यूटर ने अमूल्य उपकरण के रूप में शिक्षण और मूल्यांकन कार्य में सक्रिय सहयोग प्रदान किया है। जहाँ प्राथमिक वर्ड-प्रोसेसिंग द्वारा छात्र अपने विचारों और राय का स्वतंत्रतापूर्वक प्रकाशन कर सकते हैं, वहीं इ-मेल द्वारा उन्हें अपने साथियों की समीक्षा और सामूहिक संपादन का अवसर मिल सकेगा।

अधिक उन्नत इंटरेक्टिव मल्टीमीडिया पैकेज से वास्तविक जानकारी-आधारित शिक्षण प्राप्त होगा, जहाँ छात्र विभिन्न अंतर-कक्षा प्रोजेक्टों में समाधानों का निर्माण व प्रदर्शन कर सकेंगे। यहाँ यह सलाह नहीं दी गई है कि कंप्यूटरों द्वारा सुधार कार्य के बाद उसे शिक्षक की भूमिका सौंप दी जाएगी। वस्तुतः यह पूर्णतः अवांछनीय व अव्यावहारिक है, बल्कि कंप्यूटर को शिक्षक की सहायता करनेवाला एक प्रभावशाली शिक्षण औजार मानना होगा। छात्रों के लिए सॉफ्टवेयर निजी अध्ययन का साधन बन सकते हैं, जिसकी मदद से कुछ छात्र किसी भी विषय में अपनी गति के मुताबिक आगे बढ़ सकते हैं। वहीं पीछे छूट जानेवाले छात्रों पर शिक्षक सही ढंग से वैयक्तिक रूप से ध्यान दे सकते हैं। कंप्यूटर शिक्षकों को छात्रों के साथ पारस्परिक संपर्क बनाने और व्यक्तिगत सहायता देने में मदद करेगा।

आधारभूत विद्यार्जन : मूल्य सहित शिक्षा

किसी भी युवा के लिए उसके जीवन का सबसे उत्तम भाग बचपन में स्कूल में बीता समय सुबह 8 बजे से 4 बजे तक का समय होता है। पढ़ाई करने की प्रमुख उम्र 5 वर्ष से 16 वर्ष तक की है। छात्र स्कूल में लगभग 20,000 घंटे बिताते हैं। निश्चित ही, उन्हें प्रेम व स्नेह घर से प्राप्त होता है, लेकिन इसके बावजूद यहाँ उनका दिन का अधिकांश समय स्कूल से मिला गृहकार्य करने, पढ़ने, खाने, खेलने और सोने में गुजरता है। इसलिए बच्चों के स्कूल में बिताए घंटे विद्यार्जन की दृष्टि से सबसे बेहतरीन होते है। इसके लिए अच्छा वातावरण तथा मूल्य सहित मिशन-उन्मुख विद्यार्जन आवश्यक है। एक महान् शिक्षक बेस्टोलॉजी के शब्द मेरे कानों में रह-रहकर गूँजते हैं, "शुरुआती सात वर्ष का बच्चा मुझे दे दो। फिर आप इसे ईश्वर को, शैतान को, किसी को भी सौंप सकते हैं। फिर वे उसे बदल नहीं सकेंगे।" बच्चे के अभिभावकों और शिक्षकों के लिए घर और स्कूल कैंपस का एकीकृत मिशन मूल्य सहित शिक्षा होना चाहिए। बच्चों को स्कूलों में मूल्य-आधारित शिक्षण देना आवश्यक है, जिससे सरकार व समाज एकीकृत व पारदर्शी सरकार और समाज की स्थापना कर सकें। प्रधानाचार्य और शिक्षक गुरु व आदर्श हैं। केवल गुरु ही रचनात्मक होना सिखा सकता है। कंप्यूटर उपयोगकर्ता-मैत्रीपूर्ण साधन बन सकते हैं। निश्चित ही यह विजन यहाँ एकत्र लोगों के लिए बहुत बड़ा है।

शिक्षक आपको दशकों आगे पहुँचा सकता है

दूसरी घटना सेंट जोसफ कॉलेज, तिरुचिरापल्ली की है। युवावस्था में सेंट जोसफ कॉलेज में हम एक दृश्य के साक्षी रहे, जहाँ एक विशिष्ट, दिव्य सा दिखनेवाला व्यक्ति हर सुबह बी.एस-सी. (ऑनर्स) गणित और एम.ए. (गणित) के छात्रों को पढ़ाने कॉलेज कैंपस आते थे। उनकी हमारी संस्कृति का प्रतिनिधित्व करनेवाले व्यक्तित्व का युवा छात्र विस्मयपूर्वक आदर के साथ सम्मान करता था। उनके आस-पास हर समय ज्ञान का वर्तुल सा दिखाई देता था। यह महान् व्यक्ति थे, प्रो. टी. तोताद्री आयंगर। वे एक महान् शिक्षक थे। उस दौरान 'कैलकुलस श्रीनिवासन' हमारे गणित शिक्षक थे। कैलकुलस श्रीनिवासन बेहद सम्मान सहित

प्रो. तोताद्री आयंगर के बारे में बात करते थे। उन दिनों वे और प्रो. तोताद्री आयंगर ने आपस में मिलकर एकीकृत शिक्षण का तय किया और प्रो. तोताद्री आयंगर, बी.एस-सी. (ऑनर्स) प्रथम वर्ष और बी.एस-सी. (भौतिकी) प्रथम वर्ष को भी पढ़ाने लगे। मुझे उनकी कक्षा में बैठने का अवसर विशेष रूप से आधुनिक बीजगणित, सांख्यिकी विषयों को पढ़ने के दौरान मिला था। एक बार मैंने उनके कॉम्प्लेक्स वेरिएबल्स पढ़ाने की बात भी सुनी थी। जब हम बी.एस-सी. प्रथम वर्ष में थे, तो कैलकुलस श्रीनिवासन गणित क्लब में से शीर्ष दस छात्रों को चुनते थे, जो प्रो. तोताद्री आयंगर की लैक्चर श्रृंखला में शामिल होते थे। मुझे अभी भी याद है, 1952 में एक दिन उन्होंने भारत के प्राचीन गणित और खगोलविदों पर एक घंटे का लैक्चर दिया था, जिसमें उन्होंने चार महान् गणितज्ञों और खगोलविदों के बारे में बताया। वह लैक्चर आज भी मेरे कानों में घंटियों के समान बजता है। मेरा इन राष्ट्र के गौरव (चौथी से 20वीं शताब्दी तक के) से परिचय हुआ—खगोलविद्या और गणित के ये अग्रदूत थे—आर्यभट्ट, भास्कर और रामानुजन। इन्होंने ही दुनिया को शून्य की संख्या, पृथ्वी के सूर्य के इर्द-गिर्द परिक्रमा लगाने की अवधि और वर्तमान संख्या सिद्धांत प्रदान कीं। उनकी बताई दो घटनाएँ मेरी शिक्षा, सीखने की आशा और मूल्य प्रणाली का आधार बनीं। अपने प्राथमिक, माध्यमिक और कॉलेज के अध्ययन में मिले शिक्षकों ने मुझे कई दशक आगे कर दिया। निश्चित ही यह विजन था। आज के युवा भारत को ज्ञानपूर्ण समाज बनाने का सपना देखते हैं। मुझे पूरा विश्वास है कि युवा पीढ़ी के पास सूचना प्रदान करनेवाले जो भी संसाधन हैं, उनसे प्राप्त सहयोग व जानकारी द्वारा वे प्रौद्योगिकीय विकास को समझ सकेंगे और अपने को पूरे साहस व प्रतिस्पर्धात्मक ढंग से वैश्विक प्रतिस्पर्धी वातावरण के लिए तैयार कर लेंगे।

ज्ञानपूर्ण समाज और शिक्षा

योजना आयोग की एक टास्क टीम का गठन करना होगा, जो यह अध्ययन करेगी कि भारत को एक दशक के भीतर किस तरह ज्ञानपूर्ण समाज में परिवर्तित किया जा सकता है। भारत ऐसा देश है, जिसे प्राकृतिक और प्रतिस्पर्धात्मक बढ़त के साथ ही कुछ विशिष्ट दक्षताएँ भी हासिल हैं, लेकिन यह सब एक

परित्यक्त कोटर में अव्यवस्थित हालत में हैं, जिसके बारे में पर्याप्त जागरूकता नहीं है। पिछली शताब्दी के दौरान विश्व एक बड़े परिवर्तन के दौर से गुजरा, जो प्राकृतिक श्रम के महत्त्वपूर्ण पहलूवाले कृषि समाज से औद्योगिक समाज में परिवर्तित हुआ, जिसमें तकनीक, पूँजी और श्रमिकों का प्रतिस्पर्धात्मक लाभ लेना था। 21वीं शताब्दी में एक नए समाज का उदय हो रहा है, जिसमें पूँजी या श्रम की जगह ज्ञान प्रमुख उत्पादक संसाधन है। बाहरी ज्ञान के दक्षतापूर्वक उपयोग से देश में बेहतर स्वास्थ्य, शिक्षा, बुनियादी ढाँचा और अन्य सामाजिक संकेतकों के रूप में विस्तृत संपत्ति का सृजन हो सकेगा।

ऐसे ज्ञानपूर्ण समाज में सामाजिक परिवर्तन और पूँजी निर्माण दो महत्त्वपूर्ण घटकों द्वारा किया जाना संभव है। सामाजिक परिवर्तन शिक्षा, स्वास्थ्य सेवा, कृषि और शासन पर निर्भर करता है। इससे रोजगार सृजन, उच्च उत्पादकता और ग्रामीण समृद्धि आती है। हम ऐसा कैसे कर सकते हैं ?

देश के लिए पूँजी निर्माण बहुत आवश्यक होता है और यह देश की दक्षता पर निर्भर करता है। टास्क टीम को उन महत्त्वपूर्ण क्षेत्रों की खोज करनी होगी, जिससे हम ज्ञानपूर्ण समाज बनने की ओर कदम बढ़ा सकें। ये क्षेत्र हैं—सूचना प्रौद्योगिकी, बायोटेक्नोलॉजी, मौसम की भविष्यवाणी, आपदा प्रबंधन, टेलीमेडिसिन और टेलीएजुकेशन, स्थानीय ज्ञानपूर्ण उत्पादों के निर्माण की तकनीक, सेवा क्षेत्र तथा जानकारी परिवर्तन और मनोरंजन के चलते उभर रहा इंफोटेनमेंट क्षेत्र। प्राथमिक और माध्यमिक शिक्षा ज्ञानपूर्ण समाज की प्रेरक शक्ति हैं। ऐसे समर्थ शिक्षकों की भारी कमी है, जिन्हें पढ़ाने से प्रेम हो। कंप्यूटर-शिक्षित होने से प्राप्त शिक्षण सामर्थ्य द्वारा श्रोता छात्रों के लिए कार्यक्रमों की संख्या और नेटवर्क में अच्छे स्कूलों की उपस्थिति बढ़ सकती है।

शिक्षा को प्रत्येक योग्य छात्र तक पहुँचाने के समाधान के रूप में दूरशिक्षा भी एक माध्यम हो सकती है। ऐसी नवीन योजनाओं और प्रेरणा सभी बच्चों के लिए स्कूल में उपस्थित होने का आकर्षण बन सकती है। एक उपग्रह ट्रांसपोंडर की संपूर्ण बैंडविड्थ द्वारा प्री-स्कूल और नर्सरी से लेकर 12वीं कक्षा तक का सारा पाठ्यक्रम प्रदान किया जा सकता है। स्कूलों में तकनीक-आधारित शिक्षण एक आवश्यक पाठ्यक्रम होना चाहिए।

कक्षा में पढ़ना आवश्यक है, लेकिन बच्चे का कक्षा के बाहर आत्म-अवलोकन द्वारा कुछ सीखना भी उतना ही महत्त्वपूर्ण है। बच्चे की अवलोकन, फील्ड-स्टडी, परीक्षण और वार्त्तालाप द्वारा सीखने की प्रक्रिया में सक्रिय भागीदारी अवश्य रहनी चाहिए। हमारी शिक्षा व्यवस्था में बच्चे की निजता और रचनात्मकता को समुचित महत्त्व देना आवश्यक है। इससे आगे पाठ्यक्रम में नवीनता लाने के बाद शिक्षकों के दृष्टिकोण का पुनर्निर्माण करना और परीक्षा प्रणाली को अधिक प्रभावशाली बनाते हुए रचनात्मकता और नवीन विचारों की पहचान व आकलन करना होगा। स्कूलों को शिक्षा-केंद्र से बढ़कर ज्ञान या कौशल केंद्र बनना होगा। मुझे पूरा विश्वास है कि इंटरनेट पर मौजूद विशाल जानकारी से शिक्षकों तत्पश्चात् स्कूलों को सहायता प्राप्त होगी।

समापन

सार्वभौमिक प्राथमिक शिक्षा के लिए एक राष्ट्रीय मिशन मौजूद है। अच्छे शिक्षक और अभिभावक उच्च अकादमिक स्तरवाले स्कूलों को चुनते हैं, जिसमें शिक्षा और शिक्षण तथा उनके निकट के मूल्यों सहित शैक्षिक दर्शन और सबसे बढ़कर शिक्षण में पूर्णतः नवीन दृष्टिकोण अपनाया जाए। निस्संदेह, ये ऐसे स्कूल हैं, जहाँ छात्रों को उच्च स्तर पर पहुँचने की चुनौती दी जाती है।

निष्कर्ष रूप में कह सकते हैं कि स्कूल युवाओं के मन को तेजस्वी बनाने के इस महान् मिशन से जुड़ सकते हैं। युवाओं का तेजस्वी मन धरती का, धरती के ऊपर का और धरती से नीचे का भी सबसे शक्तिशाली संसाधन है। विचार करना प्रगति करना है। हमारे स्कूलों को ऐसी शिक्षा को बढ़ावा देना चाहिए, जहाँ बच्चों की रचनात्मकता पुष्पित हो और राष्ट्र समृद्ध बन सके।

□

---

* 29 अगस्त, 2002 को नई दिल्ली में स्कूलों हेतु पहले कंप्यूटर साक्षरता उत्कृष्टता पुरस्कार कार्यक्रम के दौरान

9

ब्रह्मांड के चमत्कार

संस्कृति स्कूल के विक्रांत नहल आर्य और सेंट थॉमस स्कूल, नई दिल्ली की रूपांजलि लहरी ने मुझसे एक आसान सा प्रश्न पूछा, जिसे सुनकर मैं सोच में डूब गया। उनका प्रश्न था, "अभी आपका जन्मदिन गया है। उस दिन के बारे में आपके क्या विचार हैं?" वे पूछना चाहते थे कि मेरे जन्मदिन का मेरे लिए क्या अर्थ है। क्या मेरे लिए इसका अर्थ सूर्य की 71 परिक्रमा पूरी कर लेना और 72वीं परिक्रमा की शुरुआत है। जरा ब्रह्मांड पर विचार करें। ब्रह्मांड की गतिकी मुझे चकित और प्रेरित करती है। हमारा सितारा (सूर्य), इसके ग्रह तथा प्रत्येक आकाशीय वस्तु का कोई-न-कोई उद्देश्य है। यदि धरती अपने अक्ष पर घूमना बंद कर दे तो क्या होगा? न धरती होगी, न रात होगी और न ही दिन होगा। इसी तरह अगर सूर्य परिक्रमा न करे, तो सूर्य भी नहीं बचेगा। जरा इसपर विचार करें। सूर्य भी आकाशगंगा में परिक्रमा करता है। यही सच है। हमारी इस आकाशगंगा की पूरी परिक्रमा लगाने में सूर्य को 25 करोड़ वर्ष लगते हैं। अब जरा इसकी मेरी 71 परिक्रमाओं से तुलना करें। इसका क्या अर्थ निकलेगा? एक व्यक्ति का 71 परिक्रमा पूरी करना। ब्रह्मांड की गतिकी को देखते हुए यह एक नगण्य घटना है. लेकिन मनुष्य का मस्तिष्क बेहद उर्वर है, जो ब्रह्मांड के इन चमत्कारों पर विचार और इनकी खोज कर सकता है।

विचार ही प्रगति है

हम ध्यान रखना होगा कि मानव का मस्तिष्क एक विशिष्ट उपहार है। ब्रह्मांड के इन चमत्कारों से आप तभी परिचित हो सकते हैं, यदि आपमें उत्सुकता और विचारशीलता हो। मैं आप सभी को सुझाव देता हूँ कि विचार करने को अपनी प्रमुख संपत्ति बनाइए, फिर इससे आपके ज़ीवन में चाहे जैसे भी उतार-चढ़ाव आएँ। विचार ही प्रगति हैं। विचारहीनता व्यक्ति, संस्थान या राष्ट्र को नष्ट कर देती है। विचार से ही कारखाई होती है। बिना कारखाई ज्ञान अनुपयोगी और असंगत होता है। ज्ञानानुसार कारखाई से ही समृद्धि हासिल होती है।

छात्र रहते हुए अपने मन को ऐसा बना लेना चाहिए, जो मानव जीवन के प्रत्येक पहलू पर खोज कर सके। संपूर्ण ब्रह्मांड हमारा मित्र है और यह अपना सबसे बेहतरीन रूप उसी को दिखाता है, जो स्वप्न देखते हैं, जैसे चंद्रशेखर सुब्रह्मण्यम ने ब्लैक होल की खोज की थी। आज चंद्रशेखर की सीमा द्वारा हम यह हिसाब लगा सकते हैं कि सूर्य कितने समय तक चमकता रहेगा। इसी तरह सर सी.वी. रमन ने समुद्र को देखकर प्रश्न किया कि समुद्र नीला क्यों होता है, इससे रमन प्रभाव का जन्म हुआ। ऐसे ही अल्बर्ट आइंस्टाइन ने ब्रह्मांड की जटिलता से टकराते हुए प्रश्न किया कि ब्रह्मांड का जन्म कैसे हुआ। इसी से विख्यात समीकरण E=mc2 प्राप्त हुआ। जब यह E=mc2 महान् आत्माओं के हाथ आया तो हमें परमाणु सामग्री से उत्पन्न विद्युत् मिल सकी। वहीं यही समीकरण चरमपंथी राजनीतिक विचारकों के हाथ में आने से हिरोशिमा जैसी घटना हुई। इस ब्रह्मांड में करोड़ों लोग हैं, लेकिन बीती सदी में भारत की धरती पर एक ऐसी पवित्र आत्मा हुई, जिसने अहिंसा और धर्म को अपनाकर भारत को स्वतंत्र करवाया। मेरे प्यारे मित्रो, क्या आप भी महात्मा गांधी या सर सी.वी. रमन या आइंस्टाइन और या फिर चंद्रशेखर सुब्रह्मण्यम जैसे महान् मन के बनना चाहेंगे। अपने ब्रह्मांड के चमत्कारों को देखें। इससे आप महान् विचारक बनेंगे और बाद में इसपर कारखाई भी कर सकेंगे।

ज्ञान, पसीना और अध्यवसाय

हर ओर से युवाओं की एक जैसी आवाज आती है। 'कलाम साहब, क्या आप हमें बता सकते हैं कि इस जटिल संसार में हम भारत को कैसे

समृद्ध, शांत और सुरक्षित भारत बना सकते हैं?' मेरा जवाब क्या होना चाहिए? मैं इसपर लगातार विचार करने लगा। मैं इस ग्रह पर बीते 71 वर्ष से हूँ। क्या मैंने अपने कठिन समय से कुछ ऐसा सीखा है, जिसे मैं आपके व देश भर के युवा लड़कों व लड़कियों के साथ साझा करना चाहूँगा। 1982 से 1992 का समय मेरे लिए बहुत महत्त्वपूर्ण रहा और इस दौरान मैंने देश के लिए कुछ मिसाइल प्रणालियों का डिजाइन, विकास, निर्माण कर उन्हें क्रियात्मक बनाया। उस दौरान मेरे आस-पास का वातावरण कैसा था। सभी विकसित राष्ट्रों ने हथियार के रूप में एम.टी.सी.आर. का नाम लेकर भारत पर दोषारोपण किया। उनका दूसरा हथियार था—एन.पी.टी. (गैर-परमाणु अप्रसार संधि)। तकनीकी अस्वीकरण के इन दो हथियारों के बाद क्या भारतीय मन इस मिशन को कामयाब बना सका? मैं आपको 'पृथ्वी' और 'अग्नि' मिसाइल प्रणालियों को विकसित करने के दौरान प्राप्त हुआ एक अनुभव बताता हूँ। इस मिसाइल प्रणाली में निर्देशन और नियंत्रण के लिए हमने प्रत्येक उड़ान प्रणाली में दो गायरो सेंसर्स का उपयोग किया था। मिसाइल की पेलोड प्रणाली में सटीकता के लिए इसमें .20 ड्रिफ्ट प्रति घंटे की सटीकता होना आवश्यक था। उन दिनों हमारे देश में एक इंडस्ट्री 10 प्रति घंटे के गायरो का निर्माण कर रही थी। विकसित राष्ट्रों ने अति सटीकतावाले गायरो देने से इनकार कर दिया। इसका तकनीकी समाधान खोजने के लिए एक विश्वविद्यालय और हमारी प्रयोगशालाओं की टास्क टीम का गठन किया गया। लगभग बारह सॉफ्टवेयर और हार्डवेयर इंजीनियरों ने इसपर आठ महीने काम करके रियल-टाइम एरर कंपन्सेशन और मिसाइल प्रणाली के ऑन-बोर्ड कंप्यूटर पर एक त्वरित परिकलन प्रक्रिया (एल्गोरिथम) लोड करने का समाधान निकाला। इससे उड़ान मार्ग में किसी भी त्रुटि की पहले ही भविष्यवाणी की जा सकेगी और परफॉर्मेंस द्वारा उस त्रुटि की क्षतिपूर्ति की जा सकेगी। इससे ऐसी उच्च सटीकता प्राप्त होगी, जैसी अब तक प्राप्त नहीं हुई है। यह एक अच्छा उदाहरण है कि किस तरह सॉफ्टवेयर समाधान, ज्ञान और उत्साह द्वारा हार्डवेयर बाधाओं को दूर किया जा सकता है। हमें अधिक मूल्य संवर्धन हेतु उच्च स्तरीय सॉफ्टवेयरों का निर्माण करना होगा।

इसके अतिरिक्त वी.एल.एस.आई. के ढलाईघरों को भी सब-माइक्रोन स्तर तक उन्नत करना होगा। इस ढलाईघरों को कार्यरत रखने के लिए सबसे बड़ी आवश्यकता उच्च शुद्धतावाले वी.एल.एस.आई. ग्रेड की सिलिकॉन सामग्री है। देश को अपने भीतर इस सुविधा के निर्माण हेतु इस महत्त्वपूर्ण क्षेत्र में निवेश करना होगा।

राष्ट्र संबंधी विजन

भारत को एक विकसित राष्ट्र बनाना है। यह राष्ट्र के लिए दूसरा विजन है। इस चुनौती का सामना करने के लिए हम अपने को किस तरह तैयार कर सकते हैं ?

भारत को विकसित बनाने के लिए (अ) भारत को आर्थिक और व्यावसायिक रूप से शक्तिशाली बनना होगा, अर्थव्यवस्था के पैमाने पर इसे कम-से-कम चार शीर्ष राष्ट्रों में से एक होना होगा। इसके लिए हमें अपनी जी.डी.पी. विकास दर को वार्षिक 9 प्रतिशत रखना होगा और गरीबी रेखा के नीचे के लोगों की संख्या को घटाकर 10 प्रतिशत पर लाना होगा। (ब) रक्षा कार्य हेतु हथियारों के मामले में लगभग आत्म-निर्भर बनाना होगा। इन उपकरणों का बाहरी दुनिया से कोई संबंध नहीं होना चाहिए। (स) भारत को वैश्विक पटल पर उचित जगह बनानी होगी। टेक्नोलॉजी विजन-2020 के मार्ग पर चलकर इस आशाजनक मिशन को वास्तविक बनाया जा सकता है।

टेक्नोलॉजी विजन-2020

टेक्नोलॉजी विजन-2020 में कृषि व खाद्य, स्वास्थ्य सेवा, आधारभूत संरचना व अन्य महत्त्वपूर्ण उद्योगों जैसे मूल क्षेत्रों से जुड़े 17 टेक्नोलॉजी पैकेज सम्मिलित हैं। हमारे देश के लगभग 500 विशेषज्ञ टास्क टीम के रूप में दो वर्ष तक कार्य करेंगे। ये राष्ट्र विकास के दृष्टिकोण से विभिन्न शाखाओं पर विचार कर 35 दस्तावेज तैयार करेंगे, जिसमें राष्ट्र के लिए धन सृजन और अपने लोगों के कल्याण का चरणबद्ध विवरण दिया जाएगा। लक्ष्य प्राप्त करने में टेक्नोलॉजी महत्त्वपूर्ण कुंजी है। इस विजन में एग्रोफूड प्रोसेसिंग, खाद्य व कृषि, स्वास्थ्य

सेवा, विद्युत् शक्ति, नागर विमानन, जलमार्ग, इंजीनियरिंग इंडस्ट्री, जीव विज्ञान और बायोटेक्नोलॉजी, महत्त्वपूर्ण उद्योग तथा सामग्री और प्रसंस्करण शामिल हैं। इनमें से प्रत्येक टेक्नोलॉजी पैकेज दूसरे से गहरे जुड़ा है। उदाहरण के लिए, सबसे जरूरी उच्च खाद्य उत्पादन और उत्पादकता को प्राप्त करने के लिए कृषि कार्य, फसल कटाई, भंडारण तथा परिवहन, वितरण, विपणन, बीज संरक्षण, उन्नत कीटाणुनाशकों आदि के वैज्ञानिक उपयोग में तकनीकी श्रेष्ठता का उपयोग संभव है।

हमने ऐसे पाँच क्षेत्रों की पहचान की है, जहाँ भारत में एकीकृत काररवाई हेतु मूल दक्षताएँ मौजूद हैं। (1) कृषि और खाद्य प्रसंस्करण—हमें इसके लिए 360 मिलियन टन खाद्य व कृषि उत्पादन का लक्ष्य रखना होगा। कृषि व एग्रोफूड प्रोसेसिंग के अन्य क्षेत्रों से ग्रामीणों में समृद्धि आएगी और आर्थिक विकास की गति बढ़ेगी। (2) देश के सभी हिस्सों के लिए विश्वसनीय और गुणवत्तापूर्ण विद्युत् शक्ति उपलब्ध होगी। (3) शिक्षा और स्वास्थ्य सेवा—हमने देखा और अनुभव किया है कि शिक्षा और स्वास्थ्य सेवा परस्पर संबद्ध हैं, जैसे—केरल में शिक्षा और बेहतरीन स्वास्थ्य सेवा की बदौलत जनसंख्या में कमी आई और लोगों के जीवन में गुणवत्तापूर्ण सुधार संभव हो सका। इसी तरह तमिलनाडु में मिड-डे मील की विशिष्ट व्यवस्था और शिक्षा के परिणामस्वरूप जनसंख्या में गिरावट दर्ज की। वहीं आंध्र प्रदेश से जुड़े अध्ययनों में भिन्न पहलू दिखाई दिए। हमें लगता है कि इन अनुभवों को बिहार और उत्तर प्रदेश जैसे बड़े राज्यों में भी विस्तारित करना होगा। इन राज्यों की बेहतरीन उपज से इस प्रक्रिया में सहायता मिलेगी और कृषि समृद्धि की शुरुआत होगी। (4) सूचना प्रौद्योगिकी—यह हमारी प्रमुख दक्षताओं में से एक है। हमारा मानना है कि इसका उपयोग दूरवर्ती क्षेत्रों में शिक्षा के प्रचार और राष्ट्र के लिए धन सृजन में किया जा सका है। (5) सामरिक क्षेत्र—सौभाग्यवश, इस क्षेत्र में परमाणु प्रौद्योगिकी, अंतरिक्ष प्रौद्योगिकी और रक्षा प्रौद्योगिकी में विकास दिखाई दे रहा है। इसके अतिरिक्त अन्य क्षेत्रों में एडवांस सेंसर्स ऐंड मैटीरियल को समर्थन की आवश्यकता है। रक्षा उपकरणों के मामले में राष्ट्र की एक दशक में 70 प्रतिशत आत्मनिर्भरता हासिल करने की योजना है।

यह पाँचों क्षेत्र आपस में पूर्णत: संबद्ध हैं और इनके द्वारा राष्ट्रीय, खाद्य व आर्थिक सुरक्षा हासिल की जा सकती है। इस विजन को वास्तविक बनाने के लिए अनुसंधान व विकास, अकादमिक, औद्योगिक और समुदाय तथा सरकारी विभागों के बीच पूर्ण व मजबूत भागीदारी होना आवश्यक है।

विकसित भारत का विजन जहाँ आर्थिक विकास सहित राष्ट्र की सुरक्षा आवश्यकताओं से पूर्णत: चालित है, वहीं यह भी ध्यान रखना होगा कि राष्ट्र के बुद्धिजीवी भी उतने ही समान रूप से महत्त्व रखते हैं। इसका अर्थ है—भारत एक प्राचीन सभ्यता है, जिसे विभिन्न राष्ट्रों द्वारा की गई घुसपैठ के बावजूद अपने बौद्धिक ज्ञान को भारतीय मूल्य प्रणाली के आधार पर पुन: जाग्रत् करना होगा। बुद्धिजीवियों के महान् मस्तिष्कों में आत्मविश्वास के साथ ही गरीब वर्ग की सेवा की अनुकंपा होना विकसित भारत, खुशहाल समाज की सबसे महत्त्वपूर्ण माँग है।

समापन

वर्तमान शिक्षा व्यवस्था आप पर बोझ बढ़ा सकती है, लेकिन यह आपको सपने देखने से नहीं रोक सकती। यह आपको कड़ी मेहनत करने और ज्ञान प्राप्त करने से नहीं रोक सकती। कड़ी मेहनत और निरंतर प्रयास वे खूबसूरत परियाँ हैं, जो आपकी सहायता करेंगी। मैं 1960 के दशक की एक घटना बताता हूँ। अंतरिक्ष कार्यक्रम के विजनरी प्रो. विक्रम साराभाई ने देश के समक्ष भारत से अपने संचार उपग्रहों, रिमोट सेंसिंग सेटैलाइट का डिजाइन और विकास कर भारतीय प्राकृतिक संसाधनों की जानकारी के लिए उन्हें भारत की भूमि से उनकी ध्रुवीय कक्षा में प्रक्षेपित करने का प्रस्ताव रखा। आज उनका वह सपना सच हो चुका है। राष्ट्र किसी भी तरह की अंतरिक्ष प्रणाली को विकसित करने की क्षमता प्राप्त कर चुका है। इसलिए स्वप्न देखें। आपके ये स्वप्न ही विचारों में परिवर्तित होंगे। ये विचार कार्य का रूप लेते हैं और फिर यही सफलता का कारण बनते हैं।

भारत करोड़ों लोगों का राष्ट्र है। किसी भी राष्ट्र की प्रगति वहाँ के लोगों की सोच पर निर्भर करती है। ये विचार ही कार्यों में परिवर्तित होते

हैं। भारत को करोड़ों लोगों के राष्ट्र के रूप में विचार करना होगा। मुझे पूरा विश्वास है कि इस शिखर सम्मेलन की सिफारिशों पर उचित काररवाई की जाएगी। चलिए, बच्चों के मन को विचारों के रूप में पुष्पित होने दें, यही विचार समृद्धि का कारण बनेंगे।

□

* 14 नवंबर, 2002 को नई दिल्ली में पहले बाल शिक्षा शिखर सम्मेलन 2002 का उद्घाटन भाषण

10

रचनात्मकता-समर्थित ज्ञान

विकसित भारत के विजन में ग्रामीण विकास सबसे महत्त्वपूर्ण आवश्यकताओं में से एक है और ग्रामीण विकास में हस्तशिल्प बड़ी भूमिका अदा करता है, क्योंकि भारत में गाँवों से लेकर पहाड़ तथा रेगिस्तान और तटवर्ती क्षेत्रों में हस्तशिल्प मूल दक्षताओं में शामिल है। मैं रामेश्वरम् द्वीप से हूँ। मुझे याद है कि 1940 के दशक के दौरान बहुत से घरों में धनार्जन के लिए ताड़ के पत्तों की टोकरियाँ बनाई जाती थीं। इस कार्य को एक अतिरिक्त अव्यवस्थित लघु-स्तरीय उद्यम के रूप में देखा जाता था। प्रतिदिन एक व्यापारी आता और पैसे देकर सभी कारीगरों से बनी हुई टोकरियाँ ले जाता। टोकरी निर्माण का यह कार्य मुख्य रूप से चेन्नई के निकट पुलिकट में होता था। इसके अलावा बचपन में मैंने रामेश्वरम् में बहुत से लोगों को सीपियों पर शिल्पकारी का कार्य करते भी देखा था। वे समुद्र से सीपियाँ लाते, उन्हें रसायन से साफ करते और उस पर नक्काशी का कार्य करते। तत्पश्चात् खूबसूरत आकार लेकर एक शानदार शिल्पकृति तैयार हो जाती। रामेश्वरम् जिले और देश के अन्य बहुत से हिस्सों में देखी गई ऐसी शिल्पकारी और हस्तशिल्प का मूल्य-संवर्धित विकास करना होगा।

अपनी यात्राओं के दौरान मैंने देखा कि प्रत्येक राज्य की अपनी विशिष्ट शिल्पकारिता है, लेकिन इससे होनेवाली आय शिल्पकारों द्वारा इन हस्तशिल्पों के निर्माण में लगनेवाली मेहनत और समय की तुलना में पर्याप्त नहीं है। अब मिशन मोड कार्यशैली द्वारा इस शिल्पकारी को अर्थव्यवस्था का हिस्सा बनाने

का समय आ गया है। अपने उत्तर-पूर्वी राज्यों के हाल के दौरे में मुझे एहसास हुआ कि देश में हर चौदह में से एक व्यक्ति हस्तशिल्प पर निर्भर है। इस उत्पादों में कपड़े, हार्डवेयर, औजार और रोजमर्रा में विभिन्न कार्यों में काम आनेवाली टोपी भी हो सकती है। यह केवल संस्कृति और खूबसूरती की ही बात नहीं है, बल्कि इससे यह भी पता चलता है कि हमारे देश में कितने अधिक लोग कमाई के लिए हस्तशिल्प पर निर्भर हैं। इसके चलते यह आवश्यक है कि हस्तशिल्प उत्पादों के विपणन से जुड़ी समस्याओं का समाधान खोजा जाए और इनके मूल्य-संवर्धन हेतु शिल्पकार-मित्रवत् तकनीक का उपयोग कर मिशन मोड में इसके सभी विभागों का एकीकरण किया जाए। इससे निर्यात बाजारों का शोषण समाप्त होकर अगले पाँच वर्ष में इसका मौजूदा 6000 करोड़ का आँकड़ा बढ़कर 60,000 करोड़ हो सकता है।

ज्ञान-समर्थित ग्रामीण कॉम्प्लेक्स

शिल्पकारों और कलाकारों का कार्य रचनात्मकता का परिणाम है। यह रचनात्मकता पारंपरिक ज्ञान से आती है। इस पारंपरिक ज्ञान के आधार पर निर्मित इन शिल्प उत्पादों पर शहरी उद्योग और मल्टीनैशनल उत्पाद (जैसे ताड़ के पत्ते, नारियल की जटा और रबर उत्पाद बनाम प्लास्टिक उत्पाद) द्वारा निरंतर हमला हो रहा है। यह पारंपरिक ज्ञान ग्रामीण परिवेश में सबसे पृथक् पड़ा है। इस पारंपरिक ज्ञान को मूल्य-संवर्धित तकनीक से एकीकृत और शिल्पकारों और कलाकारों के सशक्तीकरण हेतु सक्रिय सहकारी समिति तथा सीधे विपणन/विक्रय के रास्ते तैयार करने होंगे। शिल्पकारों को शहरी बाजारों में लाने की जगह इसकी विपरीत परिस्थितियाँ उत्पन्न करनी होंगी। यह कैसे संभव होगा? प्रत्येक राज्य में बहुत से ज्ञान-समर्थित ग्रामीण कॉम्प्लेक्स का निर्माण करना होगा। इसका अर्थ है कि 20-30 गाँवों को एक गोलाकार मार्ग (10×6 किलोमीटर) से जोड़ना होगा, जो हाईवे और इलेक्ट्रॉनिकली आपस में संपर्क में रहेंगे, साथ ही निरंतर गतिशील परिवहन प्रणाली भी होनी चाहिए। इस उपनगर में स्कूल, प्राथमिक स्वास्थ्य केंद्र, शिल्पकारों के लिए काम और प्रशिक्षण केंद्र। उत्पादों के भंडारण हेतु भंडार-गृह तथा शिल्पकारों के उत्पादों के विपणन की व्यवस्था

और कुटीर उद्योग स्थापित करने होंगे। इस ज्ञान समर्थित ग्रामीण कॉम्प्लेक्स में बाजार को आकर्षित करनेवाले शहरी व्यापारी होने चाहिए।

शहरों में स्थित स्थानीय डिजाइन एवं तकनीकी विकास केंद्र को ग्रामीण इलाकों में भेजना होगा। शिल्पकारी में बतौर सहायक मोबाइल तकनीक, कैड जैसे डिजाइन संसाधन के समर्थन के अतिरिक्त आभासी वास्तविकता से अंतरराष्ट्रीय बाजारों को आकर्षित करनेवाले उत्पाद के महत्त्व में वृद्धि होगी।

मैंने कमला देवी चट्टोपाध्याय की 'इनर रिसेसस आउटर स्पसीज', जया जेटली की 'विश्व कर्माज चिल्ड्रन' और डॉ. गणपति सतपथी की 'इंडियन स्कल्पचर ऐंड आइकनोग्राफी' पढ़ीं। इसके अलावा कला-सर्जकों की और भी पुस्तकें हो सकती हैं। इन पुस्तकों को पढ़ते हुए मेरे मन में एक विचार आया। इन कला-सर्जकों को अपने ज्ञान को हजारों कलाकारों के बीच पेशेवर व व्यापारिक अवसर के तौर पर मिशन के रूप में फैलाना होगा।

समापन

मुझे पूरा विश्वास है कि कपड़ा मंत्रालय द्वारा की गई इस पहल से शिल्पकार डिजाइन और तकनीक की जानकारी लेकर और एन.जी.ओ. के साथ भागीदारी और उद्यमशीलता द्वारा इस सेक्टर में सतत विकास को सुनिश्चित कर सकेंगे, जिससे भारतीय अर्थव्यवस्था में इस क्षेत्र की भागीदारी में वृद्धि होगी। वे अपने इस कौशल को बहुत से कलाकारों में संचारित कर सकेंगे, जिससे उनका कौशल हमारे शिल्प का प्रतीक-चिह्न बना रहे।

□

---

* 15 नवंबर, 2002 को नई दिल्ली में भारत में हस्तशिल्प पुनरुत्थान के स्वर्ण जयंती समारोह का उद्घाटन भाषण

11

एक वैज्ञानिक, जिसने अमेरिका को प्रेरित किया

क्या आपने कभी थुंबा का नाम सुना है ? यह केरल का एक तटीय इलाका है। इसी स्थान पर भारतीय अंतरिक्ष कार्यक्रम की शुरुआत हुई थी। थुंबा का अंतरिक्ष कार्यक्रम के लिए चयनित होना अपने आप में एक लंबी कहानी है। कॉस्मिक रे वैज्ञानिक प्रो. विक्रम साराभाई और परमाणु वैज्ञानिक होमी भाभा एक ऐसी जगह की तलाश में थे, जहाँ से वे वायुमंडलीय अनुसंधान, आयनमंडल अनुसंधान और मौसम संबंधी अनुसंधान हेतु साउंडिंग उपग्रह का प्रक्षेपण कर सकें। बहुत से स्थान देखने के बाद उन्होंने थुंबा का चयन किया, क्योंकि यह विषुवत् रेखा के निकट था, जो भू-मध्य रेखीय क्षेत्र के अनुसंधान में सहायक हो सकता था। इस तरह से दो स्टेजवाला रॉकेट 'नाइक कॉगन' नवंबर, 1963 में वहाँ से प्रक्षेपित हो सका। यह भारतीय-अमेरिकी सहयोग कार्यक्रम था।

छह वर्ष के समय में प्रो. विक्रम साराभाई ने भू-समकालिक कक्षा में संचार उपग्रह और ध्रुवीय कक्षा में रिमोट सेंसिंग उपग्रह प्रक्षेपण हेतु भारत के उपग्रह प्रक्षेपण यान क्षमता निर्माण की शुरुआत कीं; साथ ही उन्होंने यह भी सुनिश्चित किया कि भारत में निर्मित इस प्रक्षेपण यान से प्रक्षेपण कार्य भारत की धरती से ही किया जाए। इस अकेले विजनरी के कारण भारत में विज्ञान व अंतरिक्ष प्रौद्योगिकी में कई क्षेत्रों में गंभीर अनुसंधान कार्यों की शुरुआत हो सकी। आज भारत, अपने विविध अंतरिक्ष अनुसंधान केंद्रों में काम कर रहे 20,000 वैज्ञानिक तकनीकी और सहायक कर्मियों की बदौलत किसी भी तरह का उपग्रह प्रक्षेपण

यान या किसी भी तरह के रॉकेट का निर्माण करने और उसे भारत भूमि से प्रक्षेपित करने की क्षमता रखता है। मेरा सौभाग्य रहा कि मैं प्रो. विक्रम साराभाई की इस विजन का हिस्सा बन सका और मैंने व मेरी टीम ने उपग्रह को उसकी कक्षा में पहुँचाने में भारत के पहले उपग्रह प्रक्षेपण यान कार्यक्रम में भागीदारी निभाई। मित्रो, कृपया मुझे बताइए कि इस अनुभव को सुनकर आप क्या समझे।

इस ब्रह्मांड में करोड़ों लोग हैं, लेकिन बीती सदी में भारत की धरती पर एक ऐसी पवित्र आत्मा हुई, जिसने अहिंसा और धर्म को अपनाकर भारत को स्वतंत्र करवाया। भारत की स्वतंत्रता 1947 के मात्र एक संकल्प का परिणाम थी, 'भारत को स्वतंत्र होना होगा।' 1950 के दशक में खाद्यान्न की भारी कमी थी। भारत को अकाल से बचाने के लिए हम अटलांटिक महासागर के उस पार से आनेवाले गेहूँ के जलयानों पर निर्भर थे। उस समय भारतीय नेता सी. सुब्रह्मण्यम और एक कृषि वैज्ञानिक श्री एम.एस. स्वामीनाथन ने 1950 के दशक में एक प्रश्न पूछा। उन्होंने पूछा कि आखिर कब तक भारत विकसित राष्ट्रों से प्राप्त आयातित खाद्यान्न पर निर्भर रहेगा? खाद्यान्न के मामले में हमें आत्मनिर्भर होना होगा। इस विचार के साथ ही हरित क्रांति की शुरुआत हुई, जिसमें प्रौद्योगिकी, कृषि विज्ञान और किसानों का बराबर का योगदान था। भारत के मिल्कमैन श्री वर्गीज कुरियन के मन में विचार आने पर भारत अतिरिक्त दुग्ध उत्पादन कर सका। हम अपनी आवश्यकता से अधिक दुग्ध व दुग्ध उत्पादों का उत्पादन कर सके। विज्ञान क्या है? विज्ञान एक प्रश्नों की श्रृंखला है, जिसका सही उत्तर खोजने की कवायद में की गई कड़ी मेहनत का परिणाम प्रकृति का कानून या प्रौद्योगिकीय उन्नति के रूप में सामने आया। इसलिए इस विज्ञान कांग्रेस में उपस्थित बच्चो, मैं आपको सलाह देता हूँ कि आप प्रश्न पूछने में कभी मत घबराना। तब तक पूछते रहें, जब तक आप संतुष्ट नहीं हो जाते। केवल प्रश्न करनेवाले मन से ही संसार की गैर रेखीय गतिशीलता के बावजूद इस संसार को रहने लायक बनाया जा सकता है।

ज्ञान, पसीना और अध्यवसाय

किसी भी व्यक्ति के लिए उनसे जीवन का सबसे बेहतरीन हिस्सा बचपन में स्कूल में बीता समय होता है। सीखने का मुख्य वातावरण 5 वर्ष से 16 वर्ष

के बीच की उम्र का होता है। निस्संदेह, उसे घर में प्रेम व स्नेह प्राप्त होता है, लेकिन यहाँ उसका दिन का अधिकांश समय स्कूल का होमवर्क करने और पढ़ने, खाने, खेलने और सोने में निकलता है। सीखने की दृष्टि से बच्चे के लिए स्कूल में बीते घंटे सबसे अच्छे होते हैं अतः इस दौरान उन्हें बेहतरीन वातावरण और मूल्य-संवर्धित मिशन केंद्रित विद्या प्राप्त होनी चाहिए। इस अवस्था में उन्हें आगे चलकर अच्छा नागरिक बनने के लिए स्कूल व घर में मूल्य-आधारित शिक्षा प्रदान करना आवश्यक है। इसपर मुझे महान् शिक्षक बेस्टोलॉजी की बात याद आती है, मुझे सात वर्ष के लिए एक बच्चा दे दीजिए। उसके बाद फिर चाहे वह भगवान् के पास रहे या शैतान के। वे उस बच्चे का स्वभाव बदल नहीं सकते। स्कूल कैंपस और घर में अभिभावकों और शिक्षकों का एकीकृत मिशन—मूल्य-संवर्धित शिक्षा होना चाहिए। छात्र द्वारा स्कूल में बिताए 25,000 घंटों में मूल्य-आधारित शिक्षा से वंचित रह जाने पर किसी भी सरकार या समाज के लिए गतिशील या एकीकृत समाज की स्थापना करना संभव नहीं हो सकेगा। 17 वर्ष की उम्र का होने तक पिता, माता और शिक्षक बच्चे को एक प्रबुद्ध नागरिक बनने में दिशा दे सकते हैं। मेरा मानना है कि सीखना एक निरंतर चलनेवाली प्रक्रिया है और इस तरह ज्ञानार्जन निरंतर जारी रहता है।

अब मैं अपने एक अनुभव द्वारा कड़ी मेहनत व धीरज रखने का परिणाम बताता हूँ। यह प्रो. साराभाई के अंतरिक्ष कार्यक्रम विजन से जुड़ा है। भारत के पहले उपग्रह प्रक्षेपण यान की डिजाइन परियोजना को मंजूरी मिल चुकी थी। रॉकेट के प्रत्येक चरण से जुड़े डिजाइन, हीटशील्ड, नियंत्रण प्रणाली का कार्य चुनिंदा परियोजना अध्यक्षों को सौंप दिया गया। मुझे एस.एल.वी.-3 के चौथे चरण का कार्यभार सौंपा गया। इस रॉकेट का उच्च चरण है, जिससे रोहिणी को उसकी कक्षा में पहुँचाने के लिए अंतिम वेग प्रदान करना था। एस.एल.वी. के चौथे चरण में एपाजी मोटर का उपयोग होना था। इससे न्यूनतम भार की स्थिति में अधिकतम वेग प्राप्त होता है। यह बहुत जटिल तकनीक है। अतः इसकी समग्र संरचना को हल्के वजन में बनाया जाना था। मुझे याद है, यह 1969 की बात है। प्रो. साराभाई ने मुझे अहमदाबाद से फोन करके कहा वे फ्रेंच स्पेस ऑर्गेनाइजेशन के अध्यक्ष प्रो. कुरियन के साथ त्रिवेंद्रम के दौरे पर आ रहे हैं।

उन्होंने मुझसे प्रो. कुरियन को चौथे चरण से संबंधित प्रस्तुतीकरण के लिए कहा।

मेरी टीम का प्रस्तुतीकरण समाप्त होने के बाद हमें ज्ञात हुआ कि एस.एल.वी.-3 के चौथे चरण का फ्रेंच यान डायमंट पी-4 प्रक्षेपण यान के चौथे चरण के लिए भी विचार किया जा रहा था। फ्रेंच संगठन एक एपाजी मोटर की खोज में थे, जिसका इस चरण में भार और आकार उनके प्रोपेलेंट से लगभग दोगुना हो। यह हमारे जैसा ही था। उसी बैठक में निर्णय लिया गया कि एस.एल.वी. के चौथे चरण में परिवर्तन कर उसे भारतीय उपग्रह प्रक्षेपण यान के साथ ही फ्रेंच उपग्रह प्रक्षेपण यान की आवश्यकता पूरी करने के अनुकूल बनाया जाएगा। मैं उस समय की अपनी रॉकेट प्रौद्योगिकी के स्तर की तसवीर स्पष्ट करना चाहता हूँ। उस समय यह ड्राइंग बोर्ड और डिजाइन अवस्था में था। इसी विजनरी के स्वप्न के बल पर भारतीय वैज्ञानिकों ने उच्च स्तरीय रॉकेट प्रणाली तैयार की, जो भारतीय और फ्रेंच दोनों ही उपग्रह प्रक्षेपण यान प्रणालियों के अनुरूप थी। उन्होंने भारतीय वैज्ञानिक समुदाय को इस हद तक आत्मविश्वास से परिपूर्ण कर दिया था।

इस उच्च स्तरीय प्रणाली को डिजाइन और विकसित करने का निर्णय लेकर इसपर कार्य आरंभ कर दिया गया। हमारे लिए यह घटना बेहद विशिष्ट और प्रेरणादायक थी। हम पूरी गति से काम करने लगे। दोनों टीमों के बीच समीक्षाओं का दौर जारी था। चौथा चरण डिजाइन बोर्ड से निर्माण के चरण की ओर बढ़ चुका था। तभी 1971 में प्रो. साराभाई का निधन हो गया और उसी समय डायमंट पी-6 कार्यक्रम को भविष्य में पुनर्निर्माण की बात कहकर रोक दिया गया। चौथे चरण के विकास के बाद इसकी परीक्षण श्रृंखलाएँ आरंभ होने के बाद एक नई आवश्यकता उत्पन्न हुई। इसमें भारत को छोटे संचार उपग्रहों का निर्माण करना था, जिन्हें एरियन प्रोग्राम (यूरोपियन स्पेस लॉञ्च प्रोग्राम) के तहत पिगिबैक उपग्रहों के तौर पर एकीकृत करना था। हमारे भारतीय एप्पल प्रोग्राम यानी संचार उपग्रह-एस.एल.वी.-3 का चौथा चरण इसके लिए उचित था। अत: हमारी इस रचना ने यूरोपियन स्पेस लॉञ्च के साथ एकीकृत होकर 1980 के दशक में फ्रेंच गुयाना कोरू से उड़ान भरी। 1969 में प्रो. विक्रम साराभाई द्वारा रोपा गया बीज एप्पल सेटैलाइट द्वारा भारतीय अर्थ स्टेशन के साथ संचार आरंभ करने के साथ

ही फलित हो गया। इस तरह इस विजनरी की विज्ञान प्रतिबद्धता और समर्थन की अंतर्दृष्टि द्वारा हम एक विजन को वास्तविकता बना सके। इस उपलब्धि से देश में रॉकेट प्रौद्योगिकी को गति दे दी, जो निश्चित ही संपूर्ण टीम की कड़ी मेहनत और अध्यवसाय का ही परिणाम था। इसलिए प्यारे दोस्तो, अपने कंधे पर कड़ी मेहनत, पसीने और अध्यवसाय के फरिश्तों को बिठाए रखना होगा।

देश के लिए विजन

किसी भी राष्ट्र के लिए एक विकसित राष्ट्र बनाना दूसरा प्रमुख विजन होता है। शिक्षा प्राप्ति के पश्चात् अपने जीवन में प्रवेश करने का अर्थ सक्रियता की रंगभूमि में उतरना होता है।

भारत को विकसित बनाने के लिए आवश्यक है कि (अ) भारत को आर्थिक और व्यावसायिक रूप से शक्तिशाली बनना होगा, अर्थव्यवस्था के पैमाने पर इसे कम-से-कम चार शीर्ष राष्ट्रों में से एक होना होगा। इसके लिए हमें अपनी जी.डी.पी. विकास दर को वार्षिक 9 प्रतिशत रखना होगा और गरीबी रेखा के नीचे के लोगों की संख्या को घटाकर 10 प्रतिशत पर लाना होगा। (ब) रक्षा कार्य हेतु हथियारों के मामले में लगभग आत्मनिर्भर होना होगा, इन उपकरणों का बाहरी दुनिया से कोई संबंध नहीं होना चाहिए। (स) भारत को वैश्विक पटल पर उचित जगह बनानी होगी। टेक्नोलॉजी विजन 2002 के मार्ग पर चलकर इस आशाजनक मिशन को वास्तविक बनाया जा सकता है।

हमने ऐसे पाँच क्षेत्रों की पहचान की है, जहाँ भारत में एकीकृत काररवाई हेतु मूल दक्षताएँ मौजूद—(1) कृषि और खाद्य प्रसंस्करण—हमें इसके लिए 360 मिलियन टन खाद्य व कृषि उत्पादन का लक्ष्य रखना होगा। कृषि व एग्रोफूड प्रोसेसिंग के अन्य क्षेत्रों से ग्रामीणों में समृद्धि आएगी और आर्थिक विकास की गति बढ़ेगी। (2) देश के सभी हिस्सों के लिए विश्वसनीय और गुणवत्तापूर्ण विद्युत् शक्ति उपलब्ध करवाना। (3) शिक्षा और स्वास्थ्य सेवा; (4) सूचना प्रौद्योगिकी—यह हमारी प्रमुख दक्षताओं में से एक है; (5) सामरिक क्षेत्र।

ये पाँचों क्षेत्र आपस में पूर्णतः संबद्ध हैं और इनके द्वारा राष्ट्रीय, खाद्य व आर्थिक सुरक्षा हासिल की जा सकती है। इस विजन को वास्तविक बनाने के

लिए अनुसंधान व विकास, अकादमिक, औद्योगिक और समुदाय तथा सरकारी विभागों के बीच पूर्ण व मजबूत भागीदारी होना आवश्यक है।

समापन

भारत कई करोड़ लोगों का देश है। किसी भी देश की प्रगति उस देश के लोगों की सोच पर निर्भर करती है। ये विचार ही कार्य का रूप लेते हैं। भारत को करोड़ों लोगों के देश की तरह सोचना ही होगा। मुझे पूरा विश्वास है कि इस विज्ञान कांग्रेस द्वारा आपके विचारों में निर्णय लेने की प्रक्रिया का विकास होगा। युवा मन को विचारों से, समृद्ध होने के विचारों से पल्लवित होने दें। सभी युवा आविष्कारकों को मेरा अभिनंदन और शुभकामनाएँ।

□

* 27 दिसंबर, 2002 को मैसूर में राष्ट्रीय बाल विज्ञान कांग्रेस-2002 का उद्घाटन भाषण

12

तेजस्वी मन की शक्ति

भारत की प्रौद्योगिकीय प्रगति

स्वतंत्रता के बाद भारत अपनी विज्ञान और प्रौद्योगिकी संबंधी योजनाओं को आगे बढ़ाने के लिए दृढ-संकल्प था। आज भारत खाद्यान्न के मामले में आत्मनिर्भरता के करीब है, अब 1950 के दशक की जलयान से मुख तक की बातें पुरानी हो चुकी हैं, साथ ही स्वास्थ्य के क्षेत्र में सुधार के बाद से कुछ संक्रामक रोगों की रोकथाम भी हो चुकी है। जीवन-प्रत्याशा पहले से अधिक हो गई है। लघु उद्योगों के राष्ट्र की जी.डी.पी. में योगदान बढ़ गया है। 1950 के दशक की तुलना में 1990 के दशक में इसमें बड़ा परिवर्तन आया है। आज भारत विश्वस्तर के भू-स्थिर और सूर्य समकालिक, रिमोट सेंसिंग उपग्रहों के डिजाइन, विकास और प्रक्षेपण कर सकता है।

परमाणु संस्थानों के पास परमाणु बिजलीघर स्थापित करने, परमाणु मेडिसिन और कृषि उत्पादन में कृषि बीजों के विकास हेतु परमाणु विकिरण की क्षमता प्राप्त कर चुका है। आज भारत परमाणु हथियार संपन्न राष्ट्र बन चुका है। रक्षा अनुसंधान प्रमुख युद्धक टैंकों, सामरिक मिसाइल प्रणाली, इलेक्ट्रॉनिक युद्ध प्रणाली और विविध आयुधों के डिजाइन, विकास और उत्पादन करनेवालों में अग्रणी है। इसके अलावा हमारी सूचना प्रौद्योगिकी में भी विकास दिख रहा है; देश हार्डवेयर और सॉफ्टवेयर निर्यात व्यापार में प्रगति कर रहा है, बीते वर्षों की कमजोरी के बावजूद यह 10 बिलियन डॉलर

से अधिक का है। हालाँकि भारत एक विकासशील देश है। तकनीक के द्वारा और क्या किया जा सकता है?

तकनीक बहुआयामी होती है। भू-राजनीतिक ने तकनीक को किसी विशिष्ट राष्ट्रीय नीति में परिवर्तित कर दिया है। इस एक नीति से आर्थिक समृद्धि के साथ ही राष्ट्रीय सुरक्षा की क्षमता भी हासिल की जा सकती है। उदाहरण के लिए, केमिकल इंजीनियरिंग में विकास से उर्वरक सामने आए, वहीं इसी विज्ञान का उपयोग करके रासायनिक हथियारों का भी निर्माण हुआ। इसी तरह, आर्थिक विकास के लिए महत्त्वपूर्ण रिमोट सेंसिंग और संचार अनुप्रयोगों हेतु वायुमंडलीय अनुसंधान के लिए विकसित की गई रॉकेट प्रौद्योगिकी के निर्माण में सहायता मिली। इसी प्रौद्योगिकी द्वारा राष्ट्र को सुरक्षा देने के लिए विशिष्ट रक्षा आवश्यकताओं हेतु मिसाइलों का विकास किया गया। जहाँ विमानन प्रौद्योगिकी के विकास से लड़ाकू और बमवर्षक विमानों का निर्माण हुआ, वहीं उसी तकनीक द्वारा जेट विमान का निर्माण हुआ, जो यात्रा के अलावा आपदा के दौरान लोगों तक त्वरित सहायता पहुँचाने में सहायक होता है। इस स्तर पर हमें प्रौद्योगिकी के वैश्विक विकास और उसके मानव-जीवन पर प्रभाव का अध्ययन करना होगा।

ज्ञानपूर्ण समाज

भारत अगले एक दशक में ज्ञानपूर्ण समाज बननेवाला है। यह किस तरह का ज्ञानपूर्ण समाज बनेगा?

ज्ञानपूर्ण समाज ऐसा एक आधार बन सकता है, जिससे देश का विकसित भारत बनने का विजन वास्तविक बन सके। ज्ञान हमेशा से ही समृद्धि और शक्ति प्राप्ति का मुख्य प्रवर्तक रहा है। इसलिए सारी दुनिया में ज्ञान की प्राप्ति एक महत्त्वपूर्ण क्षेत्र रही है और ज्ञान से प्राप्त अनुभवों को बाँटना हमारे देश की विशिष्ट संस्कृति है। भारत ऐसा देश है, जिसे प्राकृतिक और प्रतिस्पर्धात्मक बढ़त के साथ ही कुछ विशिष्ट दक्षताएँ ही हासिल हैं, लेकिन ये सब एक परित्यक्त कोटर में अव्यवस्थित हालत में हैं, जिनके बारे पर्याप्त जागरूकता नहीं है।

विकसित भारत मिशन में युवाओं के लिए एजेंडा

विकसित भारत एक वास्तविकता बन सकता है। प्रधानमंत्री ने स्वतंत्रता दिवस- 2002 को घोषणा की थी कि 2020 तक हम एक विकसित भारत बन जाएँगे। इस स्वप्न के सच होने का सबसे बड़ा लाभ आप युवाओं को होगा। इसलिए यह आवश्यक है कि इसे वास्तविक बनाने की प्रारंभिक अवस्था से ही आप इसमें अपना योगदान दें और अपनी शिक्षा व पारिवारिक परिधि में रहते हुए अपनी क्षमतानुसार इसे बेहतरीन आकार दें। आपकी उम्र में माता-पिता व बच्चों की सबसे बड़ी चिंता शिक्षा पूरी करने के बाद नौकरी प्राप्त करने से जुड़ी होती है। अपने विषयों में सीमित विविधता की चिंता किए बिना आप जो भी विषय पढ़ें, उसी में पारंगत होने पर आपका अवसर और एक चमकदार भविष्य अवश्य प्राप्त होगा। यह बिना सीमाओंवाली सरहद है। नौकरियों के बहुत से अवसर मौजूद हैं, लेकिन जब व्यक्ति सरकारी नौकरी पाने तक ही सीमित हो जाता है तो इससे कई तरह की बाधाएँ उत्पन्न हो जाती हैं। इसलिए आपको अपने विचारों को उद्यमशीलता, डिजाइन, उद्योग, अभिनव विचारों सहित कृषि कार्य में सीधे भागीदारी, आई.टी. उत्पादों का निर्माण आदि तक लचीला रखना होगा। भविष्य की युवा पीढ़ी के लिए सबसे महत्त्वपूर्ण यह है कि वह सभी क्षेत्रों में योगदान देने का मन बनाए रखे। ज्ञान और भौतिक योगदान इसके संसाधन हैं। छात्र-जीवन में विभिन्न बाधाओं के बावजूद आप विशिष्ट ढंग से राष्ट्र के विकास में अपना योगदान दे सकते हैं।

छात्र-केंद्रित साक्षरता आंदोलन

साक्षरता का स्तर किसी भी विकसित राष्ट्र के लिए एक महत्त्वपूर्ण सूचक है। करोड़ों की आबादीवाले राष्ट्र को शिक्षित बनाना कोई छोटा कार्य नहीं है। इसके लिए सभी लोगों की भागीदारी आवश्यक है, विशेष रूप से युवाओं की। आपमें से बहुत से लोग सौभाग्यशाली रहे, जो अच्छे स्कूलों में गुणवत्तापूर्ण शिक्षा हासिल कर सके हैं, लेकिन आपके बहुत से भाई-बहन इतने सौभाग्यशाली नहीं रहे हैं, विशेष रूप से आपके निकट के गाँवों में रहनेवाले। एक विकसित राष्ट्र के लिए यह अच्छा अवसर है कि उसमें ऐसा समाज हो, जिसमें जिन लोगों के

पास है, वे, जिनके पास नहीं है, तक पहुँचने के लिए कड़ी मेहनत कर पुल बनाएँ। इसे करने का एक तरीका यह है कि आपका स्कूल अपने निकट के एक गाँव को गोद ले। जब हम 2010 तक राष्ट्रीय शिक्षा के स्तर को 57 प्रतिशत से 75 प्रतिशत तक बढ़ाने की दृष्टि से आपके लिए यह आवश्यक हो जाता है कि आप अपने गोद लिये गाँवों के लिए लक्ष्य निर्धारित करते हुए इसे राष्ट्रीय मिशन की लय में लाएँ। छुट्टी के दिन आपमें से प्रत्येक व्यक्ति गाँव का दौरा करे और कम-से-कम दो लोगों को शिक्षित करने में योगदान देते हुए उनमें ज्ञान का आलोक जगाए। उद्योगों, समाज-सेवकों, एन.जी.ओ. के साथ सह-व्यवस्था में काम करते हुए इस कार्य की निरंतरता बनाए रखें, जिससे इसका प्रभाव परिमेय और परिमाणित होना चाहिए।

शिक्षा संस्थानों को ऐसे पाठ्यक्रम का निर्माण करना होगा, जो विकसित भारत की सामाजिक और तकनीकी आवश्यकताओं के प्रति संवेदनशील हों। ऐसे मिशनों में छात्रों के योगदान को वर्तमान पाठ्यक्रम से पूर्णत: एकीकृत होना चाहिए, जिससे ज्ञानपूर्ण समाज के भावी सदस्य सामाजिक परिवर्तन के सभी पहलुओं पर पूर्णत: विकसित हों।

छात्र-केंद्रित पर्यावरण-संरक्षण आंदोलन

हमारे आस-पास के पेड़ और पौधे सूर्य की ऊर्जा को हमारे उपयोग हेतु सतत आधार पर तैयार करनेवाले बेहतरीन परिवर्तक हैं। इस प्रक्रिया में हमें पर्यावरण की सफाई, सभी जीवित प्रजातियों के लिए आश्रय तथा आहार और ऊर्जा का स्रोत सबसे प्रभावशाली ढंग से प्राप्त होता है। इसे प्राय: शांत वातावरण से जोड़कर देखा जाता है, जिससे रचनात्मक विचार और सक्रियता की सुविधा मिलती है। जैसा कि आप जानते हैं कि स्वप्न और इन स्वप्नों का काररवाई में परिवर्तन विकसित भारत का एक महत्त्वपूर्ण घटक है, जिसमें आप सभी मित्र योगदान दे सकते हैं। यदि 20 करोड़ लोग बिना अधिक परिश्रम किए पाँच बीज बो सकें तो इससे करोड़ों वृक्ष उगा लेंगे और भारत माता आपके इस कृत्य से खिल उठेंगी। उस दिन आप दुनिया को दिखा देंगे कि किस तरह 20 करोड़ बच्चे साथ मिलकर काम करते हुए हमें गौरवान्वित कर सकते हैं। वृक्ष लगाने का यह

कार्य आप अपने घर, स्कूल या आपके स्कूल द्वारा गोद लिये गए गाँव में कर सकते हैं। स्कूल प्रबंधन और एन.जी.ओ. को इस छात्र-केंद्रित पर्यावरण-संरक्षण आंदोलन की सतत आधार पर सहायता करनी चाहिए। आज से कुछ वर्ष बाद हम में से प्रत्येक भारतीय उस युवक के लगाए वृक्ष का गौरवपूर्ण अभिभावक बन सकेगा। इस गतिशील आंदोलन से बच्चों में पर्यावरण-मित्रवत् भविष्य के लिए चिंता का भाव उत्पन्न होगा।

करोड़ों वृक्षों को सींचने के लिए योजनाबद्ध जलापूर्ति की आवश्यकता है, जो पहले से देश में एक लुप्त होती जा रही निधि है। उचित योजना न होने पर धरती माता को हरा-भरा करने के प्रयासों में एकत्र किया जा सकनेवाला वर्षाजल बेकार चला जाता है, लेकिन आज तकनीक की मदद से लघु-स्तरीय जल संग्रहण स्टेशन विकसित किया जा सकता है। उदाहरण के लिए, आपका स्कूल अपने स्कूल कॉम्प्लेक्स के भीतर या अपने गोद लिये गए गाँव में 10 सी.एफ.टी. प्रति छात्र द्वारा जल-संग्रहण स्टेशन बनाने पर विचार कर सकता है। यदि आप ऐसा करते हैं तो आपकी इच्छाओं से जुड़े इन आंतरिक विचारों से आपके भीतर राष्ट्रीय संसाधनों को सबके साथ साझा करने की भावना विकसित होगी। वर्षाजल संग्रहण से जल स्तर कायम रहेगा, जिससे पर्यावरण की हानि से बचाव होगा और कृषि एवं पीने के लिए जल उपलब्ध हो सकेगा।

तेजस्वी मन की शक्ति

जहाँ मीडिया और सभी जगह सांस्कृतिक घुसपैठ का डर दिखाया जाता है, वहाँ अपने बच्चों को प्राप्त सांस्कृतिक आनंद पर विचार करें। हमने बहुत सी घुसपैठों का सामना किया है और बहुत से राजवंशों ने हम पर शासन किया है। आज भारत किसी भी तरह की घुसपैठ से मुक्त और स्वतंत्र है। हम अपने पारिवारिक मूल्यों और आध्यात्मिक जीवन का पालन करते हैं। बहुत से विकसित राष्ट्र ऐसे पूर्ण जीवन का स्वप्न देखते हैं। हमारा दर्शन है, ''दो, और लगातार देते रहो।''

जब आप अपने समाज में अतिरंजित अशांति की बात सुनें तो पूरे साहस के साथ महसूस करें कि हम करोड़ों लोगों का देश हैं, जहाँ बहुत सारे धर्म और

भाषाएँ हैं। हम इस ग्रह पर स्थित सबसे बड़ा लोकतंत्र हैं। हमारे अनुभव में अभी तक ऐसे किसी राष्ट्र में ऐसी विशिष्ट शक्ति नहीं है। इस खूबसूरत संदेश को सब जगह फैला दें।

इस महान् राष्ट्र से संबंधित होने के कारण आप मन में निराशा होने पर भी आनंदित हो सकते हैं। खाद्यान्न उत्पादन में हम आत्मनिर्भर हैं, हम अपने लिए संचार उपग्रहों का निर्माण कर सकते हैं, साथ ही हम अपना रिमोट सेंसिंग उपग्रह भी प्रक्षेपित कर सकते हैं। 'भारत के परमाणु हथियार संपन्न राष्ट्र' बन जाने पर और भारत के मिसाइल शक्ति हासिल करने पर 1998 से आज तक विकसित राष्ट्रों ने हम पर आर्थिक व प्रौद्योगिकीय प्रतिबंध लगा दिए हैं। हमें इसका सामना अपने कृषि, प्रौद्योगिक, औद्योगिक और इससे बढ़कर सबसे ऊपर अपने लोगों के साहस के साथ सामना किया। अपनी इस भावना को बनाए रखें और इससे अपनी गति में गुणात्मक बढ़ोतरी करें।

दुनिया को देखने पर आप निराश हो सकते हैं, लेकिन जरा सोचें, हम कथित तौर पर विकसित 'जी-8' से नहीं, बल्कि सैकड़ों विकसित राष्ट्रों में से एक हैं। जरा करोड़ों भारतीयों के मन तेजस्वी हो जाने पर विचार करें। यह संसाधन धरती पर, धरती से ऊपर या धरती के नीचे मौजूद किसी भी संसाधन की तुलना में सबसे प्रभावशाली है। हमारा पसीना विकासशील भारत को विकसित भारत में परिवर्तित कर देगा। यही विजन है, इंडिया मिलिनियम मिशन-2020, विकसित भारत। उस विख्यात कवि की यह बात याद रखिए—''मैं कर्म करता हूँ और ईश्वर मुझे उसका फल देते हैं।''

समापन

देश महान् बनता है, केवल इससे नहीं कि उसके कुछ लोग महान् हैं, बल्कि इसलिए कि उस देश में सभी लोग महान् हैं। मैं आपको सभी को पढ़ाई के लिए शुभकामनाएँ देता हूँ कि आप डॉक्टर, इंजीनियर, वैज्ञानिक, उद्यमी, सेना के अफसर, शिक्षक, वकील, अधिकारी, राजनेता और सबसे बढ़कर पारंपरिक मूल्य प्रणाली और समाज की परवाह करनेवाले शानदार व्यक्ति बनें। विकसित भारत मिशन की चुनौतियों का सामना करने में सबसे महत्त्वपूर्ण, संलग्न और

केंद्रित प्रयासों की अपेक्षा युवाओं से ही है। हमारे नेताओं द्वारा स्वतंत्रता के पहले विजन की ही भाँति मुझे पूरा विश्वास है कि इस अवसर पर आप भी आगे बढ़कर और विविध क्षेत्रों में पेशेवर बनेंगे।

मैंने युवाओं के लिए एक गीत भी तैयार किया है।

□

* 21 जनवरी, 2003 कोलकाता में नेताजी इनडोर स्टेडियम में छात्रों को संबोधन

13

बौद्धिक शक्ति से विज्ञान में प्रगति

मानव इतिहास में ऐसी बहुत सी कथाएँ हैं, जहाँ व्यक्ति को प्राकृतिक शक्तियों व आपत्तियों तथा सह-समुदाय की अस्वीकार्यता के कारण हार का मुख देखना पड़ा है। इसके बावजूद मानवता मानव जीवन को समृद्ध बनाने के नए आयाम खोजने और जीवन स्तर में सुधार में सफल होने के लिए निरंतर प्रयासरत है। मनुष्य में इन सभी बाधाओं को पार करनेवाली अदम्य भावना मौजूद है। यह बात प्रत्येक वैज्ञानिक अनुसंधान, रक्षा क्षेत्र में, परमाणु विज्ञान के क्षेत्र में, बायोटेक के क्षेत्र में और अंतरिक्ष प्रौद्योगिकी के क्षेत्र के अलावा स्कूल जीवन समेत अन्य बहुत से क्षेत्रों में खरी उतरती है।

दूसरी शताब्दी ईस्वी में प्राप्त टॉलेमी के सिद्धांत में सूर्य समेत सभी ग्रहों के धरती की परिक्रमा करने की मान्यता थी। आज भी टॉलेमी के सिद्धांत की कुछ मान्यताएँ मूलत: अनुमानों पर आधारित हैं, लेकिन 16वीं शताब्दी में कॉपरनिकस ने पहली बार पृथ्वी के अपने अक्ष पर घूमने के साथ ही सूर्य की परिक्रमा करने का सिद्धांत पेश किया, साथ ही उन्होंने यह भी कहा कि ब्रह्मांड में सूर्य की भी अपनी कक्षा है। बाद में सत्रहवीं शताब्दी में गैलीलियो ने कॉपरनिकस के सिद्धांतों को आधार बनाकर कुछ वैज्ञानिक परीक्षण किए और संसार के समक्ष धरती के परिक्रमा करने की घोषणा की। किसी को भी इस कथन पर विश्वास नहीं हुआ। सभी धार्मिक मिशनरी उसके खिलाफ हो गए। अपनी बात साबित करने के लिए उसे अपना बलिदान देना पड़ा।

आइजक न्यूटन ने ग्रहों, चंद्रमा, सितारों और पृथ्वी के बीच के गुरुत्वाकर्षण

सिद्धांत का वर्णन किया। न्यूटन का यही सिद्धांत 'उड़ान विज्ञान' का आधार बना। न्यूटन के बाद आइंस्टाइन ने सामान्य सापेक्षता सिद्धांत पेश किया, जिसमें पहली बार सितारों और सूर्य की अंतरिक्ष व समय के अनुसार तादात्म्य गतिशीलता सहित संपूर्ण कक्षीय प्रणाली का वर्णन किया गया था। इसी से आइंस्टाइन के विख्यात समीकरण E=mc2 का उदय हुआ। पहली बार प्रश्न पूछे गए। हमने कैसे जन्म लिया, क्या हम अकेले हैं, हमें किसने बनाया? तत्पश्चात् पृथ्वी का जन्म कैसे हुआ, सितारों का जन्म कैसे हुआ और हमारा सितारा कब तक दमकता रहेगा, इसपर कॉपरनिकस, गैलीलियो, न्यूटन, आइंस्टाइन और स्टीफन हॉकिंग के स्ट्रिंग सिद्धांत जैसे सभी सिद्धांतों को साथ लेकर एक सिद्धांत की खोज आरंभ की गई।

सीमारहित विज्ञान

सन् 1935 में 'चंद्रशेखर सीमा' का उदय हुआ, जिसमें ब्लैक होल की खोज के साथ ही उन्होंने पहली बार यह स्थापित किया कि सूर्य लगभग 50 लाख या अधिक वर्षों तक दमकता रहेगा। मुझे लगता है कि इनसान हमेशा के लिए पृथ्वी पर नहीं रहनेवाला, उसे खनिज व ऊर्जा जैसे बहुत से संसाधनों की खोज के लिए अन्य ग्रहों और सितारों पर जाना ही होगा। मनुष्य के लिए हमारे सबसे निकट प्रवास का स्थान मंगल है। संभवत: चंद्रमा खनिज और अंतरिक्ष उद्योग केंद्र के लिए ठीक रहेगा। इसलिए मित्रो! बड़े होते हुए आपको पृथ्वी को पर्यावरण व आर्थिक रूप से अधिक जीवंत बनाना होगा, जिसके लिए आपको कोलंबस, लिविंगस्टोन और नील आर्मस्ट्रांग की तरह खोज करनी होगी। मानव प्रगति के लिए मानव का अगला पड़ाव चंद्रमा व अन्य ग्रह हैं।

आर्यभट्ट की आर्यभटीयम्

आर्यभट्ट का जन्म 476 ईस्वी में कुसुमपुर (आज के पटना) में हुआ, वे खगोलविद् व गणितज्ञ दोनों ही थे। उन्हें अपने समय में संपूर्ण गणित का संक्षिप्त विवरण पेश करने के लिए जाना जाता था। मात्र 23 वर्ष की आयु में दो भागों में 'आर्यभटीयम्', पुस्तक की रचना की। उन्होंने इसमें अंकगणित,

बीजगणित (सबसे पहली बार वर्णन), त्रिकोणमिति और निस्संदेह खगोलविद्या जैसे महत्त्वपूर्ण विषयों पर चर्चा की। उन्होंने त्रिकोण और वृत्त के क्षेत्रफल मापने के सूत्र देने के अलावा मंडल और पिरामिड का आयतन मापने का भी प्रयास किया। वे पहले व्यक्ति थे, जिन्होंने वृत्त की परिधि और व्यास का मान 3.1416 ज्ञात कर परिमाण के रूप में पाई का मोटा अनुमान दिया।

भास्कर

अपने समय के यह विशिष्ट बुद्धिजीवी भास्कराचार्य के नाम से जाने जाते थे। इनका जन्म 1114 ईस्वी में कर्नाटक या महाराष्ट्र स्थित विज्जडविड में हुआ। इन्होंने चार भागों में विख्यात ग्रंथ 'सिद्धांत शिरोमणि' की रचना की। ये खगोलविद्या और बीजगणित में प्रवीण थे। ये प्रथम ज्ञात गणितज्ञ हैं, जिन्होंने आर्यभट्ट की खोज-संख्याओं का उपयोग कर शून्य का मान स्थापित किया।

आज मुझे अल्बर्ट आइंस्टाइन की बात का महान् अर्थ समझ में आता है, "हम बहुत हद तक भारतीयों के ऋणी हैं, जिन्होंने हमें गिनती सिखाई और जिसके बिना कोई महत्त्वपूर्ण वैज्ञानिक खोज करना संभव नहीं होता।" इस तरह वास्तव में वैज्ञानिक खोजों की शुरुआत भारत से ही हुई थी।

रामानुजन

इसके बाद हमारे दिमाग में आते हैं, सभी बुद्धिमानों में परिचित व स्वीकृत महान् और हमारी वर्तमान स्मृतियों में शामिल श्रीनिवास रामानुजन। वे केवल 33 वर्ष (1887-1920) जीवित रहे। उन्हें न तो प्रायोगिक औपचारिक शिक्षा मिली और न ही आजीविका का कोई साधन। इसके बावजूद अपने विषय के प्रति अपने प्रेम और अनंत भावना की बदौलत गणितीय अनुसंधान के क्षेत्र में उनका योगदान अमूल्य साबित हुआ, जिसमें से कुछ पर दुनिया भर के मौजूदा गणितज्ञों द्वारा औपचारिक साक्ष्य स्थापित करने हेतु गंभीर अध्ययन व प्रयास जारी हैं। रामानुजन विशिष्ट प्रतिभावान भारतीय थे, जिन्होंने कैंब्रिज विश्वविद्यालय के सबसे कठोर व अप्रतिम गणितज्ञ प्रो. हार्डी को भी पिघला दिया, बल्कि यह कहना अतिशयोक्ति नहीं होगी कि रामानुजन को विश्व के सामने लाने का कार्य

हार्डी ने ही किया था। रामानुजन के सम्मान में किसी ने कहा था, ''प्रत्येक पूर्णांक रामानुजन का निजी मित्र था।'' प्रोफेसर हार्डी कुछ बुद्धिमानों को 100 के पैमाने पर अंक देते थे, जिनमें से अधिकांश को लगभग 30 या विरले ही 60 तक अंक देते थे, उनके अनुसार 100 के पैमाने पर केवल रामानुजन ही पहुँचते हैं। रामानुजन या भारतीय परंपरा का इससे बेहतर सम्मान हो ही नहीं सकता। उनके कार्य बहु-क्षेत्रीय हैं, ये अभाज्य संख्याएँ, हाइपर-ज्योमिति शृंखला, अनुखंडीय फलन, इलिप्टिक फलन, मॉकथीटा फलन से लेकर ज्यामिति में वृत्त का दीर्घाकार, वर्ग निकालने जैसे गंभीर कार्यों के अलावा मैजिक स्क्वायर कार्यों तक विस्तृत है।

आशा है कि युवा छात्रों को गणित का शिक्षण व प्रेरणा देने वाले उत्कृष्ट शिक्षक आनेवाले समय में भी ऐसी ही अतुलनीय व प्रशंसनीय सेवा देते रहेंगे, जिससे वर्तमान और आगत शताब्दी में भी भारतीय प्रतिभा का बोलबाला रहना सुनिश्चित हो सके। प्रो. एस. चंद्रशेखर ने भारत की महान् गणितीय परंपरा को विदेशों तक पहुँचा दिया। निस्संदेह, गणित सार्वभौमिक है। इस मूल परंपरा का पोषण कार्य गत-आगत विशिष्ट गणितज्ञों में से वर्तमान समय के विशिष्ट गणितज्ञ प्रो. सी.एस. शेषाद्रि, प्रो. जे.वी. नार्लीकर, प्रो. एम.एस. नरसिम्हन, प्रो. एस.आर.एस. वर्धन, प्रो. एम.एस. रघुनाथन, प्रो. नरेंद्र करमरकर और प्रो. अशोक सेन के हाथों में है।

असंभव को संभव बनाना

मनुष्य का उड़ान भरना और कुछ नहीं, बस मनुष्य के मन की रचना का नतीजा है। अंतरिक्ष में खोज की श्रेष्ठता प्राप्त करने तक इसे बहुत से संघर्षों से गुजरना पड़ा है। 1890 में रॉयल सोसाइटी लंदन के अध्यक्ष और जाने-माने महान् वैज्ञानिक लॉर्ड केल्विन ने कहा था, हवा से भारी कोई भी चीज न तो उड़ सकती है और न ही उड़ाई जा सकती है। दो दशकों के भीतर राइट बंधुओं ने साबित कर दिया कि मनुष्य भी उड़ सकता है, लेकिन इसकी भारी मानवीय कीमत चुकानी पड़ी। 1961 में 'मून मिशन' के सफलतापूर्वक पूरा होने पर एक विख्यात रॉकेट डिजाइनर फार्नब्रान ने, जिन्होंने 1975 में सैटर्न-वी का

निर्माण किया, जिससे अंतरिक्षयात्रियों युक्त कैप्सूल का प्रक्षेपण और मूनवॉक एक वास्तविकता बन सका था, उन्होंने कहा, ''यदि मुझे अधिकार होता तो मैं असंभव शब्द को मिटा देता।'' इसी सिलसिले में हम पृथ्वी की एक कहानी सुनते हैं। हाल ही में 29 जनवरी, 2002 को 3.39 दोपहर को कोलंबिया स्पेस मिशन के अंतरिक्ष यात्री मैककूल और रैमोन ने ग्राउंड स्टेशन से कहा, ''हम अंतरिक्ष में बहुत ऊँचाई पर हैं, यहाँ से पृथ्वी बहुत अच्छी दिख रही है, यह बेहद शांत, बहुत शानदार और अत्यंत नाजुक है।'' दोस्तो, वे पाँच अंतरिक्ष यात्री आज हमारे बीच नहीं हैं। उन्होंने मानवता के लिए बहुत सी वैज्ञानिक जानकारी प्रदान की, साथ ही उन्होंने पृथ्वी के नाजुक होने का अति महत्त्वपूर्ण संदेश भी दिया।

आज की हमारी सारी प्रौद्योगिक प्रगति पिछली कुछ शताब्दियों में वैज्ञानिकों की वैज्ञानिक खोजों का ही परिणाम है। जल्द ही मनुष्य समस्याओं से घिर गया। निरंतर प्रयासों के बावजूद वे असफल रहे। समस्याएँ और असफलताएँ कक्षा में मौजूद रहीं, साथ ही इस कक्षा में सफलताएँ भी प्रचुर थीं। अदम्य भावना से सफलता प्राप्त हुई और समस्याओं का शमन हुआ। अब हम पृथ्वी की गतिशीलता, पृथ्वी-चंद्रमा-मंगल-सूर्य और ब्रह्मांड की गतिशीलता से वापस धरती की समस्याओं पर आते हैं। हम भारत को कैसे समृद्ध-शांतिपूर्ण और सुरक्षित राष्ट्र बना सकते हैं ?

राष्ट्र के लिए विजन

हमें 1947 में स्वतंत्रता प्राप्त हुई, यह देश के पहले विजन का परिणाम था। इस विजन से राजनीति, दर्शन, विज्ञान, प्रौद्योगिकी और उद्योग क्षेत्र में बेहतरीन नेतृत्व का निर्माण हुआ। इससे जीवन के बहुत से पहलुओं में सुधार हुआ। शिक्षा, कृषि उत्पाद, सामरिक क्षेत्रों, छोटे और बड़े स्तर के उद्योगों की स्थापना हुई। अब पचास से भी अधिक वर्ष बीत चुके हैं और अभी भी हमारा नाम सैकड़ों विकसित राष्ट्रों में है, जो जी-8 राष्ट्रों में शामिल नहीं हैं। हमारे समक्ष बहुत सी चुनौतियाँ हैं। गरीबी रेखा के नीचे के लगभग 30 करोड़ लोगों को अच्छे जीवन की मुख्यधारा से जोड़ना है। सौ फीसदी साक्षरता, सबके लिए स्वास्थ्य सेवा, कई तरह के उद्योग व कृषि उत्पादन और मूल्य व्यवस्था से जुड़ी

जीवन-शैली को तैयार करना है। तभी हम राष्ट्र के विकसित होने के इस दूसरे विजन को देख सकते हैं।

टेक्नोलॉजी विजन-2020

मेरी राय में एक विकसित राष्ट्र वह होता है, जिसमें व्यापक दृष्टि से पूँजी निर्माण और पूँजी सुरक्षा की क्षमता और सामर्थ्य हो तथा जिसके बाद वह अपने इन उद्देश्यों को ध्यान में रखते हुए एकीकृत रणनीति, प्रौद्योगिकी और मिशनों का निर्माण कर सके। यह भी तथ्य है कि भू-राजनीतिक सत्ता में प्रौद्योगिकी एक स्थापित मुद्रा है और भारतीय परिप्रेक्ष्य में प्रौद्योगिकी को आर्थिक विकास और राष्ट्रीय सुरक्षा की प्रेरक शक्ति बनाना ही होगा। इसे देखते हुए और दो भिन्न क्षेत्रों, एक विज्ञान व प्रौद्योगिकी विभाग के तहत स्वायत्त संस्था टी.आई.एफ.ए.सी. और दूसरा रक्षा अनुसंधान एवं विकास विभाग के राष्ट्रीय विशेषज्ञों की सहायता से कुछ मानवीय वर्षों के संयुक्त प्रयासों के बाद दो तरह के दस्तावेज सामने आए। यह है 17 खंडोंवाला टेक्नोलॉजी विजन-2020 और विस्तृत राष्ट्रीय सुरक्षा हेतु एकीकृत रणनीतिक, प्रौद्योगिक व मिशन। इन दोनों दस्तावेजों का पूँजी निर्माण और पूँजी सुरक्षा के पहलुओं को ध्यान में रखते हुए प्रौद्योगिकी को जोड़ने वाले कारक के तौर पर पहचान देते हुए चर्चा की गई है। इस दोनों दस्तावेजों के एकीकरण इंडिया मिलेनियम मिशंस-2020 (आई.एम.एम.-2020) के रूप में सामने आया, जो वर्ष 2020 तक एक मजबूत व विकसित भारत बनाने का शानदार खाका और रोड-मैप है। आई.एम.एम.-2020 के लिए एकीकृत कारवाई की आवश्यकता होगी।

विकसित भारत हेतु एकीकृत कारवाई

हमने ऐसे पाँच क्षेत्रों की पहचान की है, जहाँ भारत में एकीकृत कारवाई हेतु मूल दक्षताएँ मौजूद हैं—(1) कृषि और खाद्य प्रसंस्करण—हमें इसके लिए 360 मिलियन टन खाद्य व कृषि उत्पादन का लक्ष्य रखना होगा। कृषि व एग्रोफूड प्रोसेसिंग के अन्य क्षेत्रों से ग्रामीणों में समृद्धि आएगी और आर्थिक विकास की गति बढ़ेगी। (2) देश के सभी हिस्सों के लिए विश्वसनीय और गुणवत्तापूर्ण विद्युत्

शक्ति उपलब्ध होगी। (3) शिक्षा और स्वास्थ्य सेवा—हमने देखा और अनुभव किया है कि शिक्षा और स्वास्थ्य सेवा परस्पर संबद्ध हैं, इससे जनसंख्या नियंत्रण में सहायता मिलेगी और जिस कारण सामाजिक सुरक्षा और राष्ट्रीय सुरक्षा प्राप्त होगी। (4) सूचना प्रौद्योगिकी—यह हमारी प्रमुख दक्षताओं में से एक है। हमारा मानना है कि इसका उपयोग दूरवर्ती क्षेत्रों में शिक्षा के प्रचार और राष्ट्र के लिए धन सृजन में किया जा सका है। (5) सामरिक क्षेत्र—सौभाग्यवश, इस क्षेत्र में परमाणु प्रौद्योगिकी, अंतरिक्ष प्रौद्योगिकी और रक्षा प्रौद्योगिकी में विकास दिखाई दे रहा है। यह पाँचों क्षेत्र आपस में पूर्णत: संबद्ध हैं और इनके द्वारा राष्ट्रीय, खाद्य व आर्थिक सुरक्षा हासिल की जा सकती है। इस विजन को वास्तविक बनाने के लिए अनुसंधान व विकास, अकादमिक, औद्योगिक और समुदाय तथा सरकारी विभागों के बीच पूर्ण व मजबूत भागीदारी होना आवश्यक है।

सशक्तीकरण

माता-पिता के परवरिश के दौरान विभिन्न चरणों में बच्चे को सशक्त बनाने से बच्चा एक जिम्मेदार नागरिक बनता है। जब शिक्षक ज्ञान व अनुभव से सशक्त बनते हैं तो मानव के रूप में नीतिवान व अच्छे किशोर आकार लेते हैं। वहीं एक व्यक्ति या टीम के प्रौद्योगिकी से सशक्त होने से उच्च संभावनाओंवाली उपलब्धियाँ सुनिश्चित हो जाती हैं। किसी भी संस्थान के प्रमुख द्वारा अपने लोगों को सशक्त बनाने से ऐसे नेतृत्व का जन्म होता है, जो देश में कई क्षेत्रों में परिवर्तन लाता है। महिलाओं के सशक्तीकरण से समाज में स्थिरता सुनिश्चित होती है। जब राष्ट्र के राजनेता अपनी विजनरी नीतियों से लोगों को सशक्त बनाते हैं तो उस राष्ट्र का समृद्ध होना सुनिश्चित हो जाता है, वहीं जब धर्म परिवर्तित होकर आध्यात्मिक ऊर्जा बन जाता है तो लोग मूल्य व्यवस्था वाले जाग्रत् नागरिक बन जाते हैं।

समापन टिप्पणी

सर सी.वी. रमन ने कहा था, "आप केवल तभी सफल हो सकते हैं, जब आप प्राप्त कार्य को साहसिक समर्पण के साथ करते हैं। मैं प्रतिवाद से भयभीत

हुए बिना कहता हूँ कि गुणवत्ता के मामले में भारतीय मन किसी भी ट्यूटनिक, नॉर्डिकया एंग्लो-सेक्शन मन के समान ही है। हमारी कमी संभवत: साहस, प्रेरक शक्ति का न होना है, जो व्यक्ति कहीं से भी प्राप्त कर सकता है। मेरे विचार से हमने अपने में हीनता की भावना विकसित कर ली है। मुझे लगता है कि इस समय भारत का इस पराजय की भावना को समाप्त करना आवश्यक है। हमें जीतने की भावना विकसित करनी होगी, एक ऐसी भावना, जिससे हम अपना सही स्थान हासिल कर सकें, ऐसी भावना, जिससे हम पहचान सकें कि हम उस गौरपूर्ण सभ्यता के उत्तराधिकारी हैं, जिसे इस ग्रह पर अपना उचित स्थान प्राप्त करना ही होगा। यदि हममें यह अदम्य भावना विकसित हो जाती है, तो हमें अपना वाजिब हक पाने से कोई नहीं रोक सकता।''

□

---

* 15 फरवरी, 2003 को मुंबई के षड्मुखानंद फाइन आर्ट्स ऐंड संगीत सभा में संबोधन

14

मेरे तीन बेहतरीन शिक्षक

पहले शिक्षक—मेरे पिता

मेरे पिता जनाब अवुल पाकिर जैनुलाब्दीन मेरे पहले शिक्षक या गुरु थे। बचपन में मेरे पिता ने मुझे एक बेहतरीन सबक पढ़ाया। वह सबक क्या था? यह भारत के स्वतंत्र होने के तुरंत बाद की घटना है। उस समय रामेश्वरम् में पंचायत बोर्ड के चुनाव होनेवाले थे। मेरे पिता को पंचायत बोर्ड का सदस्य चुन लिया गया और उसी दिन उन्हें रामेश्वरम् पंचायत बोर्ड का अध्यक्ष भी बना दिया गया। रामेश्वरम् द्वीप 30,000 लोगों की आबादीवाला एक खूबसूरत स्थान है। उस समय उन्होंने मेरे पिता को पंचायत बोर्ड का अध्यक्ष इसलिए नहीं चुना था कि वे किसी विशेष धर्म से थे या किसी विशेष जाति के थे या कोई विशिष्ट भाषा बोलते थे या उनका आर्थिक स्तर बहुत अच्छा था। उन्हें केवल उनकी मन की शुद्धता और अच्छा व्यक्ति होने के कारण चुना गया था।

मैं उस दिन की एक घटना बताना चाहता हूँ, जिस दिन उन्हें पंचायत बोर्ड का अध्यक्ष चुना गया था। उन दिनों मैं स्कूल में पढ़ता था। तब तक हमारे यहाँ बिजली नहीं पहुँची थी और हम राशन में प्राप्त केरोसिन लैंप से पढ़ा करते थे। मैं जोर-जोर से अपना पाठ पढ़ रहा था, तभी मुझे दरवाजे पर दस्तक सुनाई दी। उन दिनों हम रामेश्वरम् में दरवाजों में कुंडी नहीं लगाया करते थे। किसी ने दरवाजा खोला, अंदर आया और मुझसे मेरे पिता के बारे में पूछा? मैंने उन्हें बताया कि पिताजी शाम की नमाज पढ़ने गए हैं। तब उन्होंने कहा, मैं उनके लिए कुछ लाया हूँ, क्या मैं उसे यहाँ रख दूँ? चूँकि मेरे पिता नमाज पढ़ने गए

हुए थे, इसलिए मैंने चिल्लाकर अपनी माँ से उपहार स्वीकार करने की इजाजत माँगी। चूँकि वे भी नमाज पढ़ रही थीं, इसलिए उन्होंने कोई उत्तर नहीं दिया। मैंने उस व्यक्ति से उस उपहार को खटिया पर रखने के लिए कहा और अपनी पढ़ाई में लग गया।

वापस लौटने पर मेरे पिता ने खटिया पर रखा तांबूलम देखा। उन्होंने मुझसे पूछा, "यह क्या है, यह कौन दे गया है?" मैंने बताया, "यह कोई आपके लिए देकर गया है।" उन्होंने तांबूलम का ढक्कन खोला तो उसमें महँगी धोती, अंगवस्त्र, कुछ फल और मिठाई थे। इसके बाद उन्होंने उस व्यक्ति द्वारा छोड़ा गया पत्र देखा। मैं अपने परिवार में सबसे छोटा था, मेरे पिता मुझे बेहद प्यार करते थे और मैं भी उनसे उतना ही प्यार करता था। वे वहाँ रखे तांबूलम और उपहारों को देखकर नाराज हो गए। मैंने पहली बार उन्हें इतने गुस्से में देखा था और पहली बार उन्होंने मुझे इतनी बुरी तरह मारा था। मैं डर गया और रोने लगा। मेरी माँ आईं और उन्होंने मुझे दुलारकर शांत किया। तभी मेरे पिता मेरे निकट आए और मेरे कंधे को प्यार से छुआ और प्रेमपूर्ण वाणी में सलाह दी कि भविष्य में मैं उनकी इजाजत के बिना किसी से कोई उपहार न स्वीकार करूँ। उन्होंने एक इस्लामी हदीस का हवाला देते हुए कहा, "जब ईश्वर किसी को आधिकारिक पद देता है तो फिर उसकी देखभाल भी वही करता है। जब व्यक्ति अपने अधिकार से अधिक कुछ भी लेता है तो यह अवैध लाभ होता है।" फिर उन्होंने मुझसे कहा कि यह अच्छी आदत नहीं होती। उपहार के साथ हमेशा जिम्मेदारी भी आती है, इसलिए उपहार एक खतरनाक वस्तु है। यह बिल्कुल किसी साँप को छूने पर बदले में जहर प्राप्त करने जैसा है। यह सबक मेरे दिमाग में हमेशा रहा, यहाँ तक कि मेरे सत्तर वर्ष का हो जाने पर भी कायम है। इस घटना से मुझे जीवन का एक महत्त्वपूर्ण सबक मिला। इसने मेरे दिमाग में कहीं गहरे में जगह बना ली।

मनुस्मृति के अनुसार, "उपहार स्वीकार करने से मनुष्य के भीतर का दिव्य प्रकाश धूमिल हो जाता है।" मनु ने सभी लोगों को उपहार स्वीकार करने के लिए मना करते हुए यह कारण बताया कि ऐसा करने पर उपहार लेनेवाला उपहार देनेवाले का ऋणी हो जाता है, जिसके परिणामस्वरूप उसे कुछ करना पड़ जाता है, जिसके लिए कानून आज्ञा नहीं देता है।

मेरे दूसरे शिक्षक—प्राथमिक स्कूल शिक्षक श्री शिव सुब्रह्मण्य अय्यर

13 वर्ष की उम्र में 8वीं कक्षा में मेरे एक शिक्षक थे—श्री शिव सुब्रह्मण्य अय्यर। वे हमारे स्कूल के सबसे अच्छे शिक्षकों में से एक थे। हम सबको उनकी कक्षा में बैठना व उन्हें सुनना अच्छा लगता था। एक दिन वे पंछी की उड़ान के बारे में बता रहे थे। उन्होंने ब्लैक बोर्ड पर एक डायग्राम बनाया। इसमें उन्होंने पंछी के पंख, पूँछ और सिर समेत पूरे शरीर का चित्र बनाया। उन्होंने बताया कि किस तरह पक्षी तैयार होकर उड़ान भरता है। वे लगभग 25 मिनट तक पंछी के उड़ान के लिए तैयार होने, दौड़ने और किस तरह पंछी, 10, 20 या 30 के आकार में उड़ान भरते हैं, के बारे में बताते रहे। कक्षा के अंत में उन्होंने हमसे पूछा कि क्या हमें समझ आया कि पंछी कैसे उड़ान भरता है। मैंने कहा कि मुझे समझ नहीं आया कि पंछी कैसे उड़ान भरता है। मेरे ऐसा कहने पर उन्होंने कक्षा के बाकी छात्रों से पूछा कि वे इसे समझ सके हैं या नहीं। उनमें से और भी बहुत से छात्रों ने इनकार किया, क्योंकि वे एक प्रतिबद्ध शिक्षक थे, इसलिए वे हमारी बात सुनकर नाराज नहीं हुए।

वे हम सबको समुद्र तट पर ले गए। उस शाम पूरी कक्षा रामेश्वरम् के समुद्र तट पर थी। उस खूबसूरत शाम हमने समुद्र की गरजती लहरों का चट्टानों से टकराने का खूब आनंद लिया। पंछी चहचहाते हुए उड़ रहे थे। उन्होंने हमें 10 और 20 संख्या के आकार में उड़ते समुद्री पक्षी दिखाए। हम पंछियों को उस उद्‌देश्यपूर्वक शानदार आकार में उड़ान भरते देखकर चकित रह गए। उन्होंने हमें पंछियों को देखने के लिए कहा कि उड़ान भरने की तैयारी करते समय वे कैसे दिखाई देते हैं। हमने उन्हें पंख फड़फड़ाते और अपनी पूँछ को ऐंठते देखा। ध्यान से देखने पर हमें पता चला कि पक्षी उड़ते समय ऐसा करके स्वयं को इच्छित दिशा में मोड़ लेते हैं। तब उन्होंने हमसे प्रश्न किया कि उनका इंजन कहाँ पर है और उसे कहाँ से शक्ति मिलती है। पंछियों को उनके जीवन से ऊर्जा और अपनी इच्छा से प्रेरणा प्राप्त होती है। यह है वास्तविक शिक्षा। मुझे पूरा विश्वास है कि बहुत से स्कूल व कॉलेज के शिक्षक इस उदाहरण का अनुसरण करेंगे।

मेरे लिए वह केवल पंछियों की उड़ान प्रक्रिया समझना ही नहीं था। पंछी की उस उड़ान ने मेरे भीतर प्रवेश कर एक विशिष्ट एहसास का सृजन किया।

मेरे खयाल से उसी शाम के बाद मेरे भविष्य के अध्ययन में उड़ान और उड़ान प्रणाली ने अपनी जगह बना ली थी। मैं यह इसलिए बता रहा हूँ, क्योंकि मेरे शिक्षक की वह सीख और मेरे द्वारा देखी गई घटना ने भविष्य में मेरे कॅरियर का निर्धारण कर दिया। एक शाम कक्षा के बाद मैंने उन शिक्षक महोदय से पूछा, "सर, कृपया बताइए कि उड़ान के बारे में और अधिक सीखने के लिए हमें क्या पढ़ना चाहिए।" उन्होंने बहुत धैर्य सहित मुझे बताया कि मुझे पहले अपनी 8वीं कक्षा पूरी करनी होगी, इसके बाद मुझे हाई स्कूल जाना होगा और तब मैं इंजीनियरिंग कॉलेज जाकर उड़ान के बारे में और शिक्षा हासिल कर सकता हूँ। मेरे शिक्षक द्वारा दी गई यह सलाह और पंछियों के उड़ने का उदाहरण दिखाने से मुझे वास्तव में अपना लक्ष्य और जीवन का मिशन हासिल हो सका। इसी के चलते मैंने कॉलेज में भौतिकी विषय लिया। मैंने मद्रास इंस्टीट्यूट ऑफ टेक्नोलॉजी (एम.आई.टी.) में एरोनॉटिकल इंजीनियरिंग में दाखिला लिया।

इस तरह मेरा जीवन रॉकेट इंजीनियर, एरोस्पेस इंजीनियर और प्रौद्योगिकीवेत्ता में परिवर्तित हुआ। मेरे शिक्षक की प्रत्यक्ष रूप से दिखाते हुए पाठ सिखाने की वह घटना मेरे जीवन का एक महत्त्वपूर्ण मोड़ साबित हुई और वस्तुत: इसी ने मेरे पेशेवर जीवन को आकार दिया।

एक छात्र 10+2 तक अपने स्कूली जीवन के 25,000 घंटे स्कूल कैंपस में बिताता है। उसके जीवन पर शिक्षकों और स्कूल के वातावरण का बड़ा प्रभाव पड़ता है। इसलिए स्कूल में ऐसे सर्वोत्तम शिक्षक होने चाहिए, जिनमें शिक्षण क्षमता होने के साथ ही शिक्षण और नैतिक गुणों के निर्माण के प्रति लगाव भी हो। शिक्षकों को आदर्श बनना होगा। इसी तरह छात्रों को भावी जीवन के लिए अपने भीतर श्रेष्ठ गुणों को विकसित करना तथा अपने विजन को तेजस्वी बनाना होगा।

समापन

इन तीन शिक्षकों से मुझे क्या हासिल हुआ? समन्वित दृष्टि से कहा जा सकता है कि एक प्रबुद्ध व्यक्ति का सृजन तीन विशिष्ट गुणों द्वारा होता है। पहला, नैतिक मूल्य प्रणाली। जिसे मैंने कठोर ढंग से अपने पिता से प्राप्त किया। दूसरा, शिक्षक का आदर्श व्यक्ति बनना। छात्र उनसे केवल सीखते ही नहीं हैं,

बल्कि शिक्षक महान् सपनों और लक्ष्यों द्वारा उनके जीवन का आकार देते हैं और अंत में, शिक्षा और सीखने की प्रक्रिया की ऐसी पेशेवर क्षमता उत्पन्न करनी चाहिए, जिससे समस्याओं का साहस के साथ सामना करते हुए कोई डिजाइन, उत्पाद या व्यवस्था का निर्माण करने योग्य इच्छाशक्ति और आत्मविश्वास प्राप्त हो सके। मुझे यह सौभाग्य और आशीर्वाद अपने इन बेहतरीन शिक्षकों द्वारा प्राप्त हुआ।

□

* 04 सितंबर, 2003 को नई दिल्ली में शिक्षक दिवस-2003 की पूर्वसंध्या पर आकाशवाणी से प्रसारित भाषण

15

राष्ट्र-निर्माण में शिक्षक की भूमिका

मुझे हैदराबाद में कुलपतियों से मिलने और उन्हें चर्चा के लिए कुछ प्रश्न सुझाने का बहुत दिलचस्प अनुभव प्राप्त हुआ। टेक्सास ए ऐंड एम विश्वविद्यालय के प्रोफेसर रॉबर्ट स्लैटर, जो शिक्षा और मानव संसाधन विकास में विशेषज्ञ भी हैं, ने मीडिया से इन प्रश्नों को प्राप्त किया और इसपर आकलन कर मुझे इ-मेल भेजी। बाद में मुलाकात होने पर हमने राष्ट्र-निर्माण की क्षमता को उभारने पर चर्चा भी की। उनका यह आकलन कार्य गौरतलब है। हमें इसे समस्त शिक्षण समुदाय में फैलाना होगा।

समापन

अच्छे शिक्षक नैतिक मूल्योंवाले व पेशेवर क्षमता से युक्त विशिष्ट चरित्रवाले प्रबुद्ध मनुष्यों का निर्माण कर सकते हैं। शिक्षक छात्रों में अपने सपनों को सच बनाने योग्य विश्वास और इच्छाशक्ति उत्पन्न कर सकते हैं। हममें से प्रत्येक व्यक्ति, चाहे वह कोई भी हो, इस ग्रह पर मानव इतिहास का एक पृष्ठ निर्माण करता है। आज के आपके अनुभव मानव इतिहास में जीवन और प्रकाश के बिंदु बनेंगे। यह प्रकाश बहुत से अन्य दीपों को प्रकाशित करेगा।

□

---

* 05 सितंबर, 2003 को नई दिल्ली में शिक्षकों के राष्ट्रीय पुरस्कार के दौरान

16

खेल : एक योगकारक भावना

24 अक्तूबर, 2003 से बालयोगी स्टेडियम में शुरू हुए पहले एफ्रो-एशियाई खेलों के समापन समारोह में भागीदारी के दौरान, वहाँ एकत्र हजारों खिलाड़ियों को देखकर मुझे एहसास हुआ कि वे भिन्न-भिन्न देशों से आए हैं और वे पृथ्वी की आधे से अधिक आबादी का प्रतिनिधित्व करते हैं। जहाँ खेलों द्वारा युवाओं और सक्रियता का मेल होता है, वहीं मुझे पूरा विश्वास है कि ये खिलाड़ी अपनी सृजनात्मकता व नवीनता और इससे बढ़कर अपने पसीने व बेहतरीन प्रदर्शन द्वारा अपने महाद्वीपों को उत्तेजना से भर देते होंगे। खिलाड़ीपन की भावना से तेजस्वी हुए युवाओं की संयुक्त शक्ति धरती पर, धरती के नीचे और धरती के ऊपर मौजूद सभी संसाधनों में सबसे अधिक प्रभावशाली संसाधन है।

मैं सभी भागीदारों को हैदराबाद में अपने घर जैसा अनुभव करवानेवाले और इस महान् कार्यक्रम के उदात्त मेजबान आंध्र प्रदेश की सरकार और जनता की शानदार भावना की सराहना करता हूँ। मैं सभी आयोजकों को भी यह मंच प्रदान करने और इस विशाल प्रतियोगिता के आयोजन में समयोचित परिशुद्धता सहित शानदार व्यवस्था करने के लिए बधाई देता हूँ; साथ ही मैं खिलाड़ियों को उनके बेहतरीन प्रदर्शन के लिए प्रेरित करने और प्रेरणादायी वातावरण तथा समुचित चुनौतियाँ प्रदान करनेवाले सभी अभिभावकों, शिक्षकों, प्रशिक्षकों और अन्य एजेंसियों के प्रयासों की भी प्रशंसा करता हूँ।

भिन्न विचारों, मूल्य प्रणालियों और जीवन-शैली के मिश्रण से ही नए

विश्व की रचना संभव है। इस नए विश्व समुदाय में मन के प्रबंधन की जगह मानवीय भावना शासन करेगी। अफ्रीका और एशिया के खिलाड़ियों की उपस्थिति के बीच इतिहास में पहली बार ऐसा संगम हुआ है। इससे मुझे एक नए उभरती विश्व व्यवस्था के आगमन का एहसास हो रहा है।

एफ्रो-एशियाई खेलों में भाग लेनेवाले खिलाड़ियों ने अपनी प्रतियोगिताओं में प्रभावशाली प्रदर्शन किया है। इससे न केवल उन्हें, बल्कि उनके साथी खिलाड़ियों, राष्ट्र, महाद्वीप और समूचे विश्व को आनंद प्राप्त हुआ है। आपने साथ मिलकर हमारे जीवन को संवर्धित किया है। जब आप अपने राष्ट्र को प्रतिष्ठित करने के लिए कड़ी मेहनत कर रहे थे, उस दौरान संपूर्ण विश्व बेहद रुचि के साथ देख रहा था कि किस तरह खिलाड़ी अपने क्षेत्र में बेहतरीन प्रदर्शन करते हैं और नए रिकॉर्ड बनाते हैं; साथ ही मैं पदक विजेताओं को भी बधाई देता हूँ तथा सभी भागीदारों के प्रदर्शन की सराहना करता हूँ, जिन्होंने अपने प्रदर्शन में सुधार हेतु बेहतरीन प्रदर्शन किया और स्वस्थ प्रतिस्पर्धा की भावना का निर्माण किया।

राष्ट्रीय खेलों और उसके तुरंत बाद पहले एफ्रो-एशियाई खेलों से मिले अनुभव द्वारा हम भारत में होनेवाले राष्ट्रमंडल और ओलंपिक खेलों जैसी बड़ी खेल चुनौतियों के लिए तैयार हो सकेंगे। हमारे देखे गए एफ्रो-एशियाई खेलों से प्राप्त अनुभवों से निश्चित ही आप सबको ओलंपिक में पूरे विश्वास के साथ मुकाबला करने और पदक जीतने की क्षमता प्राप्त होगी। मैं आशा करता हूँ कि प्रत्येक एफ्रो-एशियाई खिलाड़ी ओलंपिक की पदक सूची में अवश्य शामिल हो।

मनुष्य जीवन में उसके मन, शरीर और आत्मा को एक साथ पोषित करना केवल खेल और क्रीड़ा से ही संभव है। मुझे पूरा विश्वास है कि सभी प्रतिस्पर्धी इस प्रतियोगिता से खूबसूरत स्मृतियाँ लेकर वापस लौटें और सा ᐟभौमिक सामंजस्य व भाईचारे की योगकारक भावना का प्रचार करें।

□

---

* 1 नवंबर, 2003 को हैदराबाद में पहले एफ्रो-एशियाई खेलों के समापन समारोह के अवसर पर संबोधन

17

रचनात्मकता के आयाम

रचनात्मकता परिवर्तित जीवन-पद्धति

बीते 60 वर्षों में हमने विज्ञान और प्रौद्योगिकी से जुड़ी भविष्यवाणियों और घटनाओं को विभिन्न अनुपात और चरणों से गुजरते देखा है। जिसे असंभव माना जाता था, वह हो गया और जिसे संभव माना जा रहा था, वह हो नहीं सका। एयरोनॉटिक्स, अंतरिक्ष प्रौद्योगिकी, इलेक्ट्रॉनिक्स सामग्री, कंप्यूटर साइंस और सॉफ्टवेयर उत्पाद में विशेष रूप से विश्व और भारत ने प्रगति के नए आयाम प्राप्त कर अपने हिस्से की चुनौतियों का भी सामना किया है। भारतीय बायो-प्रौद्योगिकीवेत्ता व्यापारिक घरानों के साथ मिलकर उपलब्ध जेनोमिक डाटा के आकलन का अवसर मिला, जिससे स्वास्थ्य सेवा के लिए दवाइयों का निर्माण और जल्दी उपचार प्रदान करना संभव हो सका। बायोरिसर्च का प्रौद्योगिकी में परिवर्तन होने से कृषि उत्पादों के उत्पादन में वृद्धि हो सकी। आनेवाले दशकों में संभवत: हम एकीकृत क्षेत्र सिद्धांत के जन्म के बाद गुरुत्वाकर्षण शक्तियाँ, इलेक्ट्रो मैग्नेटिक शक्तियाँ और सामान्य सापेक्षता के सिद्धांत तथा समय व स्थान क्रियाओं को एकीकृत रूप में देख सकेंगे।

वर्ष 1961 में मून मिशन में सफलता के पश्चात् 1975 में अंतरिक्ष यात्रियों सहित कैप्सूल को प्रक्षेपित करने हेतु सैटर्न-V का निर्माण कर मून वॉक को वास्तविक बनाने वाले विख्यात रॉकेट डिजाइनर फार्नब्रॉन कहते थे, 'यदि मुझे अधिकार होता तो मैं असंभव शब्द को मिटा देता।'

रचनात्मक भारतीय

भारत में विकास के विभिन्न चरणों में बहुत से आविष्कार और रचनात्मक विचारों का उदय हुआ। डॉ. विक्रम साराभाई ने 1960 के दशक में कहा कि भारत को अपना विशाल उपग्रह प्रक्षेपण यान डिजाइन और विकसित कर संचार उपग्रहों और रिमोट सेंसिंग उपग्रहों को क्रमशः भू-समकालिक कक्षा और ध्रुवीय कक्षा में स्थापित करना चाहिए। भारत में इसे असंभव माना जा रहा था, जबकि इस विजन वाक्य से सैकड़ों वैज्ञानिकों व तकनीकविद् और हजारों तकनीशियन उत्साहित हो गए। आज भारत किसी भी तरह के उपग्रह प्रक्षेपण यान और उपग्रह के निर्माण में सक्षम है।

इसी तरह, मुझे याद आता है कि 1960 के दशक में भारत में खाद्यान्न की स्थिति जलयान की ओर उन्मुख की थी। अमेरिकी जलयानों के हमारे लिए खाद्यान्न न लाने की स्थिति में भारत में अकाल पड़ सकता था, लेकिन दो विजनरियों ने कृषक समुदाय के साथ मिलकर कार्य करते हुए पहली हरित क्रांति की शुरुआत की। यह विजनरी थे राजनीतिक विचारक सी. सुब्रह्मण्यम और कृषि वैज्ञानिक डॉ. एम.एस. स्वामीनाथन। आज हम 20 करोड़ टन खाद्यान्न का उत्पादन करते हैं, जो केवल हमारे लिए ही पर्याप्त नहीं है, बल्कि हम इसे कुछ मात्रा में निर्यात भी कर सकते हैं।

1953 तक हिमालय पर्वत की चोटी पर पहुँचना असंभव माना जाता था। हिलेरी और तेनजिंग ने इस असंभव को संभव कर दिखाया। इसी तरह रमन प्रभाव है; सर सी.वी. रमन के मॉलिक्यूलर स्कैटरिंग की खोज करने तक लोगों को पता ही नहीं था कि समुद्र नीला क्यों दिखाई देता है। इसी तरह चंद्रशेखर सुब्रह्मण्यम ने खोज की थी कि अधिकांश सितारे चमकते हैं, जबकि कुछ नहीं भी चमकते। तत्पश्चात् उन्होंने 'चंद्रशेखर सीमा' द्वारा इसे साबित किया, जिससे वे ब्लैक होल (कृष्ण विवर) की खोज कर सके।

भारत में 1960 के दशक में किसी ने स्वप्न में भी नहीं सोचा था कि परमाणु शक्ति से कभी विद्युत् शक्ति का निर्माण हो सकेगा या थायराइड विकार या कैंसर के उपचार में परमाणु दवाओं को इस्तेमाल होगा। भारत के होमी भाभा का परमाणु शक्ति से विद्युत् ऊर्जा के निर्माण का विजन आज

ग्रिड में दौड़ रहा है। आनेवाले एक दशक में इस विद्युत् ऊर्जा में 20,000 MW की वृद्धि की संभावना है।

समापन

आपका रचनात्मक मन बहुत प्रबल होता है। तेजस्वी मन धरती पर, धरती के ऊपर और धरती के नीचे का सबसे शक्तिशाली संसाधन है।

□

* 10 फरवरी, 2004 को नई दिल्ली, राष्ट्रपति भवन के अशोक हॉल में 2002 और 2003 के 'राष्ट्रीय बाल श्री' पुरस्कारों के दौरान संबोधन

18

राष्ट्र की मुसकान

"बंदूकों के शांत रहने पर, धरती पर फूल खिलते हैं, जिनकी सुगंध भली आत्माओं में समा जाती है, जिससे सुंदर मौन का सृजन होता है।"

जल मिशन

जैसा कि आप सब जानते हैं कि जल जीवन का सार है। जल समृद्धि लाता है। अंतरराष्ट्रीय स्तर पर छह बिलियन लोगों में से मात्र 2 मिलियन लोगों को ही समुचित जल मिल पाता है। अधिकांश देश अपनी युद्ध, आतंकवाद आदि जैसी राष्ट्रीय व अंतरराष्ट्रीय समस्याओं में व्यस्त होने के कारण आनेवाले वर्षों में जल की कमी जैसे संभावित खतरे को समझ नहीं पा रहे हैं। ज्यादातर नदियाँ कई देशों से प्रवाहित होने से ये अकसर अंतरराष्ट्रीय विवाद का कारण बन जाती हैं। हमने भारत की कारवाई से जुड़ी संभावित योजना के संबंध में अंतरराष्ट्रीय समुदाय से इसके दो समाधानों पर चर्चा की है। पहला है, नदियों को जोड़ना, जिसके बारे में आप जानते ही होंगे और दूसरा है, सौर ऊर्जा के उपयोग से समुद्री जल का अलवणीकरण (डीसेलिनेशन), यह नवीन विचार विशेष रूप से उस समय अधिक उत्तम है, जब हमारा देश सौभाग्यवश तीन ओर से आशीर्वाद स्वरूप जल से घिरा है और हमारे पास पर्याप्त प्रासंगिक प्रौद्योगिकियाँ भी मौजूद हैं। अंतरराष्ट्रीय समुदाय ने इसे केवल भारत ही नहीं, बल्कि वैश्विक समुदाय के लिए पूर्णत: उचित स्वीकार किया है।

बच्चे का स्वप्न

इसी जगह पर एक बेहद दिलचस्प घटना घटी थी। लगभग 200 बच्चे अचानक मेरे साथ चर्चा करने बैठ गए और यह वार्त्तालाप 20 मिनट तक जारी रहा। इस बातचीत के दौरान मैंने बच्चों से पूछा कि 10+2 के बाद वे क्या करना चाहते हैं। कुछ ने कहा कि वे इंजीनियर, डॉक्टर, फैशन डिजाइनर, वकील आदि बनना चाहते हैं। तभी मैं यह देखकर हैरान रह गया कि उस भीड़ में एक लड़के और लड़की ने हाथ उठा रखा था कि वे राजनेता बनना चाहते हैं। मैंने उनसे पूछा कि वे राजनेता क्यों बनना चाहते हैं? आपको उनका उत्तर जानकर बहुत खुशी होगी। लड़के ने कहा कि राजनेता बनने पर मैं अन्य ग्रहों पर जाकर देश को समृद्ध बनाने का विजन प्रदान कर सकता हूँ। वहीं छात्रा ने कहा कि वह राजनेता बनकर सारी राजनीतिक व्यवस्था को स्वच्छ करना चाहती है, विशेष रूप से भ्रष्टाचार से।

रचनात्मकता

जब मेरा मन निरंतर उन बच्चों के सपनों और भविष्य की जल समस्या के बीच डोल रहा था, उसी शाम को दो अच्छी चीजें हुईं। पहली, मेरी दक्षिण भारत के कलाकार प्रो. एस.वी. रामाराव से मुलाकात हुई, जो अब अमेरिका में रहते हैं और जो विशेष रूप से आधुनिक चित्रकला में एक जाना-माना नाम है। उन्होंने मुझे अपने अनुभव सुनाए। इस कलाकार ने यूरोप जाकर यूरोपियन चित्रकला का अध्ययन किया था। उन्होंने मन बना लिया था कि वे यूरोपियाई मॉडर्न चित्रकला के विशेषज्ञ बनेंगे। उन्होंने चित्रकला में पिकासो और ग्लैंडस्टीन का अध्ययन किया। उन्होंने पश्चिमी चित्रकला के साथ भारतीय स्पर्शवाली नवीन किस्म की रंगीन तसवीरें बनाईं। इन्हें देखनेवाला प्रत्येक व्यक्ति अभिभूत हो जाता और उनकी रचनात्मकता की तारीफ किए बिना नहीं रहता। आज वे दुनिया के जाने-माने चित्रकारों में शामिल हैं और उन्हें महान् चित्रकार माना जाता है।

राज्यसभा की बढ़ती भूमिका

बीते 50 वर्षों में राज्यसभा ने समाज के कुछ तबकों के आपसी रिश्ते विशेष रूप से न्याय के संबंध में, महिला कल्याण, स्वास्थ्य सेवा, संपत्ति, व्यवहार

आदि से जुड़े कुछ प्रमुख सामाजिक मुद्दों में महत्त्वपूर्ण भूमिका निभाई। इन्हें राज्यसभा के विधिवत् प्रकाशनों में भलीभाँति प्रदर्शित किया गया है। इसका हमारे स्वतंत्रता बाद के समाज पर लाभकारी प्रभाव पड़ा है।

ध्यानार्थ क्षेत्र

समय बीतने के साथ ही राष्ट्र की अप्रतिरोधक आवश्यकताएँ और भू-राजनीतिक वातावरण में भी बदलाव आया। आज पूरा जोर आर्थिक विकास, भूराजनीति, वैश्विक व्यापार, राष्ट्रीय सुरक्षा, ऊर्जा व जल सुरक्षा, कृषि में वृद्धि, वैश्विक गाँव की उभरती अवधारणा की पृष्ठभूमि में उत्पादन व सेवा तथा तेजी लौटने के नियम पर चलते हुए विज्ञान व प्रौद्योगिकी में उन्नयन जैसे मुद्दों पर है।

संयुक्त राष्ट्र को ऐसी शक्तिशाली अंतरराष्ट्रीय संस्था बनाना होगा, जिसकी आवाज छोटे व बड़े तथा अमीर व गरीब, सभी राष्ट्र सुनें। इसके अलावा वैश्विक हिंसा भी एक अन्य समस्या है, जो आतंकवाद से लेकर निजी या सामूहिक असहिष्णुता जैसे कई रूप ले रही है।

जीने की स्वतंत्रता

लोकतंत्र का एक प्रमुख चरित्र आलोचना के प्रति सहिष्णु होना है। आलोचना की समीक्षा से सत्य का भान होता है। सामान्यतः केवल आलोचना द्वारा ही वास्तविकता को बोध हो सकता है। देश में कई हिस्सों में यात्राओं और जमीनी समस्याओं से परिचित होने से प्राप्त अनुभवों के बाद मुझे कुछ राज्यों में तेज आर्थिक विकास की आवश्यकता का एहसास हुआ। यदि समर्पित लोगों को निस्स्वार्थ भाव से काम करने देना है तो हमें उनकी सुरक्षा सुनिश्चित करनी होगी, क्योंकि ऐसा न होने पर उनका परिवार या उनके बंधुगण कभी नहीं चाहेंगे और न ही उन्हें अनुमति देंगे कि वे इस अनिश्चित काम करें। जीने की स्वतंत्रता में भ्रमण की स्वतंत्रता, विचारों का स्वतंत्रता और भावाभिव्यक्ति की स्वतंत्रता अंतर्निहित रहती है। यही हमारे संविधान में भी प्रतिष्ठापित है। हम ऐसी कोई अंतरराज्यीय बाधाएँ या रोक नहीं लगा सकते, जो एकता के धागे को तोड़ सके। विकास कार्यों से

संबंधित अबाधित प्रगति और अनुकूल वातावरण बनाने के लिए हम सबको साथ मिलकर कार्य करना होगा।

नागरिकों में मूल्य प्रणाली सहित गुणवत्तापूर्ण मानक शिक्षा प्रदान करने से या भ्रष्टाचार मुक्त समाज के निर्माण जैसी चुनौतियों के लिए अलग सोचवाले असामान्य समाधानों की आवश्यकता है। समाज व प्रौद्योगिकी में परिवर्तन के प्रति संवेदनशील कानूनी प्रणाली तक सबकी निष्पक्ष और समान पहुँच, देश भर में प्रसारित प्रदूषण मुक्त और ऊर्जा प्रभावी शहरी यातायात प्रणाली देना भी उतनी ही चुनौतीपूर्ण समस्याएँ हैं, जिनके लिए तुरंत कदम उठाना आवश्यक है। राज्यसभा चर्चा द्वारा इसका व्यावहारिक समाधान देने का माध्यम हो सकती है। ऐसे निर्णय 2020 तक विकसित भारत की इमारत के निर्माण में पारंपरिक ईंटों का कार्य करेंगे।

राज्यसभा और अगले दो दशक

इक्कीसवीं सदी की प्रमुख समस्याओं और मुद्दों में अंतर-मंत्रालय, अंतर-विभागीय और अंतर-राजकीय मामले अत्यधिक सामने आएँगे। प्रत्येक मिशन में मंत्रालयों, विभागों और राज्यों को सीमा रहित ढंग से साथ मिलकर काम करना होगा। यह बिल्कुल वैसा ही है, जैसे आज इंटरनेट, इंट्रानेट और एक्स्ट्रानेट सभी अपनी सुविधानुसार एक साथ कार्य करते हुए समस्या के समाधान के लिए वर्चुअल व्यवस्था तैयार करते हैं। इसी के साथ, निजी निवेशकों और उद्यमियों के शामिल होने पर हमें उन्हें भागीदार बनाना होगा। राज्य के संस्थानों को उद्यमियों का साथी और नागरिकों का मित्र बनना होगा। 21वीं सदी में राष्ट्र और राज्य की विकास नीतियों में समानता व अनुरूपता लाने का कार्य देश के लिए समग्र रूप से अच्छी तरह बहस के बाद दीर्घावधिक विजन बनाने, उसे बहुत आंतरिक संस्थानों और अंतर-विषयक मिशन, कार्यक्रम और परियोजनाओं के दक्षतापूर्वक व प्रभावशाली ढंग से लागू करने से संभव होगा। इनमें से अधिकांश उदाहरण के तौर पर राष्ट्रीय नदी जल मिशन, ग्रामीण क्षेत्रों में शहरी सुविधाओं का प्रावधान (पुरा) और अन्य पाँच प्रस्तावित क्षेत्र तकनीकी व प्रबंधकीय दृष्टि से अत्यंत जटिल हैं

तथा इनमें केंद्र और राज्यों, निजी क्षेत्रों, नागरिकों और निश्चित ही अन्य राष्ट्रों के साथ भी जटिल रिश्ते बनाना आवश्यक होगा।

विजन-2020 मिशन

विजन-2020 को देश ने स्वीकार कर लिया है, अब वह समय आ गया है, जब इस विजन को मिशन में परिवर्तित करना होगा। विजन-2020 का कार्यान्वयन केंद्र-राज्य-उद्योग-अकादमियों के लोगों के लिए संयुक्त मिशन है। इसमें नदियों को जोड़ना, ग्रामीण क्षेत्रों में शहरी सुविधाओं का प्रावधान (पुरा), स्वास्थ्य सेवा, विद्युत् जैसे अन्य सभी सामाजिक-आर्थिक मिशन शामिल हैं। प्रौद्योगिकीय आर्थिक मिशन जैसे सौर ऊर्जा का बड़े पैमाने पर उपयोग और अन्य गैर-पारंपरिक ऊर्जा स्रोत और कम तीव्रता संघर्ष प्रबंधन और सूचना सुरक्षा जैसे सामाजिक-प्रौद्योगिक मिशन।

इन मिशनों में से प्रत्येक के लिए एक नोडल एजेंसी के निर्माण हेतु विभागीय वर्गीकरण की वर्तमान पद्धति से अलग हटकर उचित योजना बनानी होगी। सशक्त प्रबंधन ढाँचा, अभिनव कार्यान्वयन प्रणाली, सार्वजनिक जवाबदेही आदि की अवधारणा पर चर्चा करके इसे डिजाइन व कार्यान्वित करना होगा।

हमारे सांसदों व विधायकों को स्थानीय क्षेत्र विकास योजना के लिए फंड देना होगा, एक योजना काल में यह राशि 15,000 करोड़ से अधिक हो सकती है। मेरे सतर्कतापूर्वक किए गए अध्ययन और आकलन से ज्ञात हुआ कि भारत के पास संसाधन प्रचुर मात्रा में हैं। कमजोरी हमारी कार्यान्वयन प्रणाली में है, जिसे आर्थिक रूप से कार्यक्षम बनाना होगा। तत्पश्चात् इसके लाभ लोगों तक पहुँचने आरंभ हो जाएँगे। उदाहरण के लिए, मेरी सलाह है कि माननीय सदस्य अपने क्षेत्रों में प्राप्त फंड से 'पुरा' परियोजनाओं के क्रियान्वयन में सहायता दें, इससे उनके चुनाव क्षेत्रों में विकास से आए परिवर्तन दिखाई देने लगेंगे और लोगों की आशाएँ पूरी हो सकेंगी। इससे रोजगार सृजन और शासन की कार्यक्षमता और कुशलता में वृद्धि होगी। यह रोजगार सृजन पारंपरिक नौकरी के रूप में न होकर स्व-नियोजित कुशल व्यक्ति के तौर पर होगा।

इसका प्रत्येक माननीय सदस्य इन मिशनों का दूत होगा, जिससे राष्ट्र के एक अरब लोग इस पवित्र 'विकसित भारत आंदोलन' में भागीदार बनेंगे।

समापन

हमारा देश बहुत बड़ा है—यह एक महाद्वीप है, जैसा कि प्रत्येक बड़े देश में होता है, यहाँ भी हर चीज, भाषा, धर्म व अन्य प्रजातीय आधारों में भिन्नताएँ हैं, बल्कि प्राकृतिक संसाधन भी देश में दूर-दूर तक फैले हुए हैं। एक क्षेत्र में कोई विशेष संसाधन है तो दूसरे में कुछ और तथा तीसरे में उससे भी अलग तरह के संसाधन हैं। यदि एक क्षेत्र कृषि के लिए अच्छा है तो दूसरा संचार प्रौद्योगिकी में, वहीं तीसरा उत्पादन आदि में। इन विविधताओं को देखते हुए हम भारतीय अपनी जन्मजात एकता, अपनी विरासत और अपनी सभ्यता पर सचमुच गौरवान्वित हो सकते हैं, बल्कि यही वह एकमात्र कारण है, जिससे हम एक गौरवशाली राष्ट्र के रूप में अपने बीते समय व 2020 तक विकसित भारत के रूप में आनेवाले शानदार भविष्य में एक खुशहाल, समृद्ध और सुरक्षित भारत देख सकते हैं।

नीति-परायणता

''जब हृदय में नीति-परायणता होती है,
तो चरित्र भी सुंदर हो जाता है।
चरित्र के सुंदर हो जाने पर,
घर में सामंजस्य बना रहता है।
घर में सामंजस्य होने पर,
राष्ट्र व्यवस्थित रहता है।
और जब राष्ट्र व्यवस्थित रहता है,
तो विश्व में शांति कायम रहती है।''

□

---

* 11 दिसंबर, 2003 को नई दिल्ली में राज्यसभा के 200वें सत्र में उद्घाटन भाषण

19

युवा एवं गतिशील कारखाई

"अब मेरा एक सपना है,
सपना कार्य करने का, सपना अच्छे प्रदर्शन का,
मेरे उत्कृष्टता के लिए पसीना बहाने से राष्ट्र को गौरव प्राप्त होगा।"

मुझे पूरा विश्वास है कि यह लघु कविता आपके मन में प्रवेश कर आपकी व्यापक संभावनाओं को प्रज्वलित करेगी, जिससे आपका प्रदर्शन और बेहतर हो सकेगा। यदि आप इस लघु कविता का उपयोग करेंगे, यदि आप इस लघु कविता को अपने मन में जगह देंगे तो मुझे पूरा विश्वास है कि आपकी अपना बेहतरीन प्रदर्शन करने की संभावना बढ़ जाएगी और आप अच्छा प्रदर्शन कर सकेंगे।

"मनुष्य के जीवन में यदि कोई ऐसा पहलू है, जिससे मन व शरीर दोनों का समान रूप से पोषण होता हो तो वह खेल व क्रीड़ा है।"

माता-पिता व शिक्षकों को बच्चों को बचपन से ही खेल व क्रीड़ाओं में सक्रिय भागीदारी के लिए प्रेरित करना चाहिए। बच्चे पहली से बारहवीं कक्षा तक अपने स्कूल में 25,000 घंटे बिताते हैं। इसलिए यही वह स्थान है, जहाँ हम उन्हें क्रीड़ा व खेल सुविधाएँ प्रदान कर उन्हें एक शानदार खिलाड़ी के रूप में आकार लेने की प्रेरणा दे सकते हैं।

करोड़ों की आबादीवाले भारत के लिए अब समय आ गया है कि वह खेल के प्रत्येक क्षेत्र में अपने खिलाड़ी तैयार करे। हमें सबसे अच्छा प्रदर्शन करनेवालों को चुनकर उन्हें बचपन से ही शारीरिक व मानसिक रूप से प्रशिक्षित करना होगा। हमें देश भर से 1000 लोगों को प्रतिवर्ष खेलों के साथ जोड़ना

होगा। खेलों में आगे बढ़ने के लिए हमें उन्हें पेशेवर ढंग से शिक्षित व पोषित करना होगा, जिससे बड़े होने पर वे एशियन गेम्स और ओलंपिक में शामिल होकर विकसित होते हुए अपनी प्रतियोगिताओं में रिकॉर्ड कायम कर सकें।

यह देखकर बहुत प्रसन्नता होती है कि हमारे खिलाड़ी विभिन्न अंतरराष्ट्रीय प्रतियोगिताओं में देश को प्रतिष्ठा दिलाने के लिए किस तरह कड़ी मेहनत कर रहे हैं। हाल ही में एशियन गेम्स 2002 में हमारे खिलाड़ियों ने हमें उस समय गौरवान्वित किया, जब वे 35 पदकों के साथ वापस लौटे, जिनमें से 10 स्वर्ण पदक थे। इसी वर्ष अगस्त में मैनचेस्टर में हुए 17वें राष्ट्रमंडल खेलों में भी भारतीय खिलाड़ियों ने ऐतिहासिक प्रदर्शन किया। हमारे युवा खिलाड़ी 69 पदक लेकर आए और भारत इन खेलों में चौथे स्थान पर रहा। उनकी इन उपलब्धियों का मूल कारण उनका समर्पण, प्रतिबद्धता और अंतरराष्ट्रीय स्तर पर बेहतरीन प्रदर्शन की उनकी अदम्य इच्छा थी।

कोई खिलाड़ी केवल तभी बेहतरीन प्रदर्शन कर सकता है, जब उसे शारीरिक, मानसिक व पोषण को समर्थन देनेवाला वातावरण मिले। हमें वैज्ञानिक तौर पर इतना विकसित होना होगा कि खिलाड़ियों को बचपन से ही फेफड़ों की क्षमता, मांसपेशियों की ताकत, धीरज और चयापचय प्रक्रिया के संबंध में गहन प्रशिक्षण दिया जा सके। मुझे पूरा विश्वास है कि केंद्र और सभी राज्य बचपन से किशोर होने तक खेलों के विकास हेतु साथ मिलकर प्रयास करेंगे। अभिभावकों, शिक्षकों और समाज को ऐसा वातावरण तैयार करना होगा, जिससे बच्चों को खेलों में उच्च स्तर का प्रदर्शन करने की प्रेरणा प्राप्त हो।

□

---

* 13 दिसंबर, 2002 को हैदराबाद में राष्ट्रीय खेल 2002 का उद्घाटन भाषण

20

मैं भारत का गीत कब गा सकूँगा?

हमारे देश के बेहतरीन कलाकार एक-दूसरे के साथ सहजीवी समागम का सर्वोत्तम प्रदर्शन कर रहे हैं। इसे देखकर मैं प्रसन्न हूँ, हम सभी प्रसन्न हैं और सारा राष्ट्र प्रसन्न है। क्या हम उनकी तरह अपने क्षेत्र में बेहतरीन प्रदर्शन कर सकते हैं ? यदि हम, अरबों लोग, एक-दूसरे के कार्य में इतनी अच्छी तरह मदद करेंगे तो इस धरा पर ऐसा कोई नहीं है, जो भारत को आर्थिक समृद्धि, शांति और आनंद से परिपूर्ण विकसित राष्ट्र का स्तर हासिल करने से रोक सके। इसी स्थिति में प्रत्येक भारतीय भारत का गीत गा सकता है।

युद्धक गतिशीलता

पिछले एक दशक से मैं पृथ्वी पर युद्धक गतिशीलता के बारे में पढ़ रहा हूँ। यह बात प्रत्यक्ष है कि मनुष्य युद्ध के लिए ही जीता है। हम स्पष्ट रूप से देख सकते हैं कि यह युद्ध चार हिस्सों में बँटे हैं—1920 तक, 1920-1990 और 1990 के पश्चात्। इसमें पहला भाग मनुष्यों के युद्ध का काल रहा। मनुष्यों के बीच युद्ध का प्रमुख कारण क्षेत्रीय लालच या धन प्राप्ति की लालसा या धार्मिक आधिपत्य स्थापित करना था और इन सबका संयुक्त परिणाम पहले विश्वयुद्ध के रूप में सामने आया। दूसरा काल, 1920-1990 मशीनी युद्ध का काल था। इस दौरान दुनिया ने प्रगति कर नए मशीनी हथियारों और संसाधनों, जैसे टैंक, लड़ाकू विमान और पनडुब्बियों आदि का उपयोग किया। इसका कारण दो समाजों के बीच का वैचारिक टकराव था। द्वितीय विश्व युद्ध जापान के दो

शहरों पर गिराए गए परमाणु बम की विभीषिका का साक्षी रहा। तीसरे काल में 1990 के पश्चात् हम बाजार की लड़ाई और वैश्वीकरण को देख रहे हैं। इसमें उपयोग होनेवाले उपकरणों में तकनीकी श्रेष्ठता सबसे आगे है, जो तकनीकी अस्वीकरण और शासन नियंत्रण द्वारा राष्ट्रों को विकसित, विकासशील और अविकसित में बाँटती है। 2003 में दुनिया एक नए ढंग का युद्ध देख रही है, जिसमें धार्मिक टकराव, वैचारिक मतभेद और बाजार की लड़ाई का एकीकरण हो गया है। हमने देखा है कि एक युद्ध और अधिक युद्धों को बढ़ावा देता है, भले ही उनमें समय का अंतराल हो सकता है। आज हम इराक के खिलाफ इकतरफा युद्ध होता देख रहे हैं। इन हालातों ने वैश्विक संस्था संयुक्त राष्ट्र को कमजोर कर दिया है। इन हालातों का उचित आकलन करते हुए उपचारात्मक कदम उठाना आवश्यक है। हम पारंपरिक युद्ध के खतरे, सीमा पार आतंकवाद, विद्रोह और परमाणु हमलों के खतरे जैसे जटिल एकीकृत हालातों से कैसे लड़ सकते हैं? इन समस्याओं के निम्न उपाय हो सकते हैं—

हमारी सभ्यता की विरासत

अरबों की जनसंख्यावाला राष्ट्र करोड़ों की जनसंख्यावाले राष्ट्र की तरह सोच रहा है। ऐसा क्यों है? हम भारतीय जन्म से ही गंभीर परिस्थितियों और चुनौतीपूर्ण वातावरण में नैसर्गिक नेतृत्व की क्षमता रखते हैं, क्योंकि हम ऐसे समाज में रहते हैं, जहाँ बहुत से धर्म और बहु जातीय समूह मौजूद हैं। मुझे नहीं लगता कि किसी भी अन्य राष्ट्र के पास भारत जैसी लगभग शांतिपूर्ण जीवन जीने की सभ्यता की विरासत है। भारतीय मानस निरंतर घुसपैठ के कारण जुड़नेवाली सभ्यताओं की सबसे अच्छी चीजों को अपनाने की क्षमता रखता है। हमारे नेतृत्व ने वह गुण विकसित कर लिया है, जिसके बल पर वह जीवन के प्रत्येक पहलू में भिन्नता रखनेवाले एक अरब से अधिक लोगों के राष्ट्र को सँभाल सकता है। अब हम किसी भी धर्म या कट्टर व्यक्ति को अपने राष्ट्र को खतरे में डालने नहीं दे सकते, क्योंकि किसी भी व्यक्ति या पार्टी या धर्म की तुलना में राष्ट्र सबसे अधिक महत्त्वपूर्ण है।

युगीन भारत

भारत का गौरव शुरुआती सभ्यता से लेकर कृषि प्रधान युग तक कायम है। निरंतर घुसपैठ और विदेशी शासन तथा जनसंख्या वृद्धि के चलते भारत की समृद्धि निचले स्तर पर पहुँच गई है। इसी कारण भारत उस औद्योगिक क्रांति का हिस्सा नहीं बन सका, जिसने पश्चिमी देशों को सबका सिरमौर बना दिया और जिससे भारत व पश्चिम के बीच का अंतर और अधिक बढ़ गया। भारत में अकाल पड़े, जिससे देश के कई भागों में भुखमरी छा गई और इसने राष्ट्रीय आपदा का रूप ले लिया। ऐसे समय हमने पश्चिमी देशों से भेजे गए गेहूँ से भरे जलयानों को अपने बंदरगाहों पर आते देखा। स्वतंत्रता के बाद भारत ने विकास की अग्रिम सोच रखते हुए पंचवर्षीय योजनाएँ तैयार कीं। हरित क्रांति और प्रौद्योगिकीय विकास की बदौलत भारत ने खाद्यान्न के मामले में आत्मनिर्भरता और प्रौद्योगिकी से जुड़े बहुत से क्षेत्रों में, विशेष रूप से बीते दो दशकों में कई उपलब्धियाँ हासिल की हैं। एक बड़ा बदलाव संचार युग के दौरान आया, जब भारत ने संचार प्रौद्योगिकी में मूल दक्षता को मजबूत बनाकर अपना स्थान कायम किया। आज भारत में ज्ञान का युग है, जिससे मजबूत अर्थव्यवस्था (आई.टी.) वाला विकसित राष्ट्र बनने का अवसर मिल सकता है।

विभिन्न समाजों में आर्थिक विकास

बीती शताब्दी में विश्व शारीरिक श्रम की प्रमुख भूमिकावाले कृषि समाज से परिवर्तित होकर औद्योगिक समाज बन गया है, जहाँ प्रौद्योगिकी प्रबंधन व पूँजी और श्रम के बल पर प्रतिस्पर्धात्मक बढ़त हासिल होती है। तत्पश्चात् गत शताब्दी में सूचना युग का उदय हुआ, जहाँ कुछ राष्ट्रों की अर्थव्यवस्था संपर्क और सॉफ्टवेयर उत्पादों द्वारा चालित थी। 21वीं शताब्दी में, एक न: समाज का उदय हो रहा है, जहाँ संसाधन उत्पादन का प्रमुख स्रोत पूँजी या श्रम नहीं, बल्कि ज्ञान है। इस मौजूदा ज्ञान का कुशलता से उपयोग करने पर राष्ट्र के लिए व्यापक धन सृजित होने के साथ ही स्वास्थ्य, शिक्षा, आधारभूत संरचना और अन्य सामाजिक सूचकों के रूप में जीवन की गुणवत्ता में सुधार आएगा। ज्ञानपूर्ण आधारभूत संरचना के निर्माण और प्रबंधन की क्षमता प्राप्त होने, इस

सृजन द्वारा ज्ञानपूर्ण कर्मचारियों के विकास और उनकी उत्पादकता में वृद्धि के अतिरिक्त इस नए ज्ञान का विकास और उपयोग इस ज्ञानपूर्ण समाज की समृद्धि में निर्णायक व महत्त्वपूर्ण कारक साबित होंगे। कोई राष्ट्र ज्ञानपूर्ण समाज के स्तर तक पहुँच सकता है या नहीं, यह इस बात से जाना जा सकता है कि कोई भी राष्ट्र आई.टी., उद्योग, कृषि, स्वास्थ्य सेवा आदि क्षेत्रों में ज्ञान का सृजन और ज्ञान का उपयोग किस तरह से करता है।

रोजगार, कृषि, उद्योग और सेवा क्षेत्र का ज्ञानपूर्ण उद्योगों में परिवर्तन कर वर्ष 1980 में देश में कृषि क्षेत्र में पूर्णत: या आंशिक रूप से कार्य करनेवाले 76 प्रतिशत थे, 1994 में यह घटकर 65 प्रतिशत रह गए और अनुमान है कि 2012 तक कृषि कार्य करनेवालों की संख्या आगे 60 प्रतिशत तक हो सकती है। जहाँ कृषि उत्पादों की माँग दोगुनी हो गई है, वहीं प्रौद्योगिकी के उपयोग द्वारा उत्पादन और फसल कटाई से पहले के प्रबंधन को खेती व कृषि उत्पाद क्षेत्र में श्रमशक्ति की क्षतिपूर्ति करनी होगी। 1980 में उद्योगों में 13 प्रतिशत आबादी छोटे व बड़े उद्योगों में कार्यरत थी। 1994 तक यही ट्रेंड चलता रहा। वहीं 2010 तक इसमें वृद्धि करनी होगी, क्योंकि विश्व व्यापार संगठन के तहत खुली अर्थव्यवस्था बनाने के लिए उन्नत प्रौद्योगिकी द्वारा जी.डी.पी. में वृद्धि करनी होगी। इससे रोजगार का पैटर्न नया आकार लेगा। ज्ञानपूर्ण उद्योगों की सेवाओं के घटकों में 1980 के 11 प्रतिशत रोजगार की जगह 1994 में यह बढ़कर 20 प्रतिशत हो जाएगा। तत्पश्चात् 2012 में आधारभूत संरचना, रख-रखाव क्षेत्र, वित्तीय सेक्टर, आई.टी. सेक्टर और मनोरंजन की माँग को देखते हुए यह बढ़कर 54 प्रतिशत हो सकता है। इस बड़े बदलाव से सभी क्षेत्रों में प्रशिक्षित व कुशल मानव शक्ति और इंजीनियरों की माँग अधिक हो जाएगी। हमारे उद्यमी, वाणिज्यिक प्रमुख और इंजीनियरों को कृषि, उद्योग और सेवा क्षेत्रों को ऐसे बदलावों के लिए तैयार रहना होगा, जहाँ ज्ञानपूर्ण उद्योगों के लिए ज्ञान व कौशल से परिपूर्ण मानवीय श्रमशक्ति के उदय के लिए मिशन मोड में कार्य करना होगा, साथ ही ज्ञानपूर्ण प्रबंधन के उदय से राष्ट्र का विजन भी एकीकृत हो जाएगा।

ग्रामीण क्षेत्रों में शहरी सुविधाओं का प्रावधान (पुरा) ग्रामीण धन व समृद्धि के सृजन का एक और उदाहरण है। इस मॉडल में ग्रामीण इलाकों में जीवन की

गुणवत्ता में सुधार का मूल डिजाइन और शहरी भीड़-भाड़ को कम करने के लिए विशिष्ट सुझाव परिकल्पित हैं। सामान्यत: हमारे शहरों की सबसे बड़ी समस्याओं में भीड़-भाड़ को कम करना और प्रत्येक इलाके में पानी की दक्षतापूर्वक आपूर्ति और प्रभावी जल निकासी प्रमुख नागरिक आवश्यकताएँ हैं। एक न्यूनतम क्षेत्रफल से कम आकार में निवास करना असंभव है और शहरी की मौजूदा भीड़-भाड़वाली स्थिति को देखकर यह विचारणीय भी नहीं है। इसी के साथ, न्यूनतम विस्तार तक विस्तृत हो जाने के बाद नए शहर की तुलना में भीड़-भाड़वाला शहर अर्थव्यवस्था की दृष्टि से भी अनुकूल नहीं रहता। पारंपरिक रूप से एक शहर वर्गाकार और लगभग 10 किलोमीटर से छह किलोमीटर के माप का होना चाहिए। इसमें विचारार्थ मॉडल एक कुंडलाकार अँगूठी के आकार का शहर होगा, जिसके कुल 60 किलोमीटर के व्यास में कम-से-कम 8 से 10 गाँव हो सकते हैं। इस मॉडल से गाँवों तक पहुँच आसान हो सकेगी, परिवहन समय बचेगा, खर्च कम होंगे और इसके के साथ यह आम जनता के लिए भी अधिक सुविधापूर्ण रहेगा। भारत को ज्ञानशक्ति में परिवर्तन के लिए ज्ञान से शक्ति द्वारा ग्रामीण विकास एक बड़ी आवश्यकता है तथा शिक्षा, स्वास्थ्य सेवा और आर्थिक गतिविधियों को ग्रामीण इलाकों तक पहुँचाने के लिए गाँवों की उच्च बैंडविड्थ कनेक्टिविटी आवश्यक है। ज्ञान-आधारित सुपर पॉवर बनने के लिए ज्ञानपूर्ण समाज केवल आर्थिक सुरक्षा और आंतरिक सुरक्षा के वातावरण गें ही पनप और समृद्ध हो सकता है। सड़कों द्वारा भौतिक संपर्क और विश्वसनीय संचार नेटवर्क द्वारा इलेक्ट्रॉनिक संपर्क और प्रोफेशनल संस्थान और व्यावसायिक प्रशिक्षण केंद्रों की स्थापना द्वारा ज्ञानपूर्ण संपर्क प्रदान करने का कार्य इस एकीकृत ढंग से होना चाहिए, जिससे आर्थिक संपर्क की उत्पत्ति हो सके। ग्रामीण इलाकों में वृत्ताकार संपर्क स्थापित करनेवाले इस मॉडल से ग्रामीण विकास प्रक्रिया में सशक्तीकरण द्वारा गति आएगी।

समृद्ध, आनंदित और शांतिपूर्ण भारत

किसी भी राष्ट्र की शक्ति प्रमुख रूप से उसके प्राकृतिक और मानवीय संसाधनों में निहित होती है। प्राकृतिक संसाधनों की बात करें तो भारत की विशाल तटीय रेखा वनस्पतियों और तेल संपदा से भरपूर है। यह जगजाहिर है कि भारत

के पास टिटेनियम, बेरीलियम और टंगस्टन का सबसे बड़ा भंडारण मौजूद है। भारत जैव विविध संपन्नता के मामले में कुछ शीर्षस्थ राष्ट्रों में से एक है। इन प्राकृतिक संसाधनों के ज्ञान-आधारित मूल्यवर्धन का अर्थ इनका कच्चे माल के तौर पर नहीं, बल्कि मूल्य-संवर्धित उत्पादों के रूप में निर्यात करना है। इनके व्यावसायीकरण और विपणन में आई.टी. के उपयोग से हमारी गति और पहुँच बढ़ सकती है। भारत के लिए प्राचीन ज्ञान एक विशिष्ट संसाधन है, क्योंकि यह कम-से-कम 5000 वर्षों की सभ्यता का खजाना है। यह आवश्यक है कि इस संपदा का राष्ट्र के कल्याण के साथ ही राष्ट्र की वैश्विक उपस्थिति की पहचान बनाने में उपयोग किया जाए। प्रौद्योगिकी के ज्ञान से विहीन सभ्यताएँ और सभ्यता के अनुभव से विहीन प्रौद्योगिकीय राष्ट्र नई अर्थव्यवस्था का निर्माण नहीं कर सकते। मानव संसाधन, विशेष रूप से युवा आबादी की बड़ी संख्या हमारे राष्ट्र की एक अन्य विशिष्ट मूल शक्ति है। इस संसाधन को विभिन्न शैक्षणिक और प्रशिक्षण कार्यक्रमों में परिवर्तित किया जा सकता है। कुशल, अकुशल और सृजनात्मक श्रमशक्ति को विशेष रूप से सेवा क्षेत्रों व एग्रो उद्योग आदि को पूँजी उत्पादक बनाया जा सकता है। इन ज्ञान-घनिष्ठ उद्योगों का निर्माण उच्च स्तर की सॉफ्टवेयर/हार्डवेयर की माँग उत्पन्न कर हमारे वर्तमान उद्योगों में से ही किया जा सकता है, इससे इनका अत्यधिक मूल्य संवर्धन हो सकेगा। कहा जाता है, किसी भी राष्ट्र या कंपनी के लिए सबसे अनमोल संपत्ति उसके लोगों का कौशल, प्रतिभा और कल्पनाशीलता है। वैश्वीकरण के साथ ही यह और भी आवश्यक हो गया है, क्योंकि आज सभी की विश्व स्तर की प्रौद्योगिकी सबकी पहुँच में है और इसमें विभेद का प्रमुख कारक विभिन्न राष्ट्रों में लोगों की अपनी कल्पनाशीलता का उपयोग कर इसका प्रौद्योगिकी में सर्वोत्तम उपयोग की क्षमता है। निश्चित ही मिशन परियोजनाओं में विभिन्न प्रौद्योगिकियों का विकास, अभिनव प्रयोग तथा पारदर्शी प्रबंधन ढाँचा भारत को विकसित राष्ट्र बना सकता है।

रचनात्मक नेतृत्व

विकसित भारत बनाने के लिए किन चीजों की आवश्यकता है ? हमारे पास प्राकृतिक संसाधन हैं और हमारे पास मानव शक्ति भी है। भारत की एक अरब

आबादी में 70 करोड़ लोग 35 वर्ष से कम उम्र के हैं। भारत को युवा नेताओं की आवश्यकता है, जो भारत के परिवर्तन की कमान सँभालकर आज से बीस वर्ष बाद इसे ज्ञानपूर्ण समाज निहित विकसित राष्ट्र बना सकें। ऐसा नेता, जो उत्कृष्टता के नए संगठनों की रचना कर सके । गुणवत्तापूर्ण नेता ऐसी चुंबक के समान होते हैं, जो अपने संगठन में टीम बनाने के लिए बेहतरीन लोगों को आकर्षित करते हैं और जोखिमों से न डरने के कारण मिशन के असफल होने के बावजूद प्रेरक नेतृत्व प्रदान करते हैं।

वर्ष 2020 तक भारत को विकसित राष्ट्र में परिवर्तित करने के विजन की सफलता का एक सबसे महत्त्वपूर्ण घटक रचनात्मक नेताओं का उदित होना है। यह रचनात्मक नेतृत्व विकसित भारत, आर्थिक समृद्धि, तकनीक, उत्पादन, उत्पादकता, कर्मचारी की भूमिका और प्रबंधन गुणवत्ता के बीच की कड़ी होता है। यह रचनात्मक नेता कौन है ? रचनात्मक नेता में कौन से गुण होने आवश्यक हैं? रचनात्मक नेतृत्व पारंपरिक भूमिकाओं में कमांडर को कोच, मैनेजर को मेंटर, डायरेक्टर को डेलिगेटर और सम्मान की माँग करनेवाले से आत्म-सम्मान प्रदान करनेवालों में परिवर्तित करने के कार्य में जुटा है। किसी भी राष्ट्र में रचनात्मक नेताओं की संख्या जितनी अधिक होती है, उसमें विकसित भारत जैसे विजन की सफलता की संभावना भी उतनी ही बढ़ जाती है।

समापन

भारत ने बड़े पैमाने पर प्रतिभाशाली श्रमशक्ति द्वारा संसार में अपनी अपार क्षमता और मूल दक्षता प्रदर्शित कर दी है। हम परमाणु शक्ति संपन्न, अंतरिक्ष प्रयासों और रक्षा अनुसंधान में आत्म-निर्भर, प्रौद्योगिकी देने से इनकार करनेवाले हालातों से संघर्ष की क्षमतावाले, दुग्ध के सबसे बड़े उत्पादक, खाद्यान्न के मामले में आत्मनिर्भर, फार्मास्यूटिकल के क्षेत्र में अग्रणी, सूचना प्रौद्योगिकी में निपुण और सबसे अधिक प्राकृतिक संसाधनवाले राष्ट्र हैं। हमें और क्या चाहिए ?

☐

---

* 29 मार्च, 2003 को भारतीय प्रबंधन संस्थान, अहमदाबाद के 38वें दीक्षांत समारोह के दौरान संबोधन

21

सार्वभौमिक एकता व सहमति

चार उत्कृष्ट सत्य

सार्वभौमिक एकता व सहमति के विश्वविद्यालय में चार उत्कृष्ट सत्य होने आवश्यक हैं। ये चार उत्कृष्ट सत्य क्या हैं, आप सभी दार्शनिक, धर्मशास्त्री, विचारक और संभवत: पर्यटन विक्रेता भी हैं, आप जानते हैं कि ये सत्य कौन से हैं। यद्यपि मुझे लगता है कि इन उत्कृष्ट सत्यों के बारे में बताना चाहिए, जो मेरे मन में दिव्य रूप में झंकृत हो रहे हैं और जहाँ से बुद्ध को ज्ञान प्राप्त हुआ था।

पहला सत्य है दु:ख। इसके अनुसार यह संसार अस्थायी है और यह दु:ख रूप है। दूसरा सत्य, इस दु:ख का मूल कारण इच्छा (समुदाय) है। यदि हम इच्छा को मिटा देते हैं तो दु:ख समाप्त हो जाएँगे। तीसरा सत्य है निरोध। चौथा सत्य आठ स्तरीय मार्ग (मग्गा) है।

नालंदा—ज्ञानोदय का विश्वविद्यालय

मैं मई, 2003 में नालंदा गया था, मैं वहाँ घटित एक घटना बताना चाहता हूँ। मैंने नालंदा में कई घंटे बिताए। मैंने उस जगह को देखा, जहाँ सैकड़ों विद्वान् एकत्र होते व चर्चा करते थे। मैंने सातवीं से आठवीं शताब्दी में नालंदा के उस जीवंत विश्वविद्यालय को देखा, वहाँ धर्मशास्त्र की शिक्षा देनेवाली कक्षाएँ, प्रवचन कक्ष और साधुओं के होस्टल देखे। बीते समय में वह कौन सी बात थी, जो 90 देशों के विद्वानों को नालंदा की ओर आकर्षित करती थी? यह वह स्थान था, जहाँ विचारों का संप्रेषण, चर्चा और एकीकरण द्वारा जीवन को बेहतर दिशा दी

जाती थी, जिसकी कई राष्ट्रों के लोग तलाश में थे। मित्रो, आपसी अविश्वास व घृणा से उत्पन्न सार्वभौमिक विक्षोभ और अस्थिरता की इस नाजुक घड़ी में संसार को शांति, ज्ञानोदय और महान् विचारोंवाले विश्वविद्यालय की आवश्यकता है।

ज्ञानोदय के पश्चात् बुद्ध ने नालंदा, बिहार और उत्तर प्रदेश के 45 विभिन्न क्षेत्रों की पदयात्रा की। आध्यात्मिक ज्ञानोदय की दृष्टि से ये सभी स्थान बेहद महत्त्वपूर्ण हैं। इस महान् घटना के स्मरणोत्सव पर बुद्ध के दर्शन को समर्पित नालंदा को सार्वभौमिक एकता व सहमति के विश्वविद्यालय के नए मायने देते हुए पुनर्स्थापित किया जाना चाहिए। मेरी सलाह है कि मानव संसाधन मंत्रालय, पर्यटन और संस्कृति मंत्रालय इस कॉन्क्लेव की सिफारिश पर इस सार्वभौमिक एकता व सहमति विश्वविद्यालय की स्थापना की अगुआई करें। अब मैं आपको मन की एकता की खोज में प्राप्त निजी अनुभव बताता हूँ।

बोधगया के अनुभव

बहुत अच्छा अनुभव रहा। बोधगया में मैं बोधि वृक्ष के नीचे बैठा और मेरे चारों ओर साधु बैठे थे। मैंने कहा, 'बुद्धं शरणं गच्छामि'? मेरी आवाज चारों ओर गूँजने लगी। यह मैंने बुद्ध मंदिर में उस स्थान की यात्रा के बाद किया, जहाँ बुद्ध को शांति व ज्ञान प्राप्त हुआ था। उस पवित्र वृक्ष के नीचे हमने चर्चा की। एक युवा साधु ने मुझसे पूछा—राष्ट्रपति महोदय, भारत के राष्ट्रपति आप महान् ज्ञान प्रदान करनेवाले स्थान पर बैठे हैं। आपको कैसा लग रहा है? मैंने उनसे कहा कि मुझे ऐसा लग रहा है, जैसे मैं स्वयं भी एक विद्यार्थी हूँ, जो इस अशांत संसार के लिए संदेश, शांति के संदेश की तलाश में है। एक अन्य युवा साधु ने मुझसे पूछा, "राष्ट्रपति महोदय, आपके विचार से बौद्ध धर्म क्या है, यह धर्म है, आध्यात्मिक ऊर्जा है या नीति-नियम है?" मैंने कहा, "मैं आपको देश-विदेश में किए अपने विस्तृत अध्ययन से प्राप्त अनुभवों के बारे में बताता हूँ।"

धर्म का आध्यात्मिकता में परिवर्तन

मुझे जो संदेश प्राप्त हुआ, वह यह कि अधिकांश भारतीय फिर चाहे वे अनुभवी हों या वृद्ध, ऊर्जावान हों या मध्य-आयु वर्ग के, युवा हों या अबोध, सभी

धर्म से धीरज और सुरक्षा चाहते हैं। मैंने अपने इस महान् देश के बहुत से धार्मिक स्थानों और उपासना गृहों की यात्रा की है और मैं बहुत से धर्म-प्रधानों से भी मिल चुका हूँ। सभी धर्म अत्यंत सुंदर बगीचे के जैसे हैं, ये सभी स्थान अतुलनीय सौंदर्य और प्रशांति से परिपूर्ण हैं, जैसे कोई पवित्र सरोवर खूबसूरत पंछियों और उनके मधुर गीतों से सुशोभित हो। मेरा सच में मानना है कि धर्म बेहद खूबसूरत बगीचे हैं। ये मनोहर द्वीप और आत्मा व भावनाओं के वास्तविक मरु उद्यान हैं, लेकिन फिर भी ये द्वीप ही हैं। हम इन्हें आपस में कैसे जोड़ें, जिससे इनकी खुशबू सारे विश्व में व्याप्त हो सके? अगर हम इस सभी द्वीपों को प्रेम और करुणा द्वारा एक माला के रूप में पिरो सकें तो इससे हम न केवल भारत, बल्कि संपूर्ण विश्व को सुखी बना सकते हैं। मैं इस प्रभाव के साथ बोधगया आया था। मेरा मानना है कि बुद्ध धर्म में आध्यात्मिकता का पुट बहुत अधिक है।

शक्ति और शांति

तीसरा प्रश्न—एक युवा साधु ने बहुत महत्त्वपूर्ण प्रश्न पूछा, ''राष्ट्रपति महोदय, आपने एक हथियार बनाया है, जिस पर परमाणु मुखास्त्र लगाया जा सकता है और अब आप शांति की तलाश कर रहे हैं, इनमें क्या समानता है?'' मैं स्तब्ध रह गया। मैं इतिहास में 2500 वर्ष पीछे लौट गया। मैंने अपने सामने सम्राट् अशोक को देखा, जो सारे भारत पर विजय के बाद गर्वोन्मत्त थे। उनके कलिंग (वर्तमान में उड़ीसा राज्य) आने पर कलिंग का महान् युद्ध हुआ। सम्राट् अशोक की विराट् सेना ने युद्ध करके कलिंग के सभी राजाओं को पराजित कर दिया। सम्राट् अशोक ने प्रसन्नतापूर्वक कलिंग राष्ट्र में प्रवेश किया। उस दिन पूर्णिमा थी। सफलता से मदोन्मत्त सम्राट् अशोक युद्ध के बाद की रणभूमि में पहुँचा। वह अचानक रुक गया। उसने युद्ध में मारे गए सैकड़ों-हजारों लोगों के शरीर से बह रहा रक्त देखा और बहुत से लोगों के रोने-चिल्लाने की आवाजें सुनीं। वह दुःख में डूबा क्रंदन था। सम्राट् अशोक सहसा रुका और उसने अपने आपसे कहा, 'हे ईश्वर! यह मैंने क्या कर दिया?' यह विचार कौंधने के साथ ही सम्राट् अशोक के मन व आत्मा में प्रवेश कर गया, जिसके फलस्वरूप अहिंसा और धर्म जैसे महान् सिद्धांतों का जन्म हुआ।

तभी से वह अहिंसा का पाठ पढ़ाने लगा। इसे ही उन पहाड़ों पर उकेरा गया है। बीते दशक में महात्मा गांधी ने अहिंसा और धर्म को भारत के स्वतंत्रता संग्राम के दौरान नवीन आयाम दिया। मैंने उस युवा साधु को उत्तर में यही कहा। हमने अपनी आत्मरक्षा के लिए इन परमाणु हथियारों का निर्माण किया है, हमारे राष्ट्र को परमाणु हथियार संपन्न बनना ही था। हम इसे तब तक उपयोग नहीं करेंगे, जब तक कोई इसे हमारे विरुद्ध उपयोग नहीं करता। यदि सभी राष्ट्र परमाणु हथियारों को पूरी तरह समाप्त कर दें तो भारत ऐसा करनेवाला पहला देश होगा। भारत हमेशा से विश्व के हथियार विहीन होने का पक्षधर रहा है।

एक अन्य साधु ने चौथा प्रश्न पूछा, "राष्ट्रपतिजी, आपको बोधगया आने की प्रेरणा कहाँ से मिली?" मैंने कहा, "मैं भी कुछ हद तक आनंद जैसा ही हूँ और हर जगह सार्वभौमिक शांति तथा मन की एकता की तलाश करता हूँ।"

आर.आई.एल. एमोनेस्ट्री के अनुभव

हाल ही की अपनी विदेश यात्रा के दौरान मैं बुल्गारिया के पहाड़ों में स्थित आर.आई.एल.ए. के ईसाई मठ में गया था। यह बुल्गारिया का सबसे बड़ा धार्मिक, आध्यात्मिकता और सांस्कृतिक केंद्र है, जिसके पुस्तकालय में 16,000 पुस्तकें हैं, जिनमें से 134 पांडुलिपियाँ 15वीं से 19वीं शताब्दी के बीच की हैं। इस पवित्र स्थान ने मध्यकालीन बुल्गारिया के आध्यात्मिक और सामाजिक जीवन में महत्त्वपूर्ण भूमिका अदा की। 19वीं शताब्दी में घुसपैठ के दौरान यह जलकर नष्ट हो गया, बाद में इसका पुनर्निर्माण किया गया, अब इसके चारों ओर एक विशालकाय किला है। उस दिव्य वातावरण में 80 से 90 वर्ष के रेवरेंड फादर्स के बीच मेरी प्रार्थना करने की इच्छा हुई। मैं वेदी पर गया और रेवरेंड बिशप जॉन से असीसी के सेंट फ्रांसिस की प्रार्थना का एक भाग पढ़ने की आज्ञा माँगी। मेरे पीछे मोनेस्ट्री के सभी लोगों ने यह प्रार्थना बोली।

असीसी के सेंट फ्रांसिस की प्रार्थना

"हे ईश्वर मुझे अपनी शांति का साधन बना लो;
मैं जहाँ घृणा है, वहाँ प्रेम के;

जहाँ पीड़ा है, वहाँ क्षमा के;
जहाँ निराशा है, वहाँ आशा के;
जहाँ अँधेरा है, वहाँ प्रकाश के,
और जहाँ दुःख है, वहाँ आनंद के बीज बो सकूँ।''

इस प्रार्थना के मौन संदेश की अनुभूति रेवरेंड बिशप को भी हुई और उन्होंने मुझे 'आप विश्व शांति के लिए कार्य करें' का आशीर्वाद दिया।

दूसरे धर्मों का सौंदर्य

एक बार, जब मैं बेंगलुरु जाने के लिए निकलनेवाला था, मैंने अपने एक मित्र को बताया कि मैं वहाँ युवाओं से बात करनेवाला हूँ, क्या उनके पास इस संबंध में कोई सुझाव है। उन्होंने मुझे कोई सुझाव तो नहीं दिया, पर ज्ञान का यह सूत्र दिया—

'आप जब भी बोलें, सच बोलें, जो कहें, वह कर दिखाएँ, अपना विश्वास दरशाने के लिए हाथों का उपयोग न करें और न ही अवैध या बुरी चीजों का उपयोग करें।'

क्या करना सबसे सही रहेगा? लोगों का मन खुश करना, भूखे को खाना खिलाना, हताहत की सहायता करना, दुःखी का दुःख हल्का करना और पीड़ित की पीड़ा दूर करना।

ईश्वर की प्रत्येक रचना उसके परिवार का हिस्सा है, और वही ईश्वर का प्यारा होता है, जो ईश्वर की रचनाओं के लिए अच्छा करने का प्रयास करता है।

यह मोहम्मद साहब का कथन है। मुझसे यह बात कहनेवाले मेरे मित्र तमिलनाडु के दीक्षिधर के पड़पोते और गणपदिग्ल (वैदिक ज्ञानी) के पोते हैं। वे कोई अन्य नहीं बल्कि श्री वाई.एस. राजन हैं।

मेरी तलाश

हमने पहला विश्वयुद्ध देखा, द्वितीय विश्वयुद्ध देखा है, युद्ध को रोकने और शांति स्थापित करने के लिए संयुक्त राष्ट्र का गठन किया गया, लेकिन आज क्या हो रहा है? हम सब अच्छी तरह से जानते हैं कि संयुक्त राष्ट्र को

अनदेखा करके संसार में बहुत से युद्ध जारी हैं। हमारी ही बात लीजिए, हमारा देश बीते लगभग 50 वर्षों से सीमा पार के आतंकवाद का सामना कर रहा है। इसमें किसी युद्ध से भी ज्यादा पीड़ा और मौतों का कारण बन रहा है। मेरे मन में यही पीड़ा है। चीनी दार्शनिक हूशिह (1891–1962) ने रिपब्लिक चीन में कहा था, ''भारत ने लगभग दो हजार वर्ष पहले सीमा पार एक भी सैनिक भेजे बिना सांस्कृतिक रूप से चीन को हराकर उसपर कब्जा कर लिया था। इसी बौद्ध संस्कृति के कारण लोग एक–दूसरे के निकट आए, दोनों राष्ट्र निकट आए और बिना धन खर्च किए शांति स्थापित हुई। इसी धर्म ने ईश्वर के मसीहा के स्तर तक ऊपर उठते हुए धर्म की आध्यात्मिक भूमिका का पक्ष लिया। धर्म की इस आध्यात्मिक भूमिका से समझौता कर लेने पर यही धर्म विध्वंस का हथियार और लोगों के बीच विभेद का कारण बन गया।''

मेरा पूरा विश्वास है कि धर्म इस हठधर्मिता से बाहर निकल सकेगा। पूरी संभावना है कि धर्म प्रेम और करुणा के पुल का उपयोग कर विकसित होते हुए आध्यात्मिक शक्ति बन सके। समाज में सतत शांति और प्रसन्नता के लिए दो कार्य होने आवश्यक हैं। पहला, मूल्य प्रणाली सहित शिक्षा और दूसरा, आर्थिक समृद्धि हासिल करना। मूल्य प्रणाली सहित शिक्षा निश्चित ही एक बड़ा मिशन है। इस कार्य में समूचे संसार की आवश्यकता होगी, दुनिया भर के सभी युवाओं और 20 वर्ष से कम आयुवालों को मूल्य प्रणाली सहित शिक्षा देना आवश्यक होगा।

मूल्य प्रणाली सहित शिक्षा

किसी भी युवा के लिए उसकी उम्र का सबसे महत्त्वपूर्ण हिस्सा उसके स्कूल का होता है और सबसे महत्त्वपूर्ण काल स्कूल में बीता सुबह 8 बजे से शाम 4 बजे तक का समय होता है। बच्चे को 5 से 16 वर्ष की उम्र में सीखने का उत्तम वातावरण चाहिए होता है। एक छात्र स्कूल में लगभग 25,000 घंटे बिताता है। निश्चित ही घर में उसे प्रेम व स्नेह मिलता है, लेकिन उसका दिन का अधिकांश समय होमवर्क करने, पढ़ने, खाने, खेलने तथा सोने में व्यतीत होता है। बच्चे के लिए सीखने के लिए सबसे शानदार समय स्कूल में बीते घंटे होते हैं, अतः वहाँ से सबसे अच्छा वातावरण और मूल्य प्रणाली सहित मिशन–

आधारित विद्यार्जन मिलना चाहिए। महान् शिक्षक बेस्टोलॉजी के शब्द आज भी मेरे कानों में गूँज रहे हैं—'मुझे सात सालों के लिए एक बच्चा दे दीजिए। इसके बाद वह बच्चा चाहे ईश्वर के पास जाए या शैतान के, वे उसे बदल नहीं सकते।' यह होता है शिक्षक का असाधारण आत्मविश्वास। स्कूलों के पास कितने उत्तम मिशन हैं। हमें सैकड़ों, हजारों और लाखों प्रतिबद्ध शिक्षकों की आवश्यकता है, जो हमारे युवाओं के मन को आकार दे सकें। टेलीएजुकेशन तकनीक अच्छे शिक्षण के प्रचार में महत्त्वपूर्ण भूमिका निभा सकती है। इसमें बच्चे, शिक्षक और माता-पिता का गतिशील त्रिकोण बनता है। माता-पिता और शिक्षकों के लिए स्कूल का प्रांगण और घर में मूल्य प्रणाली सहित शिक्षा का एकीकृत मिशन होना चाहिए। यदि बच्चे को स्कूल में मूल्य-आधारित शिक्षा नहीं प्राप्त होती तो कोई भी सरकार या समाज पारदर्शी समाज या एकीकृत समाज की स्थापना नहीं कर सकता।

राष्ट्रों को छोटे लक्ष्यों के स्थान पर उत्साहपूर्ण वातावरण में विकास लक्षित मील के पत्थरों को पार करने में अपना समय एवं ऊर्जा खर्च करनी चाहिए। भारत को विकसित भारत में परिवर्तित करने के लिए ऐसा वातावरण होना आवश्यक है।

विकसित भारत-2020

शांति स्थापना का सबसे महत्त्वपूर्ण घटक आर्थिक समृद्धि हासिल कर गरीबी का उन्मूलन करना है, जिससे रोजगार की संभावनाओं में वृद्धि होगी। यह राष्ट्र विशेष की मूल दक्षता पर निर्भर रहनेवाले राष्ट्र-से-राष्ट्र के मॉडल से भिन्न होगा। यह देश के दूसरे विजन द्वारा संभव हो सकेगा।

भारत को विकसित बनाने के लिए (अ) भारत को आर्थिक और व्यावसायिक रूप से शक्तिशाली बनना होगा; अर्थव्यवस्था के पैमाने पर इसे कम-से-कम चार शीर्ष राष्ट्रों में से एक होना होगा। इसके लिए हमें अपनी जी.डी.पी. विकास दर को एक दशक के लिए वार्षिक 10 प्रतिशत रखना होगा और गरीबी रेखा के नीचे के लोगों की संख्या को 26 करोड़ से घटाकर लगभग शून्य पर लाना होगा। टेक्नोलॉजी विजन-2020 के मार्ग पर चलकर इस आशाजनक मिशन को वास्तविक बनाया जा सकता है।

इस विजन के लिए पाँच आधारभूत क्षेत्रों की पहचान की है। ये हैं—(1) कृषि और खाद्य प्रसंस्करण—इसमें हमें मौजूदा 20 करोड़ टन खाद्यान्न को बढ़ाकर 36 करोड़ टन का लक्ष्य रखना होगा तथा उन्नत उत्पादकतावाले खाद्य प्रसंस्करण उद्योगों का सृजन करना होगा। कृषि व एग्रोफूड प्रोसेसिंग के अन्य क्षेत्रों से ग्रामीणों में समृद्धि आएगी और आर्थिक विकास की गति बढ़ेगी। (2) देश के सभी हिस्सों के लिए विश्वसनीय और गुणवत्तापूर्ण विद्युत् शक्ति उपलब्ध होगी। (3) शिक्षा और स्वास्थ्य सेवा—हमने देखा और अनुभव किया है कि शिक्षा और स्वास्थ्य सेवा परस्पर संबद्ध हैं। (4) सूचना संचार प्रौद्योगिकी—यह हमारी प्रमुख दक्षताओं में से एक है। हमारा मानना है कि इसके उपयोग से दूरवर्ती क्षेत्रों में शिक्षा के प्रचार के अतिरिक्त इससे राष्ट्र के लिए धन सृजन किया जा सकता है। (5) सामरिक क्षेत्र—सौभाग्यवश, इस क्षेत्र में परमाणु प्रौद्योगिकी, अंतरिक्ष प्रौद्योगिकी और रक्षा प्रौद्योगिकी में विकास दिखाई दे रहा है तथा हमारे पास इस महत्त्वपूर्ण प्रौद्योगिकी से जुड़े और भी बहुत से कार्यक्रम मौजूद हैं।

इन पाँच मिशन क्षेत्रों में एकीकृत काररवाई से राष्ट्र को आर्थिक समृद्धि की ओर ले जाया जाएगा। वैश्विक शांति को सुनिश्चित करने के लिए प्रत्येक राष्ट्र का आर्थिक रूप से समृद्ध होना आवश्यक है। मूल्य-आधारित शिक्षा और धर्म को आध्यात्मिकता में परिवर्तित करना राष्ट्र के नागरिकों को प्रबुद्ध बनाने के लिए बहुत आवश्यक है।

समापन

विश्व के लिए संदेश है कि वे इस सार्वभौमिक एकता व सहमति विश्वविद्यालय द्वारा प्रबुद्ध नागरिकों का निर्माण करे। कम शब्दों में कहें तो नालंदा का यह विश्वविद्यालय आधारित मिशन बहुत से विद्वानों, धर्माध्यक्षों और संसार के विभिन्न हिस्सों से वैज्ञानिकों को यहाँ प्रवचन, परिचर्चा और मूल्य-प्रणाली सहित शिक्षा के तीन सिद्धांतों, धर्म को आध्यात्मिक शक्ति में परिवर्तित करने और त्रिआयामी दृष्टिकोण द्वारा भूख से मुक्ति पाने के लिए आर्थिक विकास करने के लिए आकर्षित करेगा। वैश्विक शांति को

सुनिश्चित करने के लिए अपनी एक अरब आबादी के साथ वैश्विक आबादी के छठे भाग का प्रतिनिधित्व करनेवाला भारत का यह दायित्व बन जाता है कि वह इस आंदोलन की शुरुआत कर अपने यहाँ प्रबुद्ध नागरिकों का निर्माण करे।

□

---

* 17 फरवरी, 2004 को नई दिल्ली के विज्ञान भवन में बौद्ध धर्म और आध्यात्मिक पर्यटन पर अंतरराष्ट्रीय सम्मेलन का उद्‌घाटन भाषण

22

एक सुंदर भारत का उद्‌भव

भारतीय आर्थिक परिदृश्य

भारतीय अर्थव्यवस्था ने मजबूत व सुसंगत बढ़त दिखाई है। हमारा विदेशी मुद्रा भंडार 100 बिलियन डॉलर को पार कर चुका है और इसमें अभी भी वृद्धि जारी है। रुपया स्थिर है तथा मध्यवर्ग का पुनरुत्थान और घरेलू क्रयशक्ति उफान पर है। इससे हमारी अर्थव्यवस्था विश्व की सबसे तेजी से बढ़ती अर्थव्यवस्थाओं में से एक बन गई है। अब समय आ गया है कि ग्रामीण क्षेत्रों में शहरी सुविधाओं का प्रावधान (पुरा) और नदियों को जोड़ने जैसे विकास कार्यक्रमों द्वारा ग्रामीण आबादी तक यह आर्थिक लाभ शीघ्रतापूर्वक पहुँचे। दुनिया भर के आर्थिक विशेषज्ञों ने भविष्यवाणी की है कि वर्ष 2020 तक संसार का आर्थिक परिदृश्य आज की तुलना में बिल्कुल बदल जाएगा, जिसमें भारत को गौरवपूर्ण स्थान हासिल होगा।

कुछ भारतीय उद्योग राष्ट्रीय व अंतरराष्ट्रीय स्तर की आवश्यकताओं को देखते हुए अधिक परिपक्व हो गए हैं और पहले की प्रतिकूल भविष्यवाणियों के बावजूद स्थिर गति से आगे बढ़ रहे हैं। बैंकों के ऋणों की दर को छोटे व मध्यम दर्जे के उद्योगों और एग्रोफूड प्रसंस्करण उद्योगों के उचित विकास का सक्रियतापूर्वक ध्यान रखना होगा। स्कूल व कॉलेजों में उद्यमशील शिक्षण और उद्यम पूँजी के अबाधित सतत प्रवाह के साथ ही बेहतर बाजारों का उद्‌भव राष्ट्रीय विकास को अतिरिक्त गतिशीलता देगा।

भारत का एक सुंदर प्रतिस्पर्धात्मक राष्ट्र में परिवर्तन

आगामी पाँच वर्षों में कुछ अधिक प्रगति कर लेने के बाद हमारे सामने राष्ट्रीय समृद्धि प्राप्ति हेतु एक बड़ा प्रयास करने की चुनौती होगी। हमें वर्तमान अवसर का लाभ लेते हुए अपनी आगामी पीढ़ी को एक प्रतिस्पर्धात्मक राष्ट्र देने के लिए कार्य करना होगा, जिसमें निम्न चीजें शामिल होंगी—

प्रतिस्पर्धी भारत की रूपरेखा

(क) ऐसा राष्ट्र, जो समृद्ध, स्वस्थ, सुरक्षित, शांत और प्रसन्न होगा।

(ख) ऐसा राष्ट्र, जहाँ गाँवों और शहर के बीच की रेखा बहुत महीन होगी।

(ग) ऐसा राष्ट्र, जहाँ ऊर्जा और गुणवत्तापूर्ण जल का समान बँटवारा होगा।

(घ) ऐसा राष्ट्र, जहाँ कृषि, उद्योग और सेवा सेक्टर साथ मिलकर तालमेल सहित, तकनीक को समाहित कर कार्य करेंगे, जिसके परिणाम सतत संपदा निर्माण और इसके चलते उच्च रोजगार संभावनाओं के रूप में सामने आएँगे।

(ङ) ऐसा राष्ट्र, जहाँ किसी भी योग्य छात्र को सामाजिक या आर्थिक विभेद के कारण शिक्षा से वंचित नहीं किया जाएगा।

(च) ऐसा राष्ट्र, जो दुनिया भर के प्रतिभाशाली विद्वानों और वैज्ञानिकों के लिए बेहतरीन ठिकाना होगा।

(छ) ऐसा राष्ट्र, जिसकी एक अरब की संपूर्ण आबादी को बेहतरीन चिकित्सीय सुविधाएँ प्राप्त होंगी तथा एड्स/टी.बी., जलजनित रोग, हृदय और कैंसर रोग विलुप्त हो जाएँगे।

(ज) ऐसा राष्ट्र, जहाँ गरीबी का नामोनिशान नहीं होगा, अशिक्षा और महिलाओं के विरुद्ध अपराध बिल्कुल नहीं होंगे और समाज विभाजित नहीं होगा।

(झ) ऐसा राष्ट्र, जो रहने के लिए पृथ्वी का सबसे अच्छा स्थान होगा और जो एक अरब चेहरों पर मुसकान लाएगा।

ये वे दस परिवर्तनकारी आयाम हैं, जो प्रतिस्पर्धात्मक भारत के लिए आवश्यक हैं और जिनकी ओर हमें काम करना है।

निकट भविष्य में शांति

अपने राष्ट्रीय विकास और आर्थिक संवृद्धि को जारी रखने के लिए हमारे महाद्वीप में शांति एक महत्त्वपूर्ण घटक है। अधिकांश राष्ट्रों को यह एहसास हो गया है कि कम तीव्रतावाले छद्‌म युद्ध, शक्ति संतुलन हेतु निर्माण कार्य और वास्तविक युद्ध विकास के विजन को हासिल करने में सबसे बड़ी बाधाएँ हैं। समाज का विकास उसके लोगों को अलगाववादी विध्वंसक कार्यों से दूर रखता है, जो शांति-कर्ताओं के लिए उत्साहजनक होता है।

"जब बंदूकें शांत होती हैं,
तब धरती पर फूल खिलते हैं,
जिनकी खुशबू अच्छी आत्माओं में समाहित हो जाती है।
जिससे खूबसूरत मौन का सृजन होता है।

"बंदूकों के शांत रहने पर,
धरती पर फूल खिलते हैं,
जिनकी सुगंध भली आत्माओं में समा जाती है,
जिससे सुंदर मौन का सृजन होता है।"

भारत ऐसे सफल शांति-कर्ताओं का सदा आभारी रहेगा।

मन की एकता की ओर

25 जुलाई, 2002 को पदभार सँभालने के बाद मेरा कहा मन की एकता की आवश्यकता का कथन हमारे राष्ट्र के लिए एक स्पष्ट मिशन बन गया। हाल ही में मेरी परमपावन आचार्य महाप्रज्ञजी के सान्निध्य में पंद्रह गुरु, आचार्य, स्वामी, मौलवी, रेवरेंड फादर, आध्यात्मिक प्रमुख, भक्त और कई धर्मों के प्रतिनिधियों के साथ मुलाकात हुई। इस दौरान दो दिनों तक ऐसे महत्त्वपूर्ण निर्णय लिये गए, जिनसे धर्म एक आध्यात्मिक शक्ति बनने की ओर अग्रसर होगा। इसके साथ ही यह भी घोषणा की गई कि राष्ट्र किसी भी नेता, व्यक्ति या संस्थान से बड़ा है। उन्होंने कार्यान्वयन हेतु सामूहिक रूप से पाँच अंतर-धार्मिक परियोजनाओं की शुरुआत की। हमारे इन आध्यात्मिक प्रमुखों और इनके धर्म को आध्यात्मिक शक्ति में परिवर्तित करने के मिशन के लिए राष्ट्र शुभकामनाएँ देता है।

हमारे समक्ष चुनौतियाँ

राष्ट्र को अपने देश के विकास के गतिवर्धन हेतु निकट भविष्य में अपने समक्ष मौजूद कुछ विशेष चुनौतियों का सामना करना होगा—

समाज की सेवा : हमारे वैज्ञानिकों को नागरिक वैज्ञानिक के तौर पर सामाजिक परिवर्तन में योगदान देना होगा। नागरिक का अर्थ है—अपने समुदाय या लोगों की परवाह करने या उनसे स्नेह रखनेवाला। इस नए दायित्व के लिए वैज्ञानिकों को अपने कैंपस, प्रयोगशालाओं, मंत्रालयों से बाहर निकलकर तथा समुदायों के बीच अपने साथी-नागरिकों के साथ सक्रिय संवाद और कार्य करना होगा। उन्हें स्वयं से पूछना होगा कि वे किस तरह सामान्य जन को अपने ज्ञान से लाभान्वित कर सकते हैं? हमारी नागरिक सेवाओं व अन्य क्षेत्रों में कार्य करनेवाले लोगों को निडर व नागरिक-मित्र बनना होगा, अपना दृष्टिकोण सकारात्मक रखना होगा तथा दायित्वपूर्ण, सजगता, पारदर्शिता और निष्पक्ष प्रशासन व सेवा प्रदान होगी।

प्राथमिक शिक्षा : क्या 86वें संविधान संशोधन अधिनियम को स्वीकृति दी गई है? इस शिक्षा के अधिकार बिल में 5 से 14 वर्ष तक के आयु वर्ग के बच्चे आते हैं। इसके लिए जल्द कदम उठाते हुए स्कूलों के लिए उचित आधारभूत ढाँचा तैयार करने के अलावा स्कूलों के परिचालन हेतु अच्छे शिक्षकों की नियुक्ति भी करनी होगी, जिससे बच्चों को आधुनिक प्रौद्योगिकी और इ-शिक्षण व टेली एजुकेशन द्वारा गुणवत्तापूर्ण शिक्षा प्रदान की जा सके। बच्चों को अधिक भार से बचाने और उनकी रचनात्मकता को पुष्पित करने के लिए पाठ्यक्रम की समीक्षा करनी होगी।

उच्च शिक्षा की ब्रांड छवि की सुरक्षा : विकसित भारत के राष्ट्रीय विजन के लिए वैज्ञानिक और प्रौद्योगिकीय उन्नति को अधिक बढ़ावा देना होगा। हमारे सभी आई.आई.टी., आई.आई.एम. और एक सदी पुराने भारतीय विज्ञान संस्थान, बेंगलुरु जैसे प्रमुख संस्थानों को विश्वस्तरीय ब्रांड संस्थानों की तरह प्रगतिशील बनाना होगा। इन विशेषताओं का होना व पुष्पित होते रहना बहुत आवश्यक है। हमें विश्वविद्यालयों को उच्च शिक्षा व अनुसंधान का पोषक बनने के अतिरिक्त उच्च कौशल युक्त वैश्विक मानव संसाधन बल तैयार करने में योगदान हेतु प्रेरित करना होगा।

परीक्षा प्रणाली में सुधार : हमने अकसर देखा है कि बहुत सी महत्त्वपूर्ण राष्ट्रीय परीक्षाएँ कुछ भ्रष्ट लोगों के समूह के निशाने पर रहती हैं, जो इन परीक्षाओं के गोपनीय आवरण तथा इसकी प्रणालीगत पारदर्शिता को चोट पहुँचाते हैं। अपनी राष्ट्रीय चयन प्रणाली और गुणवत्ता की साख बनाए रखने के लिए हमें इन लोगों से सख्ती से निपटने के अलावा अपनी परीक्षा प्रणाली को हस्तक्षेप से बचाने के प्रौद्योगिकीय समाधान भी खोजने होंगे।

कृषि एवं एग्रोफूड प्रसंस्करण

किसानों पर ध्यान दें तो खेती प्रौद्योगिकी उनकी मित्र है तो उनके भागीदार खाद्य प्रसंस्करण और विपणन निश्चित ही दूसरी हरित क्रांति के कारक हैं। अब से 2020 तक भारत को धीरे-धीरे अपने उत्पादन को लगभग 40 करोड़ टन प्रतिवर्ष करना होगा। यह उत्पादन वृद्धि का कार्य 170 मिलियन हेक्टेयर से घटकर 100 मिलियन हेक्टेयर हुई भूमि उपलब्धता और कम जल उपलब्धता के बीच प्रौद्योगिकीय सहायता से करना होगा।

फार्मास्यूटिकल

दवाओं के विकास, उत्पादन और विपणन की चुनौतियों का सामना करने के लिए फार्मास्यूटिकल विज्ञान संस्थान और फार्मा उद्योग का एकीकरण कर इसे राष्ट्रीय फार्मा विजन के रूप में विस्तार सहित विकसित करना होगा। फार्मा समुदाय के समक्ष नकली दवाइयों के प्रवेश को रोकना और इनका बाजार से अनुपस्थित करना, सबसे बड़ी चुनौती है।

अंतरिक्ष

अंतरिक्ष कार्यक्रम में हमारी आत्मनिर्भरता के चलते अब समय आ गया है कि हम वैश्विक बाजार में आक्रामक रूप से प्रविष्ट हों। चंद्रयान द्वारा चाँद पर खोज और मंगल पर दृष्टि बनाए रखने से संपूर्ण राष्ट्र विशेष रूप से युवा वैज्ञानिक और बच्चे उत्साह से भर जाएँगे।

रक्षा

अपनी सशस्त्र सेनाओं के बल वर्धन द्वारा आधुनिकीकरण से निश्चित ही राष्ट्रीय सुरक्षा की आवश्यकताओं की पूर्ति होगी। रक्षा प्रौद्योगिकी से लंबी दूरी की मिसाइल प्रणाली और सुपरसोनिक क्रूज मिसाइल, हल्के लड़ाकू विमान, इलेक्ट्रिक युद्ध प्रणालियाँ, रेडार, अंडर-वाटर सेंसर्स, लड़ाकू वाहन और युद्ध-सामग्री का विकास हुआ। भारत-रूस संयुक्त उपक्रम कार्यक्रम 'ब्रह्मोस' आधुनिकतम मिसाइल प्रणाली के विकास, उत्पादन और विपणन का सर्वोत्तम उदाहरण है।

ऊर्जा

वर्ष 2020 तक हमें अपनी मौजूदा विद्युत् उत्पादन क्षमता को एक लाख मेगावाट से तीन गुना करना होगा। विद्युत् उत्पादन के साथ ही हमें विद्युत् सुरक्षा प्राप्त करने के लिए पारंपरिक स्रोतों से आगे बढ़कर गैर-पारंपरिक विद्युत् स्रोतों द्वारा विद्युत् उत्पादन क्षमता प्राप्त करनी होगी। इसके साथ ही हमें अपनी मौजूदा परमाणु क्षमता को 2700 मेगावाट को बढ़ाते हुए 2020 तक 20,000 मेगावाट से अधिक करना होगा। भविष्य में अलवणीकरण प्लांट को परमाणु विद्युत् प्लांटों के लगाना होगा, जिससे समुद्री जल को पीने लायक जल में परिवर्तित किया जा सके। बढ़ी हुई विद्युत् आवश्यकता को पूरा करने के लिए हमें कई स्थानों पर 800 से 1000 मेगावाट के बड़े सौर फार्म स्थापित करने की आवश्यकता है।

विज्ञान एवं प्रौद्योगिकी विकास

सभी अकादमिक संस्थान और अनुसंधान एवं विकास संगठन ज्ञान का भंडार होते हैं। प्रौद्योगिकी से सामाजिक उत्पादों में भी तेजी आती है, जो शीघ्र ही अधिक सस्ते, उच्च गुणवत्तायुक्त और सभी लोगों को उपलब्ध हो जाते हैं। आनेवाले दशकों में नैनोटेक्नोलॉजी और बायोटेक्नोलॉजी के क्षेत्र में नेतृत्व हासिल करने के लिए इसे बढ़ावा देने की आवश्यकता है। वैज्ञानिकों और इंजीनियर को स्वास्थ्य मिशन की शुरुआत अवश्य करनी चाहिए, ''मेरा ज्ञान आपकी पीड़ा दूर करेगा।'' वैज्ञानिक समुदाय को समझना चाहिए कि प्रतिस्पर्धात्मकता केवल

तभी हासिल हो सकती है, जब अकादमी, अनुसंधान और विकास संगठन तथा उद्योगों के भागीदारी कार्यक्रम के एकीकृत मिशन से पूरे हों।

नागरिक जागरूकता

पर्यावरण में साफ-सफाई की स्थिति राष्ट्र में विकास की सूचक है। एक राष्ट्र के तौर पर हमें अपना पर्यावरण को साफ व स्वच्छ रखना चाहिए। यह सभी नागरिकों के बेहतर स्वास्थ्य के अलावा हमारे देश में आनेवाले पर्यटकों और स्वयं हमारे लिए परिपूर्ण एवं सुरुचिपूर्ण वातावरण के लिए आवश्यक है। अपने उपासना स्थलों और नदियों की कुदरती दिव्यता को कायम रखने के लिए उन्हें साफ व स्वच्छ रखना आवश्यक है। सभी राज्यों को अपने क्षेत्रों में पर्यावरण सामंजस्य को बढ़ावा देने के लिए उचित स्थानीय कानून लागू करने होंगे।

चुनाव घोषणा-पत्र

चौदहवीं लोकसभा के आम चुनाव वर्ष 2004 में होनेवाले हैं। मैं इन चुनावों में भाग लेनेवाले राजनीतिक दलों के घोषणा-पत्र की विषयवस्तु पर विचार कर रहा था। भारत में 54 करोड़ लोग 25 वर्ष से कम उम्र के हैं। भारत युवाओं का देश है। देश के युवाओं के साथ वार्त्तालाप के दौरान दो बातें साफ हो गईं। पहला, कि युवा जोश, आत्मसम्मान और विकसित भारत में जीने का सपना देखते हैं। दूसरा, वे भ्रष्टाचार मुक्त भारत में रहना चाहते हैं। मुझे उनकी आँखों में इन दोनों की चमक दिखाई दी। मेरा मानना है कि हमें समाज को स्थिरता से बचाने के लिए तय समय के भीतर ही विकसित भारत का निर्माण कर लेना होगा। अतः राजनीतिक दलों को अपने घोषणा-पत्र में उनकी आकांक्षाओं का ध्यान रखना होगा और उसे युवाओं का सपना पूरा करने के हिसाब से तैयार करना होगा, जिसमें उनकी आकांक्षाओं का प्रतिनिधित्व करनेवाले चिह्नित मिशन और कार्य योजनाएँ हों। प्रत्येक राजनीतिक दल को अपना विजन, कार्ययोजना तथा विकसित भारत विजन-2020 के प्रति दृष्टिकोण और वे इन मिशनों को गुणवत्ता व मात्रात्मक रूप में कितनी जल्दी हासिल कर सकते हैं, इस बारे में स्पष्ट रूप से उल्लेख करना होगा।

मतदाता का दायित्व

संसद् व विधानसभा के लिए उचित प्रतिनिधि के चयन में प्रत्येक नागरिक की भूमिका होती है, वह व्यक्ति ऐसा हो, जिसका राष्ट्र के विकास का विजन हो और जिसे अपने चुनाव क्षेत्र और लोगों की परवाह हो। वोट देने का अधिकार वह सबसे महान् शक्ति है, जो लोकतंत्र ने आपको दी है, जिससे आप लोकतांत्रिक मूल्यों को और मजबूत बना सकें। मैं सभी वैध मतदाताओं से अपील करता हूँ कि वे बिना किसी त्रुटि, डर या पक्षपात के अपने को मिली इस सुविधा का उपयोग करें। मतदाताओं की बड़ी संख्या विकसित 'भारत 2020' को वास्तविक बनाने की ओर पहला कदम है और इसका दूसरा कदम प्रबुद्ध व ईमानदार नागरिकों का उदय होना है।

युवा नागरिकों का 'आंदोलन'

राष्ट्र में चरित्र-निर्माण का आरंभिक बिंदु कौन सा है ? मैं आपको एक घटना बताता हूँ, जो कुछ समय पहले नागालैंड में घटी थी। मैं करीब 600 लोगों के एक समूह से बात कर रहा था, जिसमें किशोर, उनके माता-पिता और शिक्षक शामिल थे। मैंने वार्त्तालाप के लिए ज्ञानपूर्ण समाज का विषय चुना था। दसवीं में पढ़नेवाले एक लड़के ने मुझसे प्रश्न किया, "राष्ट्रपतिजी, जरा बताइए कि क्या किसी ऐसे देश का विकसित राष्ट्र में परिवर्तन संभव है, जहाँ चारों ओर भ्रष्टाचार व्याप्त हो ?" इस प्रश्न से वहाँ उपस्थित बड़ी उम्र के लोगों के चेहरे पर असहजता के भाव आ गए। मैंने कहा, "यह बहुत सुंदर प्रश्न है और मैं इसका उत्तर अवश्य देना चाहूँगा।" सौभाग्य से उस लड़के के माता-पिता और छात्र उसके साथ ही बैठे थे। मैंने उन दोनों से पूछा, "क्या आपके पास इसका जवाब है ?" उन्होंने कहा, "राष्ट्रपति महोदय, इसे ऐसे प्रश्न नहीं पूछने चाहिए, जो इसकी उम्र से बढ़कर हों। सर, कृपया इस ओर ध्यान न दें।" मैं इतने महत्त्वपूर्ण प्रश्न को किस तरह नजरंदाज करता ? मुझे इसका उत्तर देना ही होगा। मैंने इसका यह उत्तर दिया—

हम देश में बहुत से कानून बना सकते हैं, लेकिन किसी भी कानून द्वारा भ्रष्टाचार को पूरी तरह नहीं मिटाया जा सकता। यद्यपि समाज में तीन ऐसे सदस्य हैं, जो भ्रष्टाचार को मिटा सकते हैं। मैं इसे 'त्रिआयामी योजना' कहता हूँ। ये

तीन सदस्य कौन हैं ? वे हैं पिता, माता और प्राथमिक स्कूल के शिक्षक। इस संबंध में मुझे एक वैदिक गुरु की मशहूर उक्ति याद आती है, उन्होंने कहा था, "आप मुझे सात वर्ष के लिए एक बालक दें, उसके बाद ईश्वर हो या शैतान, कोई भी उसे बदल नहीं सकता।" यह होती है एक शिक्षक की ताकत।

राष्ट्र के लिए प्रसारित मेरी इस बात को सुनने के बाद कृपया अपने आपसे यह प्रश्न करें कि अपनी पढ़ाई बाधित किए बिना एक युवा किस तरह अपना उत्तम योगदान दे सकता है। आपको खामोशी के साथ एक मिशन आरंभ करना होगा, जिसके तहत आपको अपने परिवार में ईमानदारी के विपरीत कार्य करनेवाले को सही मार्ग पर लाकर भ्रष्टाचार को मिटाया जा सकता है। आप सबको अपने घर को सुंदर और ईमानदार बनाना ही होगा। निश्चित ही आप में अपने माता-पिता से प्यार और स्नेह के साथ ऐसा करवाने की शक्ति है।

अब मैं आप युवाओं को एक शपथ दिलवाना चाहता हूँ। आप चाहे जहाँ भी हों, वहीं से मेरे पीछे दोहराएँ। क्या आप तैयार हैं ?

दस सूत्रीय शपथ

1. मैं अपनी शिक्षा या कार्य को पूरा मन लगाकर जारी रखूँगा और इसमें श्रेष्ठता हासिल करूँगा।
2. अब से मैं ऐसे कम-से-कम 10 लोगों को पढ़ना-लिखना सिखाऊँगा, जो पढ़ना-लिखना नहीं जानते।
3. मैं कम-से-कम 10 पौधे लगाऊँगा और उचित देखभाल द्वारा उनका बढ़ना सुनिश्चित करूँगा।
4. मैं गाँव व शहरी क्षेत्रों का दौरा करके कम-से-कम 5 लोगों को नशे और जुए की लत से सदा के लिए मुक्त करवाऊँगा।
5. मैं निरंतर अपने भाई-बहनों की पीड़ा दूर करने का हर संभव प्रयास करूँगा।
6. मैं धर्म, जाति या भाषा के किसी भी भेदभाव का समर्थन नहीं करूँगा।
7. मैं खुद ईमानदार रहते हुए भ्रष्टाचार-मुक्त समाज की स्थापना का प्रयास करूँगा।

8. मैं प्रबुद्ध नागरिक बनने और अपने परिवार को ईमानदार बनाने के लिए कार्य करता रहूँगा।
9. मैं मानसिक व शारीरिक दिव्यांग व्यक्तियों के प्रति मित्र भाव रखूँगा और उन्हें हम सभी के जैसा सामान्य होने का एहसास करवाने का पूरा प्रयास करूँगा।
10. मैं अपने देश व अपने लोगों की सफलता का पूरे गर्व सहित जश्न मनाऊँगा।

समापन

भारत इस मामले में सौभाग्यशाली है कि उसकी एक अरब आबादी में से 54 करोड़ युवा है। हम कृषि में अच्छा कर रहे हैं, हमारे उद्योग प्रगति कर रहे हैं और सेवा क्षेत्र में हमारा प्रदर्शन भी उतना ही अच्छा है। अब समय आ गया है कि हम अपने देश को ईमानदार बनाएँ। ईमानदारी से चरित्र अच्छा होता है। चरित्र अच्छा होने से घर में सामंजस्य बना रहता है। घर में सामंजस्य रहने से राज्य के लोग प्रबुद्ध नागरिक बनते हैं। प्रबुद्ध नागरिक होने से यह पृथ्वी ग्रह एक शांतिपूर्ण संसार बन सकेगा।

□

---

* 25 जनवरी, 2004 को नई दिल्ली में 55वें गणतंत्र दिवस की पूर्वसंध्या पर राष्ट्र के नाम संबोधन

23

विज्ञान की चुनौती

विज्ञान द्वारा कैसे हासिल होते हैं महान् लक्ष्य?

एक घटना, जो 15 मार्च, 2005 को नई दिल्ली के विज्ञान भवन में प्रो. नॉर्मन ई. बोरलॉग को डॉ. एम.एस. स्वामीनाथन पुरस्कार देते समय घटी। उस दिन 91 वर्षीय प्रो. नॉर्मन वहाँ उपस्थित लोगों द्वारा दिया जा रहा सम्मान स्वीकार कर रहे थे। सबसे पहले, उन्होंने भारत की कृषि विज्ञान और कृषि उत्पादन में उपलब्धियों पर चर्चा करते हुए भारत की वर्तमान कृषि विज्ञान की स्थिति के बारे में बताया। तत्पश्चात् उन्होंने मंच की ओर मुखातिब होते हुए डॉ. एम.एस. स्वामीनाथन और राजनीतिक द्रष्टा स्व. श्री सी. सुब्रह्मण्यम के बारे में बताया, जो भारत में पहली हरित क्रांति के प्रमुख योजनाकार थे। उन्होंने भारत में दुग्ध क्रांति के जनक श्री वी. कुरियन को भी याद किया। इसके बाद वे श्रोताओं की ओर मुखातिब हुए और वहाँ उपस्थित वैज्ञानिकों पर चर्चा करने लगे, जिनमें गेहूँ के विशेषज्ञ डॉ. राजा राम, मकई के विशेषज्ञ डॉ. एस.के. वसल और बीज विशेषज्ञ डॉ. बी.आर. बारवले शामिल थे, जो भारत और विदेशों में कृषि उन्नयन में भरपूर योगदान दे रहे हैं। डॉ. बोरलॉग ने श्रोताओं से उनका परिचय करवाने के लिए उन सबसे खड़े होने को कहकर सुनिश्चित किया कि सभी श्रोता पूरे उत्साह व प्रसन्नता सहित उनका सम्मान करें। यह मैं देखता हूँ कि किस तरह एक 91 वर्ष के नोबल विजेता ने कृषि के मिशन में योगदान देनेवाले प्रमुख लोगों को उनके पद की परवाह न करते हुए याद रखा व उनका सबसे परिचय भी करवाया। मैं चाहता हूँ कि भारत

वैज्ञानिक समुदाय इस घटना से सीख लेते हुए भारत के युवा वैज्ञानिकों के साथ इसी तरह का व्यवहार करे।

एक अन्य घटना में मेरे मित्र डॉ. वसंत गोवारीकर ने मुझे उनके व उनकी टीम द्वारा तैयार किया गया 'दि फर्टिलाइजर इनसाइक्लोपीडिया' दिखाया। इस पुस्तक के संबंध में डॉ. नॉर्मन ई. बोरलॉग की टिप्पणी उल्लेखनीय है। वे लिखते हैं, "उर्वरकों की विशिष्ट उपयोगिता और मिट्टी के गौण तथा सूक्ष्म तत्त्वों की कमियों को दूर करने को देखते हुए विशेष रूप से एशियाई किसानों को अब समझदारी दिखाते हुए प्रति हेक्टेयर उर्वरकों के उपयोग में वृद्धि कर देनी चाहिए।" इस भाँति उन्होंने लक्ष्य निर्धारित करते हुए दुनिया भर में विज्ञान का उपयोग करने की प्रेरणा प्रदान की।

विज्ञान के बारे में बात करते हुए मुझे जो एक और महान् शख्सियत याद आती है, वे हैं प्रो. सी.एन.आर. राव। मैं उनकी प्रयोगशाला में जा चुका हूँ। वे सबसे अग्रणी व आगे बढ़कर राह दिखानेवालों में से हैं। उनके शोध का आरंभ अणु की संरचना से हुआ, जिससे विज्ञान के विभिन्न क्षेत्रों के अलावा हाल ही में नैनो कण और नैनो उत्पादों में नए मार्ग खुल गए हैं। वे भारत के सबसे सम्मानित वैज्ञानिकों में से एक हैं। वे अति विशिष्ट प्रेरणादायी होने के साथ ही विज्ञान के प्रति उत्साहित रहते हैं। मैं विज्ञान के क्षेत्र में उनके योगदान के लिए दिए गए बहुत से पुरस्कारों में से एक प्रतिष्ठित 'डैन डेविड पुरस्कार' का विशेष तौर पर उल्लेख करना चाहता हूँ, जो उन्हें डैन डेविड पुरस्कार फाउंडेशन द्वारा दिया गया था, जिसका मुख्यालय तेल अवीव विश्वविद्यालय में है। उन्हें यह पुरस्कार उनके भौतिक विज्ञान के क्षेत्र में भविष्यकालीन समय आयाम में योगदान के लिए दिया गया था। इसके अलावा वे 28 फरवरी, 2005 को घोषित 'भारतीय विज्ञान पुरस्कार' प्राप्त करनेवाले पहले व्यक्ति हैं।

एक अन्य महत्त्वपूर्ण वैज्ञानिक दवाओं के क्षेत्र में हैं, मैं यहाँ नई दिल्ली स्थित अखिल भारतीय आयुर्विज्ञान संस्थान के निदेशक डॉ. पी. वेणुगोपाल की बात कर रहा हूँ। उनकी प्रयोगशाला में उनके नेतृत्व में कार्डियोलॉजी के क्षेत्र में स्टेम सेल अनुसंधान जारी है। एक प्रकार के हृदय रोग में, जहाँ हृदय की मांसपेशियाँ कमजोर होने के कारण पारंपरिक चिकित्सीय और शल्यक्रिया उपचार

अप्रभावी हो जाते हैं, वहाँ हृदय रोगी मांसपेशियों को स्टेम सेल की प्रत्यारोपण करके उन का मांसपेशियों के कार्य में सुधार किया जा सकेगा। इस प्रक्रिया का ऐसा उपयोग सबसे नवीन और दुनिया भर में ऐसे बहुत कम मामलों में हुआ है। इससे रोगी की हृदय की मांसपेशियों के पुनर्निर्माण के उपचार में नए आयाम खुल सकते हैं। हृदय रोगों की अंतिम अवस्था से पीड़ित रोगियों के लिए यह नई आशा के जैसा है। अनुसंधान के प्रति डॉ. पी. वेणुगोपाल की प्रतिबद्धता का परिणाम बहुत से लोगों का जीवन बचाने के रूप में सामने आएगा।

मैंने इन नामों का उल्लेख केवल यह जताने के लिए किया है कि भारत विज्ञान का भविष्य शानदार है।

युवा वैज्ञानिकों का सशक्तीकरण

मुझे प्रो. विक्रम साराभाई के साथ 1960 के दशक के दौरान घटी एक घटना याद आती है। डॉ. साराभाई ने कुछ वैज्ञानिकों और इंजीनियरों को तैयार किया था। मैं आपको बताता हूँ कि उन्होंने इन्हें कैसे तैयार किया। वे जब भी त्रिवेंद्रम आते थे तो मैं उनके साथ मिश्रित उत्पादों के विकास के प्रस्ताव पर चर्चा करता था। उस समय बतौर रॉकेट इंजीनियर मेरा कॅरियर आरंभ ही हुआ था और इसरो में मुझे अभी दो ही वर्ष हुए थे।

इसी दौरान वहाँ निर्देशन में विशेषज्ञ डॉ. डी.सी. गुप्ता और ऐरोस्पेस संरचना में विशेषज्ञ डॉ. अंबा राव भी थे। संस्थान में शामिल होने के तुरंत बाद कुछ वर्ष के अनुभव के बाद ही कुछ विशिष्ट पदार्थों और प्रणालियों के विकास में हमारी दिलचस्पी को देखते हुए डॉ. साराभाई ने इस हेतु प्रयोगशाला के लिए धन प्रदान किया। उन्होंने मेरे प्रस्ताव के आधार पर मिश्रित फाइबर प्रयोगशाला तैयार की, जो बाद में रीइंफोर्स्ड प्लास्टिक सेंटर बना। उन्होंने डॉ. गुप्ता की विशिष्टता को केंद्र में रखते हुए प्रयोगशाला तैयार की, जो बाद में गाइडेंस लेबोरेटरी और डॉ. अंबा राव को केंद्र में रखते हुए अंतरिक्ष संरचना प्रयोगशाला स्थापित की, जो बाद में एडवांस डायनेमिक्स समूह बना। ये उत्कृष्टता केंद्र बने तथा ऐसे बहुत से उन्नत तकनीकी मिशन आरंभ हुए, जिससे अंतरिक्ष कार्यक्रमों को महत्त्वपूर्ण जानकारियाँ प्राप्त हुईं। युवा वैज्ञानिकों की संभावनाओं

को समझ लेने के बाद संस्थान प्रमुखों को उन वैज्ञानिकों के पद और उम्र की परवाह किए बिना उनपर निवेश करना होगा। यदि इस दर्शन को गंभीरता के साथ पालन किया गया तो अनुसंधान कामयाब रहेगा और युवाओं को विज्ञान को अपनाने की प्रेरणा मिलेगी।

महान् भारतीय वैज्ञानिक

भारत में विज्ञान व प्रौद्योगिकी में 1930 के दशक में अंतरराष्ट्रीय ख्याति प्राप्त महान् वैज्ञानिकों द्वारा प्रदत गति से द्वि-चरण प्रगति आई। इससे देश को आत्मविश्वास प्राप्त हुआ। हमें विज्ञान के क्षेत्र में चंद्रशेखर सुब्रह्मण्यम की चंद्रशेखर सीमा और कृष्ण विवर (ब्लैक होल), सर सी.वी. रमन की खोज रमन प्रभाव, श्रीनिवास रामानुजन को उनके संख्या सिद्धांत, जे.सी. बोस की माइक्रोवेव्स के क्षेत्र में खोज और मेघनाद साहा के थर्मो-आयोनाइजेशन इक्वेशन के अग्रणी योगदान को याद रखना होगा। मेरे विचार से यह समय भारतीय विज्ञान का सबसे गौरवशाली चरण था। उनके द्वारा रखी गई वैज्ञानिक नींव आनेवाली पीढ़ियों को प्रेरणा देती रहेगी। इन सभी वैज्ञानिकों में विशिष्ट समानता यह रही कि इन सभी नें अपना सारा जीवन वैज्ञानिक अनुसंधान और कॅरियर की सभी समस्याओं के बीच लगाया और अपने चुने गए क्षेत्र में खोज की भावना के प्रति समर्पित रहे। विज्ञान इन वैज्ञानिकों को हमेशा मिशन देता और इन पर जीवन भर जुटे रहने पर ही ये वैज्ञानिक सफल हो सके। वे कभी भी अन्य सांसारिक पहलुओं या अपने कॅरियर को आगे बढ़ाने पर ध्यान नहीं दे सके। अपने इस गुण की बदौलत ये विज्ञान और दुनिया के लाभ हेतु अपना एकल योगदान प्रदान कर सके। यहाँ प्रश्न इनके समर्पण, प्रतिबद्धता, समझ और विज्ञान के क्षेत्र में अनुसंधान के वातावरण का ही है। इसी के बल पर देश में वैज्ञानिक उत्पन्न हो सकते हैं। इन सभी ने अगली पीढ़ी के ट्रिपल-हेलिक्स के जनक जी.एन. रामचंद्रन जैसे बहुत से वैज्ञानिकों को प्रेरित किया।

अब मैं इस पर चर्चा करूँगा कि किस तरह भारत ने रक्षा, अंतरिक्ष और परमाणु ऊर्जा जैसी महत्त्वपूर्ण प्रौद्योगिकियों में आत्मनिर्भरता प्राप्त करने के लिए योजनाबद्ध ढंग से वैज्ञानिकों और इंजीनियरों को आकर्षित किया।

भारतीय विज्ञान और प्रौद्योगिकी की स्वतंत्रता-पूर्व अवस्था

हम सभी जानते हैं और इतिहास बताता है कि किसी भी देश में आत्मविश्वास की शुरुआत उसके कुछ साहसी और दृढ संकल्प ज्ञानी दिग्गजों के द्वारा की गई है। मेरी रुचि विशेष रूप से तीन वैज्ञानिकों की जीवनियों में रही है, क्योंकि मुझ में विज्ञान और प्रौद्योगिकी से संबंधित देश के विकास पर केंद्रित उनके वैज्ञानिक प्रौद्योगिकीय नेतृत्व के गुणों को जानने में रुचि थी। भारत के इतिहास में ऐसे बहुत से वैज्ञानिक हैं, लेकिन मेरा इन तीन लोगों के साथ किसी-न-किसी कारण से अधिक जुड़ाव रहा। ये तीनों तीन महान् संस्थानों के संस्थापक रहे हैं। इनमें दो संस्थानों में मैंने सीधे और एक में सहभागिता में काम किया है। दिल्ली विश्वविद्यालय में प्रोफेसर डॉ. डी.एस. कोठारी खगोल भौतिकी में रुचि रखनेवाले उत्कृष्ट भौतिकशास्त्री थे। उन्हें ग्रहों जैसे ठंडे और सघन पदार्थों में दबाव द्वारा पदार्थ के आयनीकरण के लिए जाना जाता है। यह सिद्धांत उनके गुरु डॉ. मेघनाद साहा के थर्मल आयनीकरण के महत्त्वपूर्ण सिद्धांत का अनुपूरक था। वर्ष 1948 में रक्षा मंत्री का वैज्ञानिक सलाहकार बनने के पश्चात् डॉ. डी.एस. कोठारी ने भारतीय रक्षा क्षेत्र में वैज्ञानिक परंपरा की शुरुआत की। उन्होंने सबसे पहले रक्षा इलेक्ट्रॉनिक पदार्थों, परमाणु दवाओं और बैलिस्टिक विज्ञान में अनुसंधान के लिए विज्ञान केंद्र की स्थापना की। उन्हें भारत में रक्षा विज्ञान का योजनाकार माना जाता है। उनका यह कार्य जारी रहा और इसका गतिवर्धन हुआ, जिसके बाद यह सामरिक प्रणालियों, इलेक्ट्रिक युद्धक प्रणालियों, युद्ध सामग्री और जैविक विज्ञान के क्षेत्र में योगदान दे रहा है।

अब मैं होमी जहाँगीर भाभा के बारे में बताना चाहता हूँ। इन्होंने कैंब्रिज विश्वविद्यालय में सैद्धांतिक भौतिकी में शोध किया। 1930-1939 के बीच होमी भाभा ने कॉस्मिक रेडिएशन पर अनुसंधान किया। 1939 में वे भारतीय विज्ञान संस्थान में सर सी.वी. रमन के साथ काम करने लगे। बाद में उन्हें परमाणु विज्ञान और गणित विज्ञान पर केंद्रित टाटा इंस्टीट्यूट ऑफ फंडामेंटल रिसर्च को चलाने के लिए कहा गया। तत्पश्चात् 1948 में इन्होंने भारतीय परमाणु ऊर्जा आयोग की स्थापना की। उनके परमाणु विज्ञान से लेकर परमाणु प्रौद्योगिकी, परमाणु ऊर्जा, परमाणु उपकरण और परमाणु दवाओं से संबंधित

विजन द्वारा बहुत से केंद्रों की स्थापना हुई। इन वैज्ञानिक संस्थानों ने बहुत से बहु–प्रौद्योगिकीय केंद्रों की स्थापना की और इनमें से सभी में मूल विज्ञान एक महत्त्वपूर्ण घटक रहा।

इन तीनों में प्रो. विक्रम साराभाई सबसे युवा थे, उन्होंने सर सी.वी. रमन के साथ प्रयोगात्मक कॉस्मिक रे पर काम किया था। प्रो. साराभाई ने अंतरिक्ष अनुसंधान पर केंद्रित फिजिकल रिसर्च लेबोरेटरी (पी.आर.एल.) अहमदाबाद की स्थापना की। बाद के वर्षों में वे स्पेस एस ऐंड टी केंद्र के निदेशक भी बने। एस.एस.टी.सी. (1963) ने अंतरिक्ष वायुमंडलीय अनुसंधान हेतु साउंडिंग रॉकेट के प्रक्षेपण से शुरुआत की। उनके विजन की बदौलत भारतीय अंतरिक्ष अनुसंधान संगठन (इसरो) बहु–अंतरिक्ष प्रौद्योगिकी केंद्र में परिवर्तित हो सका। इन केंद्रों पर पी.एस.एल.वी. का विकास कर इसे सूर्य की समकालिक कक्षा में स्थापित करने हेतु प्रक्षेपण की जिम्मेदारी थी, साथ ही हमने संचार उपग्रहों सहित जी.एस.एल.वी. को भू–समकालिक कक्षा में प्रक्षेपित होते भी देखा है।

ये तीनों व्यक्ति, डॉ. डी.एस. कोठारी, डॉ. होमी भाभा और डॉ. विक्रम साराभाई भौतिकशास्त्री थे और जिन्होंने विशाल विज्ञान और प्रौद्योगिकी संस्थानों का निर्माण किया, जो 20,000 से भी अधिक युवा वैज्ञानिकों और इंजीनियरों का गढ़ होने के साथ ही उनमें नवीनता का उत्प्रेरक भी है। मेरा पूरी तरह से मानना है कि यदि ये तीनों वैज्ञानिक केवल विज्ञान पर ही ध्यान केंद्रित रखते तो इनमें से कम–से–कम किसी एक को नोबल पुरस्कार मिलता तय था, लेकिन भारत को यह लाभ नहीं मिल सका, जिससे देश में इस स्तर के परमाणु ऊर्जा, अंतरिक्ष व रक्षा अनुसंधान हेतु केंद्र स्थापित हो सकें। हमें रमन, चंद्रशेखर, कोठारी, होमी भाभा और साराभाई जैसे सफल वैज्ञानिकों के मिशनों से प्राप्त संदेशों को युवाओं तक पहुँचाना होगा, जिससे वे यह समझ सकें कि किस तरह विज्ञान को कॅरियर के रूप में अपनाकर व्यक्ति विभिन्न तरीकों से देश के विकास में अपना योगदान दे सकता है। इससे निश्चित ही बहुत से युवा विज्ञान की ओर आकर्षित होंगे।

वर्तमान परिप्रेक्ष्य में विज्ञान का महत्त्व

जैसे ही हम स्वतंत्र हुए, देश के सामने स्टील, नागरिक संरचना, हाइड्रो बाँध और थर्मल पावर स्टेशंस जैसी आवश्यकताओं की पूर्ति की समस्या आ खड़ी हुई। वहीं जनता की आहार, जल, निवास स्थल और स्वास्थ्य जैसी ज्वलंत समस्याओं को हल करना चिंता का सबब बना हुआ था। उस समय के राजनीतिक विजनरियों ने हमारी कमजोर आर्थिक स्थिति के बावजूद समझदारी के साथ उन चीजों को स्थापित किया, जो अंतत: हमारे देश के लिए वैज्ञानिक आधार बनीं। इनमें परमाणु ऊर्जा, अंतरिक्ष, सी.एस.आई.आर., डी.आर.डी.ओ., डी.एस.टी. आदि शामिल थे। इसके साथ ही देश ने प्रभावशाली शैक्षिक आधार स्थापित किया, जिसमें आई.आई.टी. और अन्य बहुत से विश्वविद्यालय का निर्माण किया, जो विज्ञान और प्रौद्योगिकी का अनूठा मिश्रण है।

आज वैज्ञानिक श्रमशक्ति की क्षमता और परिपक्वता के पैमाने पर हम दुनिया के शक्तिशाली देशों में से एक हैं। हमारी अर्थव्यवस्था भी बहुत मजबूत हो चुकी है। अत: हम इस परिस्थिति में हैं कि न केवल हम उन प्रौद्योगिकियों को समझ सकते हैं, जिन्हें हम दूसरों से माँगा करते हैं, बल्कि हमारे पास व्यापक जानकारी है, जिसकी बदौलत हम अपनी स्वदेशी मूल की प्रौद्योगिकियाँ भी विकसित कर सकते हैं, बल्कि इससे उनका मूल्य संवर्धन हो जाएगा। फार्मा जैसे बहुत से क्षेत्रों में हम संसार को ऐसे उत्पाद प्रदान कर रहे हैं, जिनके पीछे व्यापक अनुसंधान और विकास कार्य मौजूद है। मूलत: हम स्वतंत्रता के बाद से काफी आगे बढ़ चुके हैं, आज हम प्रौद्योगिकी के मात्र खरीददार नहीं, बल्कि राष्ट्र के विकास और सामाजिक परिवर्तन में विज्ञान और प्रौद्योगिकी का महत्त्वपूर्ण योगदान प्राप्त करनेवाले बन गए हैं। ऐसी दुनिया में, जहाँ वैश्विक ज्ञान में आपकी हिस्सेदारी पेटेंट और पेपर आदि से प्रतिबिंबित होकर पहचानी जाती हो, वहाँ आर्थिक विकास के कार्यों में विश्व व्यापार संगठन की भूमिका बेहद अहम हो जाती है। भारत के लिए यह आवश्यक है कि वह अपने सभी प्रयासों का एकीकरण करके एक सतत आविष्कारक और विज्ञान व प्रौद्योगिकी द्वारा महत्त्वपूर्ण उत्पादों का निर्माता बन सके। हमारे आज के विज्ञान में नवीनता और दूरदृष्टि होने के साथ ही

इस प्रतिस्पर्धात्मक संसार में भविष्य में हमारे द्वारा विकसित की जानेवाली प्रौद्योगिकियों पर ध्यान केंद्रित रहना चाहिए।

भविष्य के लिए वैज्ञानिक चुनौतियाँ

बीते तीन दशकों में हमने दुनिया भर में आई.टी. उत्पादों के लघुकरण में अतिशय बढ़ोतरी देखी है। यह सिलिकॉन प्रौद्योगिकी से संभव हुआ है। ट्रांजिस्टरों का आकार निरंतर छोटा होता जा रहा है। यह भी कहा जा रहा है कि भविष्य में सिलिकॉन माइक्रो-इलेक्ट्रॉनिक्स के उपयोग से किया जा रहा लघुकरण कार्य पूर्णता तक पहुँच जाएगा और अगले दशक में यह अपनी सीमा तक पहुँचकर समाप्त हो जाएगा। आज दुनिया सिलिकॉन के विकल्प की तलाश में है। माइक्रो-इलेक्ट्रॉनिक्स से नैनो-साइंस और नैनो-टेक्नोलॉजी का परिवर्तन द्वार पर है। इसमें मॉलिक्यूलर ट्रांजिस्टर, क्वांटम कंप्यूटिंग, नैनो-इलेक्ट्रॉनिक्स और ऐसे ही अन्य बहुत से विकल्प शामिल हैं। इस नए आविष्कार को वास्तविकता में बदलने के लिए भारत को मजबूत विज्ञान आधार की आवश्यकता है।

उपरोक्त के अतिरिक्त भारतीय वैज्ञानिकों को आनेवाले दशकों में जिन चुनौतियों का सामना करना होगा, उनमें एच.आई.वी./एड्स की प्रतिरोधक दवा का विकास और कृषि उत्पादों के लिए ऐसे बीजों का विकास करना होगा, जो कम पानी में भी प्रति हेक्टेयर अधिक फसल दे सकें, जिससे जमीन की कमी की क्षतिपूर्ति हो सके। इसके अलावा थोरियम-आधारित परमाणु पावर प्लांट, स्टेम सेल अनुसंधान हेतु एकीकृत मिशन, हाइपरसॉनिक पुनः प्रयोज्य प्रक्षेपण यान और ऐसी खोज व आविष्कार करने होंगे, जिनसे दिव्यांगों को बेहतरीन गुणवत्तावाला जीवन देने की दिशा में कार्य करना संभव होगा। यह कुछ ऐसी चुनौतियाँ हैं, जिनका आनेवाले दशकों में वैज्ञानिक समुदायों को सामना करना होगा।

समापन

मैं युवाओं को विज्ञान को कॅरियर के रूप में चुनने के लिए आकर्षित करने के लिए कुछ सुझाव देता हूँ—

1. अनुसंधान में रुचि रखनेवाले उच्च गुणवत्तावाले प्रतिबद्ध वैज्ञानिकों को

विज्ञान के क्षेत्र में सुरक्षित कॅरियर सुनिश्चित करना आवश्यक होगा। इसरो, डी.आर.डी.ओ., परमाणु ऊर्जा, सी.एस.आई.आर., डी.एस.टी. और अन्य विश्वविद्यालय जैसे संस्थानों में प्रतिवर्ष न्यूनतम 300 एम.एस-सी. और 100 पी-एच.डी. वैज्ञानिकों को समुचित मेहनताना और कॅरियर में विकास का आश्वासन देना होगा। एम.एस-सी. और पी-एच.डी. छात्रों की निजी व सरकार से वित्त पोषित विश्वविद्यालयों में नियुक्ति को बढ़ावा देना होगा, जिनका चयन राष्ट्रीय स्तर पर समन्वित प्रतियोगी चयन प्रक्रिया द्वारा किया जाएगा। इन विज्ञान के छात्रों और उनके अभिभावकों को विज्ञान के क्षेत्र में उन्नत पाठ्यक्रम में अध्ययन करवाने की महान् प्रेरणा प्राप्त हो सके। सबसे पहली आवश्यकता युवाओं को विज्ञान में कॅरियर की ओर आकर्षित करने और उनके अभिभावकों को यह विश्वास दिलाना है कि विज्ञान को कॅरियर के तौर पर चुनने पर उनका भविष्य सुरक्षित होगा।

2. संस्थानों के अनुभवी वैज्ञानिक और नीति-निर्धारकों को अपने संस्थानों में पद की परवाह किए बिना उपलब्ध प्रतिभाओं की पहचान करनी होगी और युवा वैज्ञानिकों को एक बार उनके विजन और विचार ठोस होने के बाद आधुनिक प्रयोगशालाएँ तैयार करने योग्य सशक्त करना होगा। प्रो. विक्रम साराभाई ने इसरो की शुरुआती अवस्था में प्रबंधन में ऐसी संस्कृति तैयार की, जिससे युवा वैज्ञानिकों के विजन को संतुष्ट और प्रेरित किया जा सके, जिससे सामूहिक रूप से सफल बनाकर संस्थान के मिशन को वास्तविक बनाया जा सका।
3. विश्वविद्यालय और अनुसंधान एवं विकास संगठन को युवा वैज्ञानिकों को प्रतिष्ठित पत्रिकाओं में अपने प्रमुख क्षेत्रों में गुणवत्तापूर्ण रिसर्च पेपर लिखने की प्रेरणा और सुविधाएँ देनी होगी, साथ ही उन युवाओं को राष्ट्रीय-अंतरराष्ट्रीय सेमिनारों-संगोष्ठियों में अपने पेपर को पेश करने की सुविधा प्राप्त हो, जिससे वे अंतरराष्ट्रीय मानकों पर अपने स्तर की तुलना करने में सक्षम हो सकें। युवाओं के संयुक्त अनुसंधानों के प्रकाशन द्वारा उन्हें अग्रणी लेखक बनने के लिए प्रेरित करना ऐसा

कार्य होगा, जिससे वे युवा कई वर्षों तक आनंदित होते रहेंगे।

4. 600,000 छात्रों के साथ वार्त्तालाप से प्राप्त अनुभव के आधार पर मुझे लगता है कि उन सभी को एक ऐसे रोल मॉडल की तलाश है, जिन्हें वे 10+2 के बाद अपना कॅरियर बनाने में अनुसरण कर सकें। प्रतिवर्ष लगभग 70 लाख छात्र बारहवीं की परीक्षा में बैठते हैं, जिनमें से 30 लाख छात्र विज्ञान विषय के होते हैं। इन युवाओं को विज्ञान में कॅरियर बनाने को आकर्षित करने के लिए हमें बहुत से नवीन विचारों की आवश्यकता होगी। युवाओं को विज्ञान की खूबसूरती, विज्ञान के आनंद और विज्ञान के माध्यम से प्राप्त अंतिम परिणामों द्वारा प्रकृति को समझने, उसके स्वामी बनने, उसे नियंत्रित करने और अंतत: उसके द्वारा मानव जीवन की गुणवत्ता में सुधार लानेवाले कार्य करने से प्राप्त होनेवाले आनंद से परिचित करवाना होगा। हम सभी वैज्ञानिकों को संकल्प लेना होगा कि हम कुछ समय निकालकर स्कूलों का दौरा करेंगे और अपने स्वयं के अनुभव बताकर युवाओं के मन को तेजस्वी बनाएँगे।

□

---

* 31 मार्च, 2005 को नई दिल्ली में भारतीय भौतिकी संघ आई.आई.टी. में युवाओं को 'विज्ञान में कॅरियर को आकर्षित करना' विषय पर सेमिनार का उद्घाटन भाषण

24

इलेक्ट्रो मैग्नेट स्पेक्ट्रम : मानवता का मित्र

यू.आर.एस.आई. का अधिकार क्षेत्र संपूर्ण सौर मंडल और उससे बाहर कुछ अन्य आकाशगंगाओं तक विस्तृत है। मुझे पूरा विश्वास है कि जब मनुष्य दृष्ट ब्रह्मांड की सीमा से आगे जाएगा तो उसे पृथ्वी से नेविगेशन एवं नियंत्रण हेतु अंतरिक्षीय प्लेटफार्म प्रदान करने के लिए मैक्सवेल, जे.सी. बोस और मारकोनी द्वारा लगभग एक शताब्दी पूर्व परिकल्पित इलेक्ट्रो मैग्नेट तरंगों का उपयोग किया जाएगा। इंटरनैशनल यूनियन ऑफ रेडियो साइंस (यू.आर.एस.आई.) ने रेडियो वैज्ञानिकों और विशेष रूप से युवा वैज्ञानिकों को आधुनिक विषयों पर अंतरराष्ट्रीय विशेषज्ञों से चर्चा का शानदार अवसर प्रदान किया।

ऊपरी वायुमंडलीय इलेक्ट्रोजेट का अध्ययन

मुझे 21 नवंबर, 1963 की एक घटना याद आती है, उस समय मैं थुंबा में रॉकेट इंजीनियर था। यह दिन भारतीय अंतरिक्ष कार्यक्रमों के इतिहास में बहुत खास था। उस दिन भारत ने अंतरराष्ट्रीय सहयोग से अपना पहला साउंडिंग रॉकेट थुंबा से प्रक्षेपित किया था। रॉकेट और पेलोड को जोड़ने का कार्य थुंबा इक्वेटोरियल रॉकेट लॉन्चिंग स्टेशन (टी.ई.आर.एल.एस.) में किया गया था। इस रॉकेट में सोडियम वाष्प पेलोड था, जिसका उद्देश्य ऊपरी वायुमंडलीय हवाओं और लॉन्गमुइर तरंग की जाँच द्वारा ऊपरी वायुमंडलीय इलेक्ट्रॉजेट का अध्ययन करना था। इस पहले अनुभव ने आगे बहुत से साउंडिंग रॉकेट प्रयोगों

का मार्ग खोल दिया और टी.ई.आर.एल.एस. अंतरराष्ट्रीय वैज्ञानिक समुदाय के साथ इलेक्ट्रो मैग्नेट जेट में विशिष्ट अनुभव प्राप्त करने के लिए समर्पित था, क्योंकि भारत विशेष रूप से इलेक्ट्रो मैग्नेट भू-मध्य रेखा के निकट था, जहाँ से इलेक्ट्रोजेट और आयनमंडल से संबंधित परिघटनाओं का अध्ययन संभव था। सन् 1963 में थुंबा से रॉकेट प्रक्षेपण मेरे लिए रेडियो प्रसारण व इससे संबंधित अध्ययन का पहला अनुभव था। थुंबा इक्वेटोरियल रॉकेट लॉन्चिंग स्टेशन (टी.ई.आर.एल.एस.) की शुरुआत ने भारतीय अंतरिक्ष कार्यक्रम का बीजारोपण किया। अंतरिक्ष अनुसंधान को गति देनेवाली प्रो. विक्रम साराभाई द्वारा फिजिकल रिसर्च लेबोरेटरी, अहमदाबाद की स्थापना के बाद टी.ई.आर.एल.एस. अंतरिक्षीय अनुभवों की प्रयोगशाला बनी।

यहाँ मैं प्रयोगात्मक कॉस्मिक रे पर कार्य करनेवाले प्रो. विक्रम साराभाई, कॉस्मिक रेडिएशन पर अनुसंधान करनेवाले डॉ. होमी जहाँगीर भाभा और ग्रहों जैसे ठंडे व सघन वस्तु में दबाव द्वारा पदार्थों के आयनीकरण पर कार्य करने के लिए विख्यात डॉ. कोठारी के योगदान का उल्लेख करना चाहूँगा। अपने विशेषज्ञतावाले क्षेत्रों में योगदान के अतिरिक्त प्रो. विक्रम साराभाई ने इसरो का बीजारोपण तथा डॉ. होमी जहाँगीर भाभा ने परमाणु ऊर्जा विभाग के लिए परमाणु विज्ञान और डॉ. कोठारी ने भारत के रक्षा विज्ञान का प्रारूप तैयार किया। हमें तीन महान् वैज्ञानिक व प्रौद्योगिकी संस्थानों की स्थापना कर अपने देश में विज्ञान और प्रौद्योगिकी का पोषण और विकास करनेवाले इन तीन भौतिकशास्त्रियों के योगदान पर गर्व है। आज अंतरिक्ष कार्यक्रम अपने साउंडिंग रॉकेट कार्यक्रम और भू-समकालिक उपग्रह कार्यक्रम द्वारा भारत की संचार व्यवस्था में प्रमुख इलेक्ट्रो मैग्नेट स्पेक्ट्रम प्रदाता के रूप में योगदान दे रहा है।

रेडियो संचार : परियोजनाओं की जीवन-रेखा

अंतरिक्ष कार्यक्रमों के शुरुआती दिनों में विदेशों से संपर्क करने के लिए हमें त्रिवेंद्रम और मुंबई के बीच वायरलेस संचार संपर्क चाहिए था, जिससे हम देश के अन्य भागों और देश से बाहर संपर्क स्थापित कर सकें। इसी तरह मिसाइल कार्यक्रम के शुरुआती चरण में हमने हैदराबाद और चाँदीपुर तथा बालासोर के

बीच संचार संपर्क स्थापित किया था, बल्कि व्हीलर द्वीप, मेन लैंड, बालासोर, एस.एच.ए.आर., डाउन रेंज शिप्स और कार निकोबार के बीच की संपूर्ण संचार प्रणाली हाई फ्रीक्वेंसी वायरलेस संचार संपर्क द्वारा परिचालित थी। इन संचार सुविधाओं को देखने पर ही मैं बाधारहित दमदार रेडियो संचार और इन प्रणालियों को वास्तविक उपयोग लायक बनानेवाले वैज्ञानिकों और इंजीनियरों का महत्त्व समझ सका।

बाल कल्पनाएँ

अभी हाल ही में मुझे एक 13 वर्षीय लड़की आर्द्रा कृष्णा की लगभग 3000 ईस्वी में पृथ्वी पर सभ्यता का स्थिति संबंधी परिकल्पना को जानने का अवसर मिला। उसने लगभग 3000 ईस्वी में धरती के हालात कैसे होंगे, इसकी कल्पना की। उसकी कल्पना में नागरिकों को मजबूर होकर मंगल पर जाना पड़ता है, जिससे मंगल एक फलती-फूलती सभ्यता का घर बन जाता है। यह मानव निर्मित उन्नत सभ्यता अचानक ही बृहस्पति के क्षुद्र ग्रह के रूप में एक प्राकृतिक खतरे की जद में आ जाती है। बृहस्पति का यह क्षुद्र ग्रह मंगल की ओर बढ़ रहा है, जिससे मंगल के नष्ट हो जाने का खतरा है। मंगल के वैज्ञानिक एक परमाणु तोप द्वारा अपनी ओर आते क्षुद्र ग्रह पर हमला करने की अभिनव योजना बनाते हैं। इस बमबारी में वह क्षुद्र ग्रह ध्वस्त हो जाता है और 3000 ईस्वी में मंगल की यह सभ्यता वैज्ञानिक आविष्कार द्वारा प्रकृति के क्रोध से बच निकलती है। यह एक युवा मन की कितनी शानदार वैज्ञानिक और प्रौद्योगिकीय सोच है? क्या संपूर्ण सौर मंडल में बड़े पैमाने पर जानकारी पहुँचानेवाले रेडियो विज्ञान की अनुपस्थिति में ऐसा करना संभव हो सकेगा? इस युवा छात्रा की कल्पना की सराहना करते हुए एक वास्तविक अंतरिक्ष अनुभव प्राप्त होता है, जिससे युवाओं की कल्पना को अर्थ प्राप्त हो सकेगा।

क्षुद्र ग्रहों का सामना

4 जुलाई, 2005 को अंतरिक्ष में एक महत्त्वपूर्ण घटना घटी। यह घटना नासा के डीप इंपैक्ट नामक अंतरिक्ष यान व टेंपल-I धूमकेतु का आपस में टकराना

था, यह टक्कर इतनी जोरदार थी कि इससे फुटबॉल के स्टेडियम जितना बड़ा और 14 मंजिली बिल्डिंग जितना गहरा गड्डा बन सकता था। एक भारतीय श्याम भास्करन इस अंतरिक्ष यान का ग्राउंड कंट्रोल प्रणाली से संचालन कर रहे थे। डीप इंपैक्ट पृथ्वी की कक्षा से बाहर निकलने के बाद 172 दिनों में 431 मिलियन किलोमीटर की यात्रा कर चुका था और इसने पृथ्वी से 134 मिलियन किलोमीटर की सीधी दूरी पर उस धूमकेतु को रोक दिया। यह धूमकेतु प्रत्येक साढ़े पाँच वर्ष में सूर्य की परिक्रमा लगा लेता था। यह रेडियो संचार और अंतरिक्ष पर्यवेक्षण के लिए एक विशिष्ट घटना थी।

यह घटना भविष्य में पृथ्वी से टकरानेवाले क्षुद्र ग्रहों से मुकाबले के लिए मानक तकनीक विकसित करने में महत्त्वपूर्ण मील का पत्थर साबित हुई। ऐसा ही एक बड़े क्षुद्र ग्रह के (1950 ईस्वी में)16 मार्च, 2880 ईस्वी को पृथ्वी से टकराने की सुनिश्चित संभावना की भविष्यवाणी की गई है, जिसमें लगभग एक-तिहाई पृथ्वी को नुकसान पहुँचेगा। इस क्षुद्र ग्रह को नष्ट करने या उसका इस खतरनाक कक्षा से मार्ग परिवर्तन करने के लिए उच्च ऊर्जा पदार्थोंवाले कणोंयुक्त बहुत सारे डीप इंपैक्ट जैसे अंतरिक्ष यानों की आवश्यकता होगी। यह तभी संभव हो सकेगा, जब हमारे पास एक विश्वसनीय और मजबूत रेडियो संचार प्रणाली हो।

बाइनरी मिली सेकेंड पल्सर

भारत में रेडियो विज्ञान के उपयोग के लिए सबसे महत्त्वपूर्ण क्षेत्र बाइनरी मिली सेकेंड पल्सर है। किसी तारे के विध्वंस के बाद न्यूट्रांस का मात्र 20 किलोमीटर में फैला, लेकिन वजन में सूर्य से भारी अवशेष पल्सर कहलाता है। इस पल्सर से रेडियो तरंगें प्रस्फुटित होती हैं, जिन्हें गोलाकार घूमने के दौरान स्पंदित होने पर ही धरती से देखा जा सकता है। धरती पर पहुँचने तक ये तरंगें बहुत कमजोर पड़ जाती हैं। इस पल्सर को देखने के लिए जायंट मीटर वेव रेडियो टेलीस्कोप (जी.एम.आर.टी.) की आवश्यकता होती है। टाटा इंस्टीट्यूट ऑफ फंडामेंटल रिसर्च (टी.आई.एफ.आर.) ने पुणे से 80 किलोमीटर दूर खोडद गाँव के निकट ग्रामीण इलाके में दुनिया की सबसे बड़ी रेडियो टेलीस्कोप

का निर्माण किया है। हमारी जी.एम.आर.टी. की विलक्षण क्षमताओं के कारण अमेरिका व कनाडा समेत दुनिया भर के वैज्ञानिक सहयोगपूर्ण अनुभव के लिए इस केंद्र का दौरा किया करते हैं। हाल ही में की गई नई बाइनरी मिली सेकेंड पल्सर की खोज में हमारे वैज्ञानिकों की अग्रणी भूमिका रही। टी.आई.एफ.आर. के नैशनल सेंटर फॉर रेडियो एस्ट्रोफिजिक्स के वैज्ञानिकों के किए गए ऐसे आविष्कार भारतीय विज्ञान के लिए महत्त्वपूर्ण योगदान है। मैं इसके लिए प्रो. गोविंद स्वरूप और उनकी टीम को विशेष रूप से बधाई देता हूँ।

भूकंप का पूर्वानुमान और इलेक्ट्रो मैग्नेटिक परिघटना

हमारे ग्रह पर कई क्षेत्रों में ऐसे भयंकर भूकंप आए हैं, जिनके परिणामस्वरूप जान-माल की भारी क्षति हुई है और कुछ मामलों में तो इसने देश की दशकों में की गई प्रगति और उसकी मूल्यवान सांस्कृतिक विरासत को भी ध्वस्त कर दिया है। भारत को कुछ खास इलाकों में जब-तब भूकंप की समस्या का सामना करना पड़ा है। हाल ही में, हमारे जम्मू व कश्मीर और पड़ोसी राष्ट्रों में भूकंप आया था। अमेरिका, जापान, टर्की, ईरान तथा और भी बहुत से देशों को भूकंप के कारण भारी नुकसान उठाना पड़ा है।

भूकंप एक भूमिगत परिघटना है और अंतरिक्ष से निगरानी द्वारा इसकी भविष्यवाणी करना एक बड़ी चुनौती है। भूकंप आने पर अंतिम झटके से पहले कई हल्के झटके लगते हैं। यद्यपि यह शुरुआती झटके आमतौर पर भूकंप के अंतिम झटके का हिस्सा नहीं माने जाते। यहाँ सवाल यह खड़ा होता है कि क्या ऐसे पूर्व झटके सचमुच होते भी हैं या नहीं। भूकंप के गतिशील मॉडल में स्रोत के तौर पर दिखनेवाला कथित प्री-स्लिप एक सैद्धांतिक संभावना तो हो सकता है, लेकिन इसकी प्रत्यक्ष पहचान करना कठिन है। जी.पी.एस. के माध्यम से सटीक भूगणितीय मापन द्वारा इस प्री-स्लिप को खोजा जा सकता है। ऐसा प्रतीत होता है कि अंतिम झटके से पहले की इलेक्ट्रो मैग्नेटिक परिघटनाएँ अधिक स्पष्ट होती हैं। नई अवधारणाओं के अनुसार भूकंप आने का कारण धरती के नीचे की परतों में असंतुलन होता है, इस कारण अंतिम झटके से पहले इलेक्ट्रो मैग्नेटिक संकेत मिलना सैद्धांतिक रूप से संभव है, जो विशेष रूप से कम तीव्रता

(यू.एल.एफ.) से लेकर बहुत कम तीव्रता (वी.एल.एफ.) वाले हो सकते हैं।

आशा की जा रही है कि उचित इलेक्ट्रो मैग्नेटिक निगरानी द्वारा प्री-स्लिप्स से संबंधित विशिष्ट पर्यवेक्षणीय जानकारी प्राप्त हो सकती है। फिर भी वायुमंडलीय/आयनमंडलीय विसंगतियाँ अनसुलझी रह जाएँगी। भूकंप पूर्व आपदा प्रबंधन, संचार और नुकसान का आकलन कुछ ऐसे क्षेत्र हैं, जहाँ अंतरिक्ष विज्ञान और संचार प्रौद्योगिकी से शीघ्र सहायता मिल सकती है। मुझे पूरा विश्वास है कि रेडियो वैज्ञानिक किसी क्षेत्र विशेष में आनेवाले भूकंप और इलेक्ट्रो मैग्नेटिक गड़बड़ी के बीच के संबंधों को जानने पर अवश्य गौर करेंगे।

आपदा चेतावनी प्रणाली

अपने आपको एच.ए.एम. (हैम) कहनेवाले गैर-पेशेवर रेडियो ऑपरेटरों के योगदान का उल्लेख और सराहना करना आवश्यक है, जिन्होंने 20वीं शताब्दी के पहले दशक में आयनमंडल के माध्यम से लंबी दूरी के संपर्क में रेडियो संचार तकनीक विशेष रूप से शॉर्ट-वेव तकनीक के उपयोग की शुरुआत की थी। बीते सौ वर्षों में दुनिया भर में एच.ए.एम. से प्राप्त अनुभव को सुदूर क्षेत्रों, आपदा प्रबंधन और आपातकालीन संचार में उपयोग किया जा रहा है। नासा, इसरो और अन्य अंतरिक्ष एजेंसियों ने एच.ए.एम. के लिए उपग्रह प्रक्षेपित कर उन्हें सम्मानित किया, जिससे वे उपग्रह संचार के आधुनिक दौर में भी अपना योगदान जारी रख सकें। संयोगवश हाल ही में आई सुनामी से पहले भारत सरकार ने अंडमान में गैर-पेशेवर रेडियो मुहिम को स्वीकृति दे दी थी। इस आपदा के दौरान वह कार्यरत थी और मुख्य भू-भाग से संपर्क करने तथा इंडोनेशिया से सुनामी लहरों के प्रवाह एवं बचाव कार्यों से जुड़ी ताजा जानकारियाँ प्राप्त करने में प्रमुख संदेशवाहक रही। भारतीय एच.ए.एम. द्वारा इस सुनामी में दिए गए योगदान की राष्ट्रीय और अंतरराष्ट्रीय स्तर पर सराहना की गई। गैर-पेशेवर रेडियो और सुदूर क्षेत्रीय संचार आपातकालीन संदेशवाहक के पर्यायवाची हैं। मेरी राय में इस शौक को विस्तार देते हुए स्वयंसेवी एजेंसियों द्वारा पंचायतों के ऑफिस और स्कूलों तथा अस्पतालों में गैर-पेशेवर रेडियो स्टेशनों की स्थापना की जा सकती है, जो हमेशा दिन-रात एच.ए.एम. से जुड़े रहेंगे। प्रत्येक पंचायत

को इस शौक को प्रोत्साहन देते हुए इसे ग्रामीण ज्ञान-केंद्र का हिस्सा बना लेना चाहिए। किसी भी तरह की अप्रत्याशित स्थिति आने पर यह ग्रामीण समुदाय के लिए एक शीघ्र चेतावनी प्रणाली की तरह काम करेगा। मुझे इस समय भारत में एच.ए.एम. को प्रोत्साहन देनेवाले स्व. डॉ. श्रीकांत जिचकर का महत्त्वपूर्ण योगदान याद आ रहा है।

व्यावसायिक रेडियो संचार प्रणाली संचार में विश्वसनीयता के लिए हाई पावर, फ्रीक्वेंसी विविधता तथा बड़े ऐंटीना द्वारा परिचालन करती है। एच.ए.एम. सीमित पावर वाले मानव-निर्मित और प्राकृतिक रेडियो इंटरफेस में काम करते हैं तथा कठिन परिस्थितियों में भी कार्य करते रहते हैं। अंटार्कटिका और आर्कटिक जैसे सुदूर क्षेत्रों में एच.ए.एम. कम्युनिकेशन की गुणवत्ता में सुधार लाने के लिए संचार हेतु उन्नत नैरोबैंड कम्युनिकेशन तकनीक मल्टिहॉप एच.एफ. कम्युनिकेशन के लिए काफी संभावनाएँ हैं। निश्चित ही रेडियो विज्ञान समुदाय के सदस्य एच.ए.एम. ऑपरेटर्स कम लागत में नैरोबैंड कम्युनिकेशन तकनीक की स्थापना में अनुसंधान द्वारा सहायता प्रदान कर सकते हैं।

अंतरिक्ष औद्योगिक क्रांति

भारत अपने को विकसित राष्ट्र में परिवर्तन करने के मिशन पर अग्रसर है। बहुत से विकसित राष्ट्र चंद्रमा और मंगल की ओर दौड़ रहे हैं, जिससे आगामी प्रौद्योगिकी क्रांति होना संभव है। अपने अंतरिक्ष विज्ञान और प्रौद्योगिकी की मूल दक्षताओं की बदौलत हमारे पास भी चंद्रमा और मंगल पर उद्योग स्थापित करनेवाले राष्ट्रों के विशिष्ट क्लब में शामिल होने का अवसर है। इसमें तकनीकी चुनौतियाँ इस प्रकार हैं—

- कम गुरुत्वाकर्षण में उत्पादन व खनन।
- आगामी फ्यूजन प्रौद्योगिकी का उपयोग कर भावी ऊर्जा के लिए चंद्रमा पर हीलियम-3 का उत्पादन कर सकते हैं।
- चंद्रमा और मंगल पर शुष्क बर्फ कारॉकेट इंजन के ईंधन स्रोत के तौर पर उपयोग कर सकते हैं।
- उपग्रहों में ईंधन भरकर और मरम्मत द्वारा उनका जीवन बढ़ाना।

- चंद्रमा को अंतरिक्ष यातायात केंद्र के तौर पर उपयोग करना।
- चंद्रमा, मंगल और बाहरी अंतरिक्ष में मानव के निवास हेतु निर्माण करना।
- सबसे बढ़कर, ऐसा विश्वसनीय अंतरिक्ष संचार-तंत्र स्थापित करना होगा, जो किसी भी तरह की आयनीकरण बाधा और सूर्य पर धब्बे पड़ने के दौरान भी कार्य करता रहे।

लूनर टेलीकम्यूनिकेशंस बेस

चंद्रमा की विशेषताओं की अंतरिक्ष विज्ञान में महत्त्वपूर्ण भूमिका है। अगले पाँच या आठ दशकों में सभ्यता के मंगल तक फैल जाने पर धरती व उसके बिछुड़े बच्चे मंगल के बीच चंद्रमा संपर्क का प्रमुख माध्यम बन सकता है। पृथ्वी का आयनीकरण सभी को प्रतिबिंबित करता है, लेकिन केवल सबसे निकट की रेडियो तरंगें ही पृथ्वी पर वापस लौटती हैं। पृथ्वी के गतिशील वातावरण के कारण अंतरिक्ष से संपर्क स्थापित करने में लेजर का उपयोग नहीं हो सकता। वहीं निकट ही स्थित वायुहीन चंद्रमा पर यह समस्या नहीं है, क्योंकि वहाँ का आकाश स्थायी रूप से किसी भी तरह की फ्रीक्वेंसी से मुक्त है। इसके चलते चंद्रमा शीघ्र ही ग्रहों के बीच संचार के लिए उपयोग होनेवाला 'टेलीकम्यूनिकेशंस हब' बन जाएगा, जो पूरी तरह से अन्य ग्रहों की लेजर किरणों और अंतरिक्ष में घूम रहे यानों पर केंद्रित रहेगा। इस अंतर्ग्रहीय संचार-तंत्र के सुदूर स्थित होने से चंद्रमा इन संचार स्टेशनों के पृथ्वी से होनेवाले लगातार निरंतर रेडियो उत्सर्जन के प्रति कवच का भी कार्य करेगा। रेडियो शांति की दृष्टि से चंद्रमा का यह सुदूर क्षेत्र पृथ्वी से लाखों मील दूर का सबसे शांत हिस्सा है। रेडियो वैज्ञानिकों के लिए आनेवाले कुछ दशक बेहद चुनौतीपूर्ण होंगे।

समापन

मैं वैज्ञानिक समुदाय को निम्न सात सुझाव देना चाहता हूँ, जो पूरी मानवजाति के लिए उपयोगी हैं—

1. दुनिया में संचार विज्ञान और प्रौद्योगिकी में क्रांति का दौरा जारी

है। इस क्रांति का परिणाम आम आदमी तक पहुँचना ही चाहिए। इसे प्रत्येक ग्रामीण तक वहनीय शुल्क पर जी.पी.आर./सी.डी.एम.ए. युक्त मोबाइल फोन, उपग्रह और एफ.एम. रेडियो तथा आई.पी. कॉम्यूनिकेशन के रूप में उच्च बैंडविड्थ टेलीकम्यूनिकेशन प्रदान करने के रूप में किया जा सकता है। इसके शुल्क में कमी लाने के अनुसंधान की आवश्यकता होगी, जिससे यह क्रांति निर्बाध रूप से दुनिया भर के छह अरब लोगों तक पहुँच सके।

2. अपनी ग्रामीण आबादी के शैक्षिक स्तर में सुधार के लिए रेडियो संचार की शक्ति का उपयोग करना होगा। अभी हाल ही मैं राष्ट्रपति भवन से तीन विभिन्न क्षेत्रों के तीन विश्वविद्यालयों को संबोधित कर रहा था। इस कार्यक्रम के आयोजन के दौरान मुझे एहसास हुआ कि देश के विभिन्न कोनों में निर्बाध संपर्क का कार्य अधिक पूरा नहीं हुआ है। रेडियो और अंतरिक्ष संचार विशेषज्ञों को टेलीएजुकेशन कार्यक्रमों को ब्रॉडबैंड संचार द्वारा हमारे सुदूर स्थित गाँवों तक सहज रूप से पहुँचाने के लिए उच्च बैंडविड्थ वाली निर्बाध कनेक्टिविटी के निर्माण के लिए साथ मिलकर काम करना होगा।
3. किसी निश्चित भूभाग की भूकंप सूचक गतिविधियों और इलेक्ट्रो मैग्नेटिक गतिविधियों के बीच कोई संबंध होने की संभावना है। इस विषय पर विस्तृत अध्ययन की आवश्यकता है। इस अध्ययन को भूकंप से संबंधित अन्य भू-भौतिकीय मानकों के साथ जोड़कर अध्ययन किया जाना चाहिए। यह रेडियो विज्ञान समुदाय का मानवता के आपदा शमन की दिशा में बड़ा महत्त्वपूर्ण योगदान होगा।
4. भारत में वैज्ञानिक अनुसंधान संवर्ग के निर्माण हेतु देश के तीन भिन्न भागों में तीन विज्ञान केंद्रों की स्थापना का कार्य प्रक्रियागत है। यू.आर.एस.आई. इन उन्नत केंद्रों में इलेक्ट्रो मैग्नेटिक स्पेक्ट्रम के अध्ययन व अनुसंधान हेतु संभावित पाठ्यक्रम तैयार कर सकता है।
5. मैं समझता हूँ कि वायरलेस संचार प्रौद्योगिकी के क्षेत्र में अडेप्टिव रेडियो और सॉफ्टवेयर रेडियो जैसे क्षेत्रों को बढ़ावा देना होगा। इस

संबंध में यह आवश्यक है कि रेडियो वैज्ञानिकों को समाधान देना होगा कि किस तरह मोबाइल वातावरण में वायरलेस स्पेक्ट्रम में इष्टतम दूरी तक बिना दृष्टिगत सीमा की बाधा के उच्च बैंडविड्थ संचार प्रदान किया जा सकता है।

6. रेडियो वैज्ञानिकों और प्रौद्योगिकीविदों को मिलीमीटर वेव्स, सब-मिलीमीटर वेव्स और क्वासिऑप्टिकल वेव्स के उपलब्ध होने के बावजूद इष्टतम व बैंडविड्थ कार्यकुशल संचार तकनीकों की खोज में रहना होगा। इस फ्रीक्वेंसी बैंड में फिलहाल अभी अधिक भीड़-भाड़ नहीं है, लेकिन रेडियो फ्रीक्वेंसी के बढ़ते उपयोग को देखते हुए एक और विभाजन मानदंड की खोज करना आवश्यक है।
7. आनेवाले दशकों में सौर ऊर्जा उपग्रह वास्तविकता बननेवाले हैं। अपने बड़े पैमाने पर ऊर्जा को गीगावॉट्स के रूप में प्रेषण करने की संभावना के चलते माइक्रोवेव्स द्वारा पृथ्वी पर इलेक्ट्रिक ऊर्जा प्रेषण संभव है। प्रेषण फ्रीक्वेंसी के वायुमंडलीय संरचना के साथ संबंधों को समझने के लिए अनुसंधान जरूरी है।

मैंने देखा है कि रेडियो विज्ञान सभी तरह की मानवीय गतिविधियों में शामिल है, जैसे सभी नागरिकों को कम लागत पर संचार सुविधा प्रदान करना, शिक्षा, स्वास्थ्य, विकास, आपदाओं में कमी, भूकंप की भविष्यवाणी और विद्युत् समस्याएँ। कुल मिलाकर देखें तो संपर्क मानवता के विकास की कुंजी है। अतः रेडियो वैज्ञानिक अपने सतत अनुसंधान द्वारा अबाधित संचार सुविधा प्रदान करके पृथ्वी पर आर्थिक समृद्धि के प्रोत्साहन में अहम भूमिका निभाते हैं।

❑

---

* 22 अक्तूबर, 2005 को नई दिल्ली में इंटरनैशनल यूनियन ऑफ रेडियो साइंसेस (यू.आर.एस.आई.) की महासभा में दिया गया उद्घाटन भाषण।

25

शिक्षा द्वारा समाज को समृद्ध बनाना

किसी भी विश्वविद्यालय के अनुसंधान कार्य को देखकर उसके स्तर और प्रभाव का आकलन किया जा सकता है। इससे श्रेष्ठता के चक्र का नवीनीकरण होता है। अनुसंधान से प्राप्त अनुभव गुणवत्तापूर्ण शिक्षण की ओर अग्रसर करता है और गुणवत्तापूर्ण शिक्षण प्राप्त युवा बदले में अनुसंधान को समृद्ध बनाते हैं। अनुसंधान परिवर्तन और विकास लाता है तथा इससे शिक्षा की गुणवत्ता में भी बढ़ोतरी होती है। मिजोरम विश्वविद्यालय में अनुसंधान और शिक्षण दोनों की बेहतरीन परंपराओं का पालन हो रहा है। मैं यहाँ उपस्थित गण्यमान्य श्रोताओं को भारत में विज्ञान और प्रौद्योगिकी की द्वि-चरणीय प्रगति के बारे में बताना चाहता हूँ।

अब मैं इस पर चर्चा करूँगा कि किस तरह भारत ने स्वतंत्रता-बाद के युग में एक रोडमैप तैयार कर विशेष रूप से रक्षा, अंतरिक्ष और परमाणु ऊर्जा क्षेत्रों में विज्ञान और प्रौद्योगिकी के उपयोग से राष्ट्र को विकास के पथ पर अग्रसर किया। विज्ञान और प्रौद्योगिकी से मिली महत्त्वपूर्ण जानकारियों के आधार पर हरित क्रांति द्वारा खाद्यान्न के क्षेत्र में और श्वेत क्रांति द्वारा दुग्ध उत्पादन के क्षेत्र में आत्मनिर्भरता हासिल की गई।

भारतीय विज्ञान और प्रौद्योगिकी में स्वतंत्रता-बाद का चरण

आप सभी जानते हैं कि इतिहास में प्रत्येक देश आरंभिक अवस्था में कुछ दृढ-निश्चय एवं उत्सुक ज्ञानी दिग्गजों के इर्द-गिर्द केंद्रित रहता है। उन सबमें

मेरी रुचि विशेष रूप से तीन वैज्ञानिकों के जीवन में रही, क्योंकि मुझे उनकी विज्ञान और प्रौद्योगिकी तथा देश के विकास पर केंद्रित नेतृत्व के गुणों में विशेष दिलचस्पी थी। भारत के इतिहास में ऐसे और भी बहुत से लोग हुए हैं, लेकिन मेरा इन तीनों से किसी-न-किसी कारण निकट का संबंध रहा है। ये सभी तीन महान् संस्थानों के संस्थापक रहे हैं। मैंने इनमें से दो संस्थानों में प्रत्यक्ष रूप से व एक में बतौर सहयोगी काम किया है। दिल्ली विश्वविद्यालय के प्रोफेसर डॉ. डी.एस. कोठारी एक शानदार भौतिकशास्त्री होने के साथ ही खगोलविद् भी थे। इन्हें ग्रहों जैसे ठंडे व ठोस उत्पादों का दबाव द्वारा पदार्थों के आयनीकरण के लिए जाना जाता है। यह सिद्धांत उनके गुरु डॉ. मेघनाद साहा के थर्मल आयनीकरण कार्य का अनुपूरक है। डॉ. डी.एस. कोठारी ने सन् 1948 में रक्षा मंत्री का वैज्ञानिक सलाहकार बनने के पश्चात् भारतीय रक्षा क्षेत्र में वैज्ञानिक परंपरा की शुरुआत की; उन्होंने वैज्ञानिक सलाहकार के सलाहकार बोर्ड का गठन किया, जिसमें डॉ. एच.जे. भाभा, डॉ. के.एस. कृष्णन और डॉ. एस.एस. भटनागर शामिल थे। बाद में इसके सदस्यों की संख्या बढ़ाते हुए बोर्ड का नाम बदलकर 'वैज्ञानिक सलाहकार बोर्ड' कर दिया गया।

उन्होंने इलेक्ट्रॉनिक पदार्थों, परमाणु दवाओं और बैलिस्टिक विज्ञान में अनुसंधान के लिए रक्षा विज्ञान केंद्र की स्थापना की। इन्हें भारत में रक्षा विज्ञान का वास्तुकार माना जाता है। तत्पश्चात् भावी पीढ़ी के वैज्ञानिकों ने सामरिक प्रणाली, इलेक्ट्रॉनिक युद्धक प्रणाली, अस्त्र-शस्त्र और जीव विज्ञान के क्षेत्र में योगदान देते हुए कार्य को आगे बढ़ाया।

भारतीय परमाणु विज्ञान के पथ-प्रदर्शक

होमी जहाँगीर भाभा ने कैंब्रिज विश्वविद्यालय में सैद्धांतिक भौतिकी में अनुसंधान किया। सन् 1930-1939 के दौरान होमी भाभा ने ब्रह्मांडीय विकिरण से संबंधित अनुसंधान किया। सन् 1939 में वेसर. सी.वी. रमन के साथ आई.आई.एस.सी., बेंगलुरु में काम करने लगे। बाद में उन्हें परमाणु और गणित विज्ञान पर केंद्रित टाटा इंस्टीट्यूट ऑफ फंडामेंटल रिसर्च (टी.आई.एफ.आर.) की शुरुआत के लिए आमंत्रित किया गया और सन् 1948 में उन्होंने परमाणु

ऊर्जा कमीशन की स्थापना की। परमाणु विज्ञान से परमाणु प्रौद्योगिकी, परमाणु शक्ति, परमाणु उपकरण और परमाणु दवाओं में अपने विजन के आधार पर उन्होंने बहुत से केंद्रों की स्थापना की। इन विज्ञान संस्थानों ने प्राथमिक विज्ञान के महत्त्वपूर्ण घटक के तौर पर बहुत से बहु-प्रौद्योगिकीय केंद्रों की स्थापना की। मुझे पूरा विश्वास है कि हमारे परमाणु वैज्ञानिक और प्रौद्योगिकीवेत्ता हमारे देश के परमाणु ऊर्जा विभाग के लिए वर्ष 2020 विजन में प्रतिपादित 20,000 मेगावाट अतिरिक्त विद्युत् प्रदान कर सकेंगे।

भारतीय अंतरिक्ष विजनरी

इन तीनों में सबसे युवा प्रो. विक्रम साराभाई प्रयोगात्मक कॉस्मिक रे अनुसंधान के दौरान सर सी.वी. रमन के साथ काम कर चुके थे। प्रो. साराभाई ने अंतरिक्ष अनुसंधान पर केंद्रित फिजिकल रिसर्च लेबोरेटरी (पी.आर.एल.) अहमदाबाद की स्थापना की। इसी पी.आर.एल. से भारतीय अंतरिक्ष कार्यक्रम का उदय हुआ। प्रो. विक्रम साराभाई ने सन् 1970 में भारत के अंतरिक्ष मिशन की शुरुआत की, जिसमें हमें अपने संचार उपग्रहों को भू-समकालिक कक्षा और रिमोट-सेंसिंग उपग्रहों को ध्रुवीय कक्षा में भेजने के लिए अपनी खुद की सेटैलाइट प्रक्षेपण यान क्षमता का निर्माण करना था, साथ ही वे यह भी चाहते थे कि भारत में निर्मित इन प्रक्षेपण यानों से प्रक्षेपण कार्य भारत की भूमि से ही हो। इस एक विजनरी विचार से विज्ञान और अंतरिक्ष प्रौद्योगिकी के बहुत से क्षेत्रों में गंभीर अनुसंधान और विकास कार्यों की शुरुआत हुई। अन्य बहुत से लोगों के साथ मुझे भी प्रो. विक्रम साराभाई के इस विजन का हिस्सा बनने का अवसर मिला। मैंने व मेरी टीम भारत के पहले उपग्रह प्रक्षेपण यान कार्यक्रम द्वारा उपग्रह को कक्षा में पहुँचाने के काम में सहभागी बने। आज भारत अपने विविध अंतरिक्ष अनुसंधान केंद्रों में कार्यरत 20,000 वैज्ञानिकों, तकनीकी व सहायक कर्मचारियों तथा इनके सहायक 300 उद्योगों और अकादमिक संस्थानों की बदौलत रिमोट सेंसिंग, संचार और मौसम विज्ञान संबंधी उपग्रहों को विभिन्न कक्षाओं में भेजने के लिए किसी भी तरह के प्रक्षेपण वाहन यान के निर्माण की क्षमता रखता है और अंतरिक्ष संबंधी कार्य आज हमारी दिनचर्या का हिस्सा बन

गए हैं। प्यारे युवा मित्रो! आपने देखा कि किस तरह विजनरी देश में आर्थिक परिवर्तन और प्रौद्योगिकीय बदलाव ला सकते हैं। मैं चाहता हूँ कि आप इन विजनरियों के स्वप्नों और कार्य का अनुकरण कर भारत को विकसित राष्ट्र में परिवर्तित करें।

प्रतिभा पोषण

प्रो. बोरलॉग, नोबल पुरस्कार विजेता और जाने-माने कृषि वैज्ञानिक 91 वर्ष की आयु में वहाँ उपस्थित लोगों द्वारा की जा रही उनकी सराहना के बीच उपस्थित थे। अपनी बारी आने पर वे खड़े हुए और उन्होंने कृषि विज्ञान के क्षेत्र में भारत की प्रगति के बारे में बताया और कहा कि राजनीतिक विजनरी श्री सी. सुब्रह्मण्यम और डॉ. एम.एस. स्वामीनाथन भारत में प्रथम हरित क्रांति के प्रमुख योजनाकार थे। इसके साथ ही उन्होंने बड़े गर्व के साथ भारत में दुग्ध क्रांति के प्रणेता डॉ. वर्गिस कुरियन को भी याद किया। इसके बाद एक अप्रत्याशित घटना घटी। उन्होंने श्रोताओं के बीच तीसरी, पाँचवीं और आठवीं पंक्ति में बैठे वैज्ञानिकों की ओर इशारा किया। उन्होंने उनका परिचय गेहूँ विशेषज्ञ डॉ. राजा राम, मकई विशेषज्ञ डॉ. एस.के. वसल और बीज विशेषज्ञ डॉ. बी.आर. बारवले के रूप में दिया। श्रोताओं को उनका परिचय देने के बाद डॉ. बोरलॉग ने उन सबको खड़े होने और श्रोताओं को उन वैज्ञानिकों को पूरे उत्साह के साथ तालियों द्वारा सम्मानित करने को कहा। मैंने अब तक अपने देश में ऐसा होते पहले कभी नहीं देखा था। मैंने डॉ. नॉर्मन बोरलॉग के इस कार्य को वैज्ञानिक सदाशयता कहा। मेरे युवा मित्रो! यदि आप जीवन में कुछ बड़ा पाना चाहते हैं तो आपमें वैज्ञानिक सदाशयता का होना आवश्यक है। इस बारे में विचार करें और मुझसे बात करें। मेरा अनुभव कहता है कि बड़े दिमागवालों का दिल भी बड़ा होता है। इस बात ने वैज्ञानिक समुदाय को प्रेरणा देने के साथ ही उनमें टीम भावना का भी पोषण किया। यहाँ मुझे तिरुवल्लुवर के विख्यात काव्य ग्रंथ 'तिरुक्कुरल' की याद आती है—

उसका कहना है, ''उचित विचार महान् उपलब्धियों का बीज बन जाते हैं।''

विश्वविद्यालयों का नेटवर्क

मेरी सलाह है कि विश्वविद्यालयों के लिए एक वेबसाइट तैयार की जाए। यह देश के विभिन्न भागों में स्थित विश्वविद्यालयों के शिक्षकों और छात्रों को जोड़ने का साझा मंच बन सकती है। इस वेबसाइट में विश्वविद्यालयों व इसके सदस्यों से जुड़े मामले और विशिष्ट उपलब्धियों को दरशाया जा सकता है, जिससे नए प्रवेशकों को विश्वविद्यालय से परिचित होने में सहायता मिलेगी। आपको इसमें छात्रों को शिक्षा, आगे की पढ़ाई, अनुसंधान और देश के विभिन्न भागों में उद्यम सृजित करने जैसी उनकी विशिष्ट परेशानियों से जुड़े प्रश्न पूछने की सुविधा भी देनी होगी।

बोस-आइंस्टाइन का स्वप्न

एक भारतीय भौतिक विज्ञानी एस.एन. बोस और अल्बर्ट आइंस्टाइन द्वारा 80 वर्ष पहले पेश किए गए एक नए किस्म के पदार्थ को वैज्ञानिकों ने कैलिफोर्निया विश्वविद्यालय में एक मिनट स्टोरेज रिंग में यह सोचकर बंद किया था कि संभवत: यह ब्लॉब ही नए क्वांटम फिजिक्स की कुंजी है। वैज्ञानिकों ने बोस-आइंस्टाइन संघनन को अत्यंत ठंडा कर ब्लॉब की रचना की और उसे दो मिलीमीटर के रेस ट्रैक पर वृत्त के भीतर दौड़ाने लगे। इससे आप 80 वर्ष पहले के वैज्ञानिकों के कार्य का महत्त्व और यह भविष्य के वैज्ञानिकों के लिए कितना उपयोगी होगा, इसे समझ सकते हैं। यही विज्ञान की ताकत है।

समापन

बचपन से लेकर पेशेवर जीवन में आने तक हम सभी शिक्षा के विभिन्न चरणों से गुजरते हैं। मेरे सामने एक दृश्य आता है। परवरिश के दौरान माता-पिता द्वारा बच्चे को सशक्त किए जाने से बच्चा जिम्मेदार नागरिक में रूपांतरित हो जाता है। एक शिक्षक के ज्ञान और अनुभव से सशक्त होने पर मूल्य प्रणालीवाले अच्छे युवा आकार लेते हैं। प्रौद्योगिकी द्वारा सशक्त होने पर एक व्यक्ति या टीम रूपांतरित होकर सफलता की उच्चतम संभावनाएँ सुनिश्चित हो जाती हैं। किसी संस्थान का प्रमुख अपने लोगों को सशक्त बनाता है तो ऐसे नेतृत्व का उदय

होता है, जो देश को बहुत से क्षेत्रों में बदलाव लाता है। महिलाओं के सशक्त होने पर समाज में स्थायित्व का आश्वासन मिलता है। जब देश के राजनेता अपनी विजनरी नीतियों से लोगों को सशक्त बनाते हैं तो देश का समृद्ध होना सुनिश्चित हो जाता है।

□□□

* 24 सितंबर, 2005 को मिजोरम में मिजोरम विश्वविद्यालय के शिक्षकों और छात्रों के साथ वार्त्तालाप